U0693161

【法国】莫泊桑/著
冯雪松/编译

莫泊桑短篇小说精选

MOBOSANG DUANPIAN XIAOSHUO JINGXUAN

 南京大学出版社

图书在版编目(CIP)数据

莫泊桑短篇小说精选 / 冯雪松编译. －南京:南京大学出版社,2009.6(2018.1 重印)

(青少年课外阅读系列丛书)

ISBN 978－7－305－06178－3

Ⅰ. 莫… Ⅱ. 冯… Ⅲ. 短篇小说－作品集－法国－近代 Ⅳ. I565.44

中国版本图书馆 CIP 数据核字(2009)第 086838 号

出版发行 南京大学出版社
社　　址 南京市汉口路 22 号　　　　邮　编 210093
出 版 人 金鑫荣

丛 书 名 青少年课外阅读系列丛书
书　　名 **莫泊桑短篇小说精选**
著　　者 [法国]莫泊桑
编　　译 冯雪松
责任编辑 赵海山　　　　编辑热线 025－83207098
审读编辑 纪玉媛

照　　排 南京新洲印刷有限公司
印　　刷 皖南海峰印刷包装有限公司
开　　本 787×1092 1/16　　印 张 15　　字 数 195 千
版　　次 2009 年 6 月第 1 版　　2018 年 1 月第 9 次印刷
ISBN 978－7－305－06178－3
定　　价 21.80 元

网　　址 http://www.njupco.com
官方微博 http://weibo.com/njupco
官方微信 njupress
销售咨询热线 025－66665152

前　言

莫泊桑(1850—1893年),法国著名的批判现实主义作家,出身于一个没落的贵族家庭。自1880年发表成名作《羊脂球》起,莫泊桑便一鸣惊人,成为法国文坛上最明亮的文学之星。莫泊桑的绝大部分作品也是从这时到1890年的十年间创作出来的。

他在这十年短短的文学生涯中,创作了《一生》《漂亮朋友》等六部长篇小说,以及三百多部短篇小说。他的文学成就以短篇小说最为突出,有“世界短篇小说之王”的美称,代表作主要有《羊脂球》《项链》《我的叔叔于勒》《米勒老爹》《菲菲小姐》《月光》等。

莫泊桑的短篇小说侧重摹写人间百态,善于从平凡琐碎的小事中,引出有声有色的故事,让人情世态真相毕露,以小见大地概括出生活的真实。其作品别具匠心的构思布局和耐人寻味的故事结尾,细腻、深刻的人物心理和惟妙惟肖的细节描写,以及精彩生动的人物语言和简洁、质朴、优美的文体风格,处处显示了作家高超的艺术技巧,使他的作品如一泓清水,清新流畅,又不乏幽默机智。

莫泊桑短篇小说的主题,一般可以归纳为三个:第一是讽刺虚荣心和拜金主义,如《项链》《我的叔叔于勒》;第二是描写劳动人民的悲惨遭遇,赞颂其正直、淳朴、宽厚的品格,如《归来》《散步》;第三是描写普法战争,反映法国人民的爱国情绪,如《羊脂球》《菲菲小姐》。小说的题材范围极为丰富:形形色色的社会生活,各色人物、自然风光、人情世态、风俗习惯,均有描绘;从巴黎闹市到外省城镇,以及偏远乡村、蛮荒山野也都有生动的写照。

对于今天的我们而言,莫泊桑的作品仍然具有非凡的魅力。我们不仅可以从他的作品中了解法国的历史、文化和习俗,感悟人性的善恶与美丑,以及蕴藏在字里行间的深刻思想与生活哲理,更可以从中学得写作的技巧和经验。

目　录

羊脂球

一连好几天,许多溃军残部都在卢昂的市区里穿过。他们简直不能算是军队,只能说是散兵游勇。士兵们脸上的胡子全都又脏又长,身上的军服也都破烂不堪,既没有团队旗帜,也没有团队的番号。他们拖着疲惫的身躯向前走着,全都像是被压折了脊梁的落水狗一样无精打采,既不知道想什么,也不知道干什么,完全是习惯性地朝前走着,仿佛一停下来就会立刻倒地不起。

当然,我们所看到的,绝大多数是因战争动员而应召入伍的人,以及那些素以机警出名而奉命出战的国民卫队。前者都是生来就爱好和平的人,依靠固定收入生活的安分守己的人,他们大都扛着步枪躬着身子;而后者则是胆小怕死又易于冲动的人,他们一方面随时准备冲锋,一方面又随时准备开小差。而且在这两类人中间,还有几个红裤子步兵,他们都是在一场恶战中某个步兵师被歼后仅有的残余;另外还有许多垂头丧气的炮兵,也跟这些番号不同的步兵混杂在一起;偶尔也有几个头戴闪闪发光的铜盔的龙骑兵,拖着笨重的脚步跟在步兵们的步伐后面吃力地走着。

许多义勇军也以种种壮烈的名号成立了,他们的名号是:失败复仇队、墟墓公民队、死亡分享队,也都带着土匪的神气走过。

他们的首领,有些原本是做呢绒或粮食生意的商人,有些则是歇业的牛油贩子或者肥皂贩子。战争爆发以后,他们全都成了应运而生的战士,由于他们有银元或者长胡子,都做了军官。他们高谈阔论地讨论着作战计划,甚至吹嘘说:危亡关头的法国只能依靠他们的肩膀才能支撑下去。不过,有时候他们也很害怕他们的部下——那些常常因为过于凶悍而喜欢抢劫和胡闹的强徒。

普鲁士人快要攻进卢昂市区了,有人说。

两个月来,本市的国民卫队已经很谨慎地在附近各处山林里做过许多侦察工作,偶尔还放枪误伤了自己的哨兵,有时候即便遇着一只在荆棘丛中动弹的小兔子,他们也会预备作战。现在倒好,他们全都解散回家了。至于那些军械和服装,以及从前被他们拿到市郊三法里一带国道边上吓唬老百姓的凶器，现在却一下子都不见了。

法国最后的那些士兵终于渡过了塞纳河，从汕塞韦和布尔阿沙转移到俄德梅桥去了。尽管走在最后的是一位师长，但在这些乱糟糟的残兵败将面前，他也照样束手无策。而且，眼睁睁地看着这样一个曾经善战的民族竟至于因为惨败而崩溃，他能不万念俱灰吗？好在还有两名副官陪着他，徒步后撤。

接下来，整个城市便在一种深沉宁静得令人恐怖的气氛里等候着。很多被商业弄昏了头脑的大肚子富翁都在忧心忡忡地等待战胜者的到来，而且当他们一想起自己厨房里烤肉的铁叉和斩肉的大刀有可能被人当做武器看待时，都不由自主地浑身发起抖来。

生活像是停顿了，店铺全部关了门，街道上也是阒无声息。偶尔有那么一两个因为这沉寂而胆怯的居民出门，也都沿着墙跟，迅速地溜过。

由于等待而烦闷的人们，这个时候反倒有些盼望着敌人快些到来。

在法军完全撤退后的第二天下午，三五个不知从哪儿冒出来的普鲁士骑兵匆匆忙忙地穿过了市区。随后，便有一堆乌压压的人马从汕喀德邻的山坡上开了下来，同时另外两股敌军也出现在了达尔内答勒和祁倭姆丛林里的大路上。这三支部队的前哨恰好在市政府广场上会师。最后，日耳曼人的主力也从附近那些街道开了过来，一个营接着一个营，强硬而富有节奏的步伐踏在石板街上，橐橐作响。

一句句生硬而陌生的口令，沿着那些像是死了一般的空房子在空中弥漫。尽管房子的百叶窗早已全部关闭，可是里面却有无数双眼睛正在窥视着这些胜利者——根据“战争法则”，他们将主宰这座城市全部的生命和财产。居民们在他们晦暗的屋子里吓得要死，就像是遇到了肆虐的大洪水，遇到了天崩地陷的大地震——要知道，在这些天灾面前，任何的聪明和力量都是无济于事的。很显然，每当秩序遭到颠覆，每当安全不复存在，每当法律保护之下的所有事物只得任凭一种无意识的暴力摆布时，这种同样无能为力的感觉就会必然跟着显现出来。无论是造成房屋坍塌、毁家灭族的地震，还是能让农民连同牛羊的尸体与冲散的栋梁一块儿漂流的江河决口，也无论是获胜的军队对自卫者的虐杀，抑或是以刀神的名义实行抢劫并以炮声向神灵致谢的盗匪，同样都是令人恐怖的灾难，同样都在破坏着人们对于永恒公理的信仰，破坏着我们那种通过教育建立起来的对于上帝保佑和人类理性的信心。

终于,在每所房屋的门外,一支支人数不多的小分队开始叩门了。这是入侵以后的占领行为。战败者对战胜者应该承担的义务也从此开始了。

过了不久,开始时的恐怖一旦消失以后,一种新的宁静气氛又建立了起来。在许多人家,普鲁士军官们跟主人一起用餐。其中,偶尔也会有受到过良好教育的军官,出于礼貌,替法国叫屈,表示自己参加这次战争并非出于自愿。于是,有人出于对他的感激,再加上迟早可能需要他的保护,心想,既然可以应付得了他,多供养几个士兵又有何妨呢。况且,对于一个完全可以依靠的人,为什么要去得罪呢?这种做法固然是轻率的意味多过了豪放,不过轻率早已不是卢昂居民的缺点,正如现在跟从前那个因壮烈守城而增光的时代不同了是一个道理。最后,有人指出,法国是个历史悠久的礼仪文明之邦,即使不能在公开场合与外来入侵者表示亲近,在家里讲究礼貌原本也是许可的。所以,双方在门外装作彼此陌生,而在家里却能其乐融融,到了后来,日耳曼人在法国人的家里每晚待得更久了,甚至可以跟主人家同在一座壁炉前烤火了。

慢慢地,市区也恢复了它平时的状态。尽管法国人还不大出门,可普鲁士士兵却在街道上往来不息。此外,许多身着蓝色军服的轻骑兵军官前往咖啡馆时,虽然也很傲慢地在街面的石块上拖着长军刀,但是他们对普通居民的蔑视,并不比一年前在同样的咖啡馆里喝酒的法国步兵军官更为明显。

然而空气中总是弥漫着一点儿东西,一点儿飘忽不定又无从捉摸的东西,一种令人难以容忍的异样气息,就好像是一种极其稀薄的味道,那种外患入侵的味道。它充塞着私人住宅和公共场所,它使饮食变了滋味,它让人觉得身在旅途——前往野蛮而又危险的部落的旅途。

战胜者终于开始伸手索要钱财了。居民们都有钱,自始至终都在如数缴纳。不过,有些诺曼底商人,越是富裕,就越害怕牺牲,越害怕看见自己财产中的哪怕一小部分转到别人手里。

然而,在市区下游两三法里左右的河道里,在靠近十字洲的吉艾卜达勒或者别萨尔一带,时常有船户或者渔民从水底捞起日耳曼人的尸首——这些军服里泡得发胀的尸首都是在生前被人一刀戳死或者一脚踢死的，不是脑袋被石头砸坏了，就是被人从桥上一下推落到水里。河底的污泥隐没了这类暧昧不明的野蛮而合法的报复行为。隐姓埋名的英雄行为，就跟偷袭一样，虽然不能获得荣誉和掌声，却也不像光天化日之下的战斗那般可怕。

对入侵者的憎恶，通常可以让三五个胆大的人变得格外坚强，使他们为了一个信念而不顾性命。

最后，虽然这些入侵者对市区控制得越来越严酷，虽然他们在征服途中所犯下的骇人听闻的罪行也早已造成了轰动，可在眼下的市区里却还没有完成过一件。这种情况下，人们的胆子也都渐渐大了起来，当地商人们做生意的心眼儿又重新活泛了起来。其中，好几个商人都在哈佛尔订有利益重大的契约，而那个城市还在法军防守之下，然后，他们打算先从陆路前往吉艾卜，然后坐船转赴那个海港。

有人利用自己熟识的日耳曼军官们的势力，获得了一张由他们总司令签发的出境证。

所以，一辆驷驾长途马车被预定去执行这趟任务，有十名旅客到车行里预定了座位，并且决定在某个星期二还没有天亮的时候起程，免得招来看热闹的人。

几天过去了，地面都冻硬了。从星期一午后三点钟左右开始，成堆的黑云夹杂着雪花从北方飞了过来，直下到天黑，又下到深夜，仍然没有停止。

次日凌晨四点半光景，旅客们就已经聚到了诺曼底旅馆的天井里，那是他们上车的地方。

当时，他们都还睡意沉沉，在衣服里面颤抖着身子。黑暗里，谁也看不清楚谁，而且冬天的厚衣服把他们的身子裹得像是一些穿着长道袍的胖修士。不过，尽管如此，还是有两名旅客互相认出来了，而第三个也向他们身边走去，他们开始闲聊起来。一个说“我带了我的妻子”，另一个说“我也是一样”，那一个又接着说“我们打算不回卢昂了，而且，要是普鲁士人进攻哈佛尔，我们就准备去英国”也许是因为物以类聚的缘故，他们都有着相同的计划。

都这时候了，却还没有人来套车。一间乌黑的房子的门开了，一个手提小风灯的马夫一会儿走出来，一会儿又立刻走进另一间屋子。许多马

蹄踢踏着地面却因为地面上的厩草，减轻了马啼的声音。接着，一阵训斥牲口的声音从屋子的尽头传了出来。然后便是一阵轻微的铃铛叮铃声，似乎表示有人触动了马的辔头；不久，那种叮铃声串成了一阵清脆而连续的颤音，不断地随着牲口的动作变换着节奏，偶尔停顿一下，跟着又在一种突如其来的动摇当中响起，连同一只蹄铁扑地的沉闷声，一齐传到了外面。

突然，门又关上了，一切响动也都停止了。那些冻僵了的市民全都一声不吭地，像木偶一样呆着，没有动静。

连绵不断的雪片像一面帏幕似的垂落在地面上，闪耀着反光。它吞噬着各种各样的物体的表面，在那上面撒上一层冰苔。在这个被严寒埋没的市区深邃的沉寂里，人们仿佛只能听见雪片儿落下时飘忽模糊的摩擦声，与其说是声音，还不如说是感觉，不如说是微尘的活动，充塞了空中，又遮盖了大地。

那个马夫又带着风灯出来了，手里紧紧地牵着一匹不很愿意出来的可怜的马儿。他把牲口拉到车辕边，系好了挽革，前前后后仔细打量了一番，又去拴紧牲口身上的各种马具。他一只手拿着风灯，另一只手在做事。当他去牵第二匹马时，才注意到那些毫不动弹的旅客，发现他们已经浑身雪白，快成雪人了，于是说道："各位为什么不上车，至少那里是有遮盖的。"

在此之前，他们肯定没有想到这一层，现在他们都赶忙向那车子走去。那三名男旅客把他们的妻子全都安排在最靠前的位置上以后，自己也跟了上来。随后，剩下的那些遮头盖面轮廓模糊的旅客彼此都没有交谈一句，就都坐在了剩下来的位子上。

车子里的底板上铺着些麦秸，旅客们把脚都藏在了里边。那些坐得最靠前的女乘客都带着那种装着炭饼的铜质手炉，一边点燃这种东西，一边低声细气地列举着它的种种好处，互相重复地叙述着那些她们早已熟知的事物。

最后，车子套好了——因为在这种天气里拉起来比较困难，所以在往常的四匹牲口以外又加了两匹。这时，有人在车子外面问："旅客们都上车了吗？"车子里异口同声应道："是的。"于是，大家便起程了。车子走得极慢，差不多是遛着小步。轮子埋在雪里，整座车厢"轧轧"地呻吟着，牲口们一步一滑地、汗气蒸腾地喘着。车夫手里的那根长鞭子不住地噼噼啪啪作响，忽左忽右，上下翻飞，如同一条细蛇忽而扭结、忽而散开。陡然间，鞭子抽在一匹牲口蹶起的臀部，马儿受到这狠狠的一击，紧张地奔跑起来。

不知不觉间，天色一点点亮了起来。那一阵阵曾经被一个纯粹的卢昂土著旅客比喻成棉絮的雪片儿也已经不下了。一阵昏浊的微光从厚而且密的云层里、雪堆里漏了出来，使得那片平原——那片忽而伫立着一行身披雪衣的大树、忽而冒出一个顶着雪盔的茅屋的平原，显得更加耀眼。

车厢里，大家趁着这黎明时的黯淡光线，彼此好奇地互相打量起来。

最前排的地方，最好的座位上，鸟先生夫妇正面对面地打着瞌睡，他俩是大桥街一家酒行的老板。

他原本是在一个亏了本的东家身边当伙计，后来买下了老板的店铺并发了财。他用很低的价格把劣质酒卖给乡下的小酒商，在相识者和朋友们当中，他被人看做是一个狡猾的坏坯子，一个满肚子诡计的和快乐的彻头彻尾的诺曼底人。

他偷偷摸摸的名声是尽人皆知的，以至于某天晚上都尔内先生在州长的客厅里，用一个音同义异的字眼，把他这个"鸟"姓之人当成了戏谑的对象。都尔内先生是个寓言作家和作曲家，文笔辛辣而细腻，是地方上有声望的人。那天晚上他看见女宾们都像要打瞌睡，就提议大家一起来做"鸟翩跹"的游戏；有人从他的语气当中意会到他想说的原是"鸟骗钱"。这句话从此不翼而飞，穿过州长的客厅来到了市区内的各个客厅里，让全省百姓张大着嘴巴，足足笑了一个月。

此外，鸟先生还以种种性质的恶作剧，善意的或者恶意的笑谈而名声在外。只要一提起他，人们都会立即加上这么一句："这鸟人，真是妙不可言。"

他身躯很矮，腆着一个气球般的大肚子，顶着一副夹在两撮灰白长鬓中间的赭色脸堂。

他的妻子，高大、强壮、沉着、大嗓门，主意又快又坚决，在那个被他兴高采烈的活力所充溢的店铺里，简直是一种权威。

在他俩身边坐着一位身份高贵的人，迦来·拉马东先生，他是个被人看重的人物，以棉纺业起家，手下有三个纺织厂，曾获得荣誉军团长官勋

章，现在是州参议会议员。在整个帝政时代，他始终是个温和的反对党领袖，根据他本人的说法，他一向只用无刃的礼仪佩剑作战，先攻击对方，再附和几声，以便索取高额的回报。迦来·拉马东太太比她丈夫年轻得多，显得娇小、玲珑，身上裹着漂亮的皮衣，用一种颓废的眼光打量着车厢内的凄惨景象。

他俩的身边是瑞贝尔·卜来韦伯爵夫妇，他们出身于诺曼底最古老而又最高贵的一个世家。伯爵是个气度雍容的老绅士，他尽力修饰自己的服装以突出他那与亨利四世的天然相似之处。根据他家族里流行的一种光荣传说，亨利四世曾经让卜来韦家族的一位夫人怀孕，而她的丈夫也因此被封为伯爵，又做了本省的省长。

瑞贝尔·卜来韦伯爵也和迦来·拉马东先生一样是州参议会议员，代表本州的奥尔雷阳党，他的太太是南特市一个小船长的女儿，他俩结婚的历史始终被人认为是很神秘的。不过伯爵夫人性格大方，在待人接物方面的本事比谁都强，而且据说曾经和路易·菲利浦的一个儿子恋爱过，因此所有的贵族款待她时都很周到，而她的客厅也始终是当地第一流的，尽管这个唯一保存着古老恋爱风气的地方，是很不容易进去的。

卜来韦家的财产全是不动产，据说每年约有五十万金法郎的收入。

这六个人是这辆车子的基本旅客，都是属于有正常收入和稳定而强大的关系网的阶层，都是一些相信天主教和熟知教义的有权有势的人。

由于偶然巧合，车厢内另一边的长凳上坐的全是女乘客；靠近伯爵夫人的座位上有两个嬷嬷，她们正捏着十字架在向上帝祷告。其中一个年老的，脸上满是麻子，仿佛她的脸上曾经被霰弹枪近距离轰击过似的。另一个，很虚弱，有一张漂亮而略显病态的面庞和一个明显患有肺病的胸脯。两个嬷嬷的对面，一个男子和一个女人吸引了大家的注意力。

那男子挺出名，他是被人们称为“民主朋友”的格尔努特，可许多受人敬重的人士却把他当成是祸根。二十年来，他出没于各个民主派聚会的咖啡馆，用大杯大杯的啤酒沐浴着他嘴边火红色的长胡子。他父亲本来是个糖果店商人，留给他的那份财产也颇为丰厚，但却被他带着他的弟兄和朋友们挥霍得一干二净，最后不得不焦躁地等候着共和制政体给自己带来适当的地位，以显示其无数的革命饮料取得的成绩。9 月 4 日那天，他也许是上了一个恶作剧的当，自以为被任命做了州长，可是在他上任办公的时候，那些始终身居主人翁地位的公务员却拒绝承认他，逼得他只好退位。此外，他还是个好好先生，毫无恶意而且肯替人帮忙，比如这一次，他就在一种无人能及的热心驱使下尽力布置了防御工事。他教人在平原上掘了不少窟窿，在附近的丛林里砍倒了所有的小树，在所有的大道上布置了许多陷阱，等敌人快要到来时，他出于对自己的种种措施的信心安心地待在了市区里。现在他想，倘若自己到了哈佛尔，还是可以做些比较有益的事情的，因为在那里，新的防御工事马上就会变得必不可少了。

至于那个女人嘛，真的可以称得上是个尤物，她是以妙龄丰满而出名的，而且还有个名实相符的诨名，叫做“羊脂球”。她五短身材，全身上下各部分都是圆滚滚的，像是肥膘堆积而成，就连手指头也都很丰满，丰满得节节小骨接合之处都鼓起来了一个圈，简直像是一串串短香肠似的。她皮肤光润且紧绷，胸脯丰满得快要破衣而出了。尽管如此，垂涎、追逐她的人还是很多，因为她鲜润的气色让人看着很顺眼。她的脸蛋儿像个红苹果，或者一朵将要绽放的芍药花。在她脸蛋儿的上部，嵌着一双活溜溜的黑眼睛，浓而密的长睫毛向内映出一圈阴影；下半部分，一张妩媚的小嘴，润泽得让人情不自禁地想去亲吻，唇内露出一排洁白而纤巧的牙齿。另外，据说她还具备种种令人无从评价的品质。

她一下被人认出来以后，许多嘈嘈切切的低语就在那些顾惜名声的妇人之间流动了起来，直到“浪荡女”和“社会的羞辱”之类的字眼在她们的嘴里很响亮地蹦个不停时，她才抬起了脑袋。她用带有挑战意味的眼光扫视了同车旅伴一圈，车内便立刻恢复沉寂，大家全都低下了头，只有鸟老板是个例外，他一直都在心猿意马地窥伺着她。但是不久，三个贵妇人的谈话又开始了，似乎这个“姑娘”的在场，令她们突然之间变成了几乎是非常亲密的朋友。她们在这个不知羞耻地卖身的女人面前，应当维护有夫之妇的尊严，结成一个团体；因为法定的爱情向来是高于自由恋爱的。

面对格尔努特，那三个男人也出于保守派的本能彼此接近起来，用一种蔑视穷人的姿态谈着钱财，瑞贝尔伯爵说起了普鲁士人使他遭受到的损害——牲畜被掠和收获无望所造成的损失，然后又像家资千万的大领主般摆出一副沉着架势，表示说这些损失再大也不过只是让他困苦一年罢了。迦来·拉马东先生在棉纺业当中也有着痛苦的经历，他已经很谨

慎地往英国汇了六十万金法郎作为应急之需。至于鸟老板嘛，他早就跟法国军需当局磋商过了，把他酒窖里所有的普通葡萄酒卖给了政府，让政府欠了他很大一笔现金，此行的目的，就是打算去哈佛尔取钱。

最后，这三个男人又都使出一个友好而迅捷的眼色互相打量了一下。虽然每个人的具体情况不同，但他们都是有钱人，而且都是所在行业商会的成员，都是富得把手插到裤子口袋里就会让金币清脆作响的人，所以他们理所当然地将彼此当成弟兄。

马车走得很慢，直到早上十点钟还只走了四法里。在上坡的时候，男人们一共下车步行了三回，这让大家很不放心，因为本来应当在多忒那地方吃午饭，现在看来天黑之前是无法赶到的了。所以当马车陷在积雪里，需要两个小时才能拉出来时，每个人就都去探索大路上的小酒店了。

饮食的欲望越来越强烈，使得每个腹中空空的人都心慌起来，可是谁也没能找到一家饭店、一处酒家。很显然，在法国人饥饿的队伍走过之后，普鲁士人又将到来，这把所有生意人都吓跑了。

先生们跑到大路边上的农家去寻找食物，可惜的是就连一片面包也没有找着。因为心生疑惑的农民们，担心那些饥不择食的军人见啥抢啥，早就将他们的储藏品隐藏起来了。

午后一点快到了，鸟老板表示自己实在饿得厉害。于是跟他一样倍感痛苦和食欲折磨的人们，不得不关上了他们的话匣子。

有人打了个呵欠，并迅速感染到了另一个，于是便不时地有人打起哈欠来。然而，尽管每个人都在受着别人的影响，也都打着哈欠，可是源于每人个性、世故以及社会地位的不同，他们或带着响声张大着嘴巴，或刚一张开就举手掩住那吐出热气的大窟窿。羊脂球一连好几次弯下身子，如同在裙子里寻找什么一样。她迟疑了片刻，望了望同车厢里的人，随后又安安静静地挺直了身子。每个人的脸上都是苍白而又皱缩的。鸟老板甚至表示自己肯出一千金法郎买只肘子来吃，而他的妻子却如同抗议一般做了一个手势，随后她便不再动弹了。一听说乱花钱，她历来都很肉疼，以至于把这类玩笑话也当成了真的。伯爵说："我实在觉得不好受，为什么我事先没想到带些吃的东西？"每个人也都在以同样的理由埋怨着自己。

尽管格尔努特带了满满一瓶蔗渣酒，而且他也邀请大家都喝上一口，可大家还是冷冷地拒绝了他。只有鸟老板答应他，喝了两口，在向对方交还酒瓶子的时候，他道谢说："这毕竟有用，多少可以让人得点儿暖气，可以骗着人不想吃东西。"在酒精的作用下，他的兴致高了起来，建议依照歌词中小船上的办法：先把那个最胖的旅客分了吃掉。这种直接针对羊脂球的隐语，在那些受过良好教育的人听来是很刺耳的，当然也就没人理他，只有格尔努特微笑了一下。两个嬷嬷已经不捏她们的十字架了，双手笼在长大的袖子里不再动弹，坚定地耷拉着眼皮，肯定在为上帝赐予她们这次苦修的机会而向上帝致敬。

三点钟了，车子终于走到了一片漫无边际的平原中央，放眼四顾，再也不见一个村庄。羊脂球活泼泼地弯下身子，从长凳底下抽出一个盖着白色餐巾的大提篮，先从提篮里取出一只陶质的小盆子，一只细巧的银杯子，还有一只很大的瓦罐儿，瓦罐里盛着两只切好了的仔鸡，四面涂满了胶冻。与此同时，她身边的人看见那提篮里还有不少包着的好东西，蛋糕，水果，甜食。这些食物足可以满足三天旅行的需要，而不必跟客店里的厨房打交道。在这些食物包裹之间还露出了四只酒瓶的颈子。她撕下仔鸡的一只翅膀，慢条斯理地就着小面包——就是在诺曼底被人称做"摄政王"的那种小面包，吃了起来。

不久，食物的香味弥散开来，所有的眼光也都向她投射了过来，在香味对人的嗅觉的强烈刺激下，人们禁不住满口生津，迫使腮骨的耳朵底下发出一阵阵疼痛的收缩。于是，几位贵妇人对这个姑娘的轻视变得更加猛烈了，简直就像是一种置之死地而后快的嫉妒，恨不得把她连同这银杯和提篮以及所有食物一股脑儿地扔到车子底下的雪地里去。

鸟老板用眼睛死死地盯着那只盛着仔鸡的瓦罐儿，说："真好哟，这位夫人就是比我们考虑得周到。嗯，有些人总是这样思虑周全。"

羊脂球抬起头，望着他说："您是想吃一点吗，先生？从早上饿到现在，确实够人受的。"

鸟老板欠了欠身子："说句真心话，我的确无法拒绝，我再也受不住了。打仗的时候就应该有打仗时候的准备，对不对，夫人？"然后，他转过头朝周围扫视了一圈，接着说："在这种时候，遇见有人肯帮自己是很快活的。"为了不弄脏裤子，他还特地把带来的一张报纸打开铺在两只膝头上，接着又从口袋里掏出一柄永不离身的小刀，扳开它，用刀尖挑着一只沾满

亮晶晶的胶冻的鸡腿，用牙齿咬开它，面带心满意足的表情咀嚼着，在车厢里引起一阵伤心的长叹。

这时，羊脂球又以一种谦卑而甜美的声音邀请两个嬷嬷分享她的便餐。她俩立即表示接受，并在含糊道谢之后，连眼皮也没抬一下就很快地吃了起来。当然，格尔努特也没有拒绝他身边这位旅伴的赠予，跟两个嬷嬷一起在膝头上展开一些报纸，使之成为一个临时饭桌。

几张嘴，就这么不停地张开来又合拢去，吞着，嚼着，如狼似虎地消灭着食物。鸟老板不仅坐在一角吃了个痛快，还低声劝他妻子也学他的样子。他的妻子抗拒了好半天，还是抵挡不住她肚子里一阵阵不断的抽搐，最终还是答应了。这时，她的丈夫便用极婉转的语句，请求他们的"旅行良伴"是否允许他取一小块儿食物给他的夫人。羊脂球带着和蔼的微笑说："当然可以，先生。"然后便托起了那只瓦罐。

当有人拔开第一瓶葡萄酒的塞子时，才发现一件令人尴尬的事情：只有一只杯子。所以，只好在一个人喝完后，稍加拂拭，再传给第二个人。唯独格尔努特，偏偏直接把嘴唇放在了羊脂球吮过酒杯还没有干的地方，毫无疑问，这是献媚的表示。

至于卜来韦伯爵夫妇和迦来·拉马东夫妇，虽然也在这些吃着喝着的人围绕下，被食品发散出来的香味弄得呼吸急促，简直如同当达勒①一样忍受着苦刑的煎熬。忽然间，棉纺厂厂长的年轻配偶发出了一声令许多人回望的叹息，脸色白得和外面的雪一样，双目紧闭，低垂着额头，失去了知觉。他丈夫急得直发呆，恳求大家帮助。就在每个人都失去主意时，那个年长一些的嬷嬷扶起病人的头，把羊脂球的酒杯塞到病人的嘴唇缝里，给她灌了几滴葡萄酒。漂亮的贵妇人立刻动弹起来，睁开眼睛，微微一笑，用一种命悬一线的声音说自己现在觉得好多了。不过，为了让这种病症不再发作，嬷嬷又强迫她喝下满满一杯葡萄酒，而且说道："这是因为饿极了，没别的。"

如此一来，羊脂球涨红了脸，进退两难地望着这四个始终空着肚子的男女旅客们，吞吞吐吐地说："上帝啊，我是真心邀请这两位先生和这两位

① 当达勒：希腊神话中小亚细亚的一个国王，因为侮辱天神而受到处罚，令其无比饥渴却又得不到饮食。

夫人的，可是……”说到这里，她担心招来顶撞，就没有再往下说。

见此情景，鸟老板立刻发话道：“不用多说了！在这样的情况下，大家都是弟兄姐妹，应当互相帮助的。赶快，夫人们，不要再讲啥斯文啦，还是接受吧，自然了，我们是否还得找一间屋子过夜？照这样走法，明天中午之前是不可能到达多忒的。”

人们仍在迟疑，没有一个人敢站出来，负责任地说一声：“可以。”只有伯爵转过身来，面向这个胆怯的胖姑娘，摆出一副世家子弟的雍容大度，跟她说道：“我们抱着感恩之心，接受您的帮助，夫人。”

迈出第一步很难，而一下越过了吕庇公河的人们，简直就是在为所欲为了。提篮里的东西全都被搬了出来。它里面还有一份鹅肝冻，一份云雀冻，一份熏牛舌，许多克拉萨因的梨子，一方主教桥的甜面包，一些小份甜食和一只装满醋泡乳香瓜和圆葱头的小瓷缸子。看起来，羊脂球也跟其他所有妇人一样酷爱生蔬菜。

既然吃了这姑娘的东西，自然就不能不跟她说话。所以大家也就谈开了，刚开始，大家还很谨慎，随后，因为她的态度很好，大家也就随意了许多。卜来韦和迦来·拉马东两位夫人本来就很懂得为人处世之道，现在都更是妙曼地显出和颜悦色的样子，尤其是伯爵夫人，完全是一派纤尘不染的上流贵妇人和蔼可亲的姿态，显得益发的娇媚。只有那个高大的鸟夫人一向怀着保守本分的心理，所以仍旧顽固不化，话说得少而东西吃得多。

自然而然，大家都谈到了战事。一说到普鲁士人骇人听闻的手段，当然也就少不了提及法国人的种种英勇行为；而这些逃难的男男女女对于旁人的勇气也都表示了应有的尊敬。不久，大家又开始说起个人经历。

羊脂球用一种切实的愤慨——姑娘们在表达怒火时常用的激烈语言，叙述了自己如何离开卢昂的经过。她说：“起初，我以为自己是能够待下去的。家里本来就有许多食物，甘愿供养几个兵士，也决不离开家乡跑到别的地方去。不过等我见识了那些家伙，那些普鲁士人，我就再也控制不住自己了！他们让我满腔怒火，我惭愧得哭了一整天。唉！倘若我是个男子汉，早就冲上去啦！我从窗子里望着他们，那些戴着尖顶铁盔的肥猪。为了防止我把桌子椅子扔到他们的脊梁上，我的女佣抓住了我的双手。后来，有几个家伙住进了我家；那时候，我扑到了其中第一个家伙身

上，掐住了他的脖子。要是没有人抓着我的头发，我想我完全能够把那个家伙结果了，我觉得，掐死他们并不比掐死其他人更难！事后，我不得不躲藏起来。到了后来，我总算找着了这个机会，所以我就在这里了。”

大家称赞了她。在这些从没有表示过抗争的旅伴的誉词下，她的地位一下子增高了。格尔努特一面静静地听着，一面发出心悦诚服者的赞叹，并对她发出亲切的微笑，那神情就像修道士听到信徒赞美上帝一般，因为这长胡子的民主朋友手里握着爱国主义专卖权，正如那些穿着法袍的人都有宗教专卖权一样。轮到他发言时，他用一种理论家的口吻，卖弄了一通从每天粘在墙上的宣言里学得来的陈词滥调，最后他还用一段雄辩作了结论，神态威严地攻击着那个“恶棍巴丹盖①。”

令人意外的是，羊脂球一听到这里就生气了，因为她是个波拿巴党信徒。她的脸蛋儿红得像是一颗樱桃似的，噘着嘴巴气愤地说：“你们这些人啊，我倒想看看你们坐在他的位子上会怎么干！也许蛮像那么回事，可是！这回却是你们出卖了他这个人！倘若老百姓都由你们这些胡作非为的人来统治，那么，我也只好离开法国了！”

对此，格尔努特始终神态自若地保持着一种高高在上的轻蔑微笑，而其他人却觉得骂街的字眼差不多就要出口了。这时候，伯爵插了进来，一面费了很大的劲儿，将那个怒气冲天的姑娘安定了下来，一面摆出权威性的姿态声明：一切诚实的见解都是令人敬重的。至于伯爵夫人和厂长夫人，由于她们的脑子里一向怀有正经人对共和制政体莫名其妙的憎恨，以及所有妇女对神气活现的专制政府的偏爱，所以也都不由自主地觉得自己倾向于这个难能可贵的浪荡妇了：她与她们有着极相似的情感。

提篮空了。十个人毫不费劲地吃空了它，甚至还为它当初编得不够大而感到可惜。谈话虽然又持续了一阵子，不过自从吃完以后气氛多少有些冷落。

夜幕降临了，黑暗渐渐深沉，在人消化食物的时候，寒气令人益发觉得难挨。羊脂球尽管脂肪丰厚，也禁不住有些发噤，于是卜来韦夫人把自己的袖珍手炉递给她用，那里边的炭从早上到现在已经换过好几回了。羊脂球立刻接受了这种好意，因为她觉得自己的脚已冻得麻木了。迦

① 巴丹盖：拿破仑三世的绰号。

来·拉马东夫人和鸟夫人也把她俩的手炉借给了两个嬷嬷。

车夫点燃了车外的风灯。明亮的灯光一闪一闪地，照着辕子两边的牲口臀部的汗气，如云一般飘浮不定；大路两旁的雪在移动的亮光底下，弯弯曲曲地向前伸展。

就在车厢里什么也分辨不清楚的时候，鸟老板那双暗中窥探的眼睛让他确信，在羊脂球和格尔努特之间忽然有了一个动作——那个大胡子突然向旁一偏，仿佛受到了什么沉重而无声的打击。

终于，前面的大路上出现了一星一星的灯火。那是多忒镇。他们在路上足足花了十一小时，再加上牲口在路上进食休息的两小时，一共十三小时。车子进了镇了，在招商旅馆的门口停了下来。

车门开了！一阵耳熟能详的声音却让所有的旅客禁不住心惊肉跳，那便是军刀鞘子接连撞着路面的声音。接着，他们又听到一个日耳曼人的嚷嚷声。

车子虽然停了，人却没有下来，就好像有人正等着旅客下车挨刀似的。这时，车夫从车外取下一盏风灯，朝车厢里一照，登时照亮了车厢里那两行神色张惶的脸庞——在惊惧交加之下，他们的眼睛睁得大大的，张着嘴巴。

在车夫的旁边，一个日耳曼军官站在灯光里，年轻而瘦长，一头金发。军服紧紧地缚着他的腰身，如同一个女子缚着腰甲；平顶的漆皮军帽歪歪地偏向一边，看上去就像一家英国旅馆里的小厮。他两撇长得有些过分的髭须直挺挺地翘起，不断向上收束，最后只剩一茎金黄色的毫毛，纤细得令人无法看清它的杪末，紧贴着他的嘴角，牵着他的腮帮子，在嘴唇上印出一道下坠的折纹。

他用带有阿尔萨斯口音的法语生硬地命令道："各位可愿意下车，先生们和夫人们！"

两个嬷嬷以一贯服从强权的圣女式的柔顺态度首先表示了顺从，伯爵夫妇紧随其后，接着就是厂长夫妇，然后才是鸟老板推着他那个高大的老婆走了出来。他一只脚刚着地，就用一种谨慎超过礼貌的口气向军官说了一声："先生，你好。"而对方却如万能之父般倨傲地望着鸟老板，没有答理。

尽管羊脂球和格尔努特一直坐在门口，下车时却留在了最后，而且在

敌人面前表现得既沉着又高傲。胖姑娘极力让自己镇定下来，让自己显得安详；而民主朋友则用一只具有悲剧意味而略微发抖的手捋着自己火红的长胡子。他和她都很清楚在这场遭遇里每个人的表现都或多或少地代表着祖国，所以必须尽可能地保持一点尊严，而且对于同车的旅伴的软弱，他们都很反感。所以她极力表现出比她那些女旅伴——那些顾爱名誉的贵妇人——更多的自负；而他呢，觉得自己更应该以身作则，至少也要在态度上延续他那经由破坏大路开始的抗敌立场与使命。

当一行人全都进入到旅馆里宽大的厨房后，日耳曼人让他们出示了那份由总司令签发的出境证，那上面是载着每位旅客的姓名、年龄和职业，他长久地端详着这一行人，将他们本人与书面记载一个一个地进行了详细的对照。

然后他突然说了一句："都对。"接着便走开了。

至此，大家才松了一口气，忙不迭地让人预备宵夜。鉴于安排这顿宵夜至少要花半小时，旅客们便趁着旅馆里两个女佣开始料理的空儿，去看房间。客房都在一条长的过道里，尽头的一扇玻璃门上写着一个表示意义的号码。①

等大家好不容易坐在饭桌上时，旅馆的掌柜亲自走了出来。这人原本是个马贩子，一个害着气喘病的胖子，嗓子里一直不停地呼啸着，哑哑的，带着痰响。他父亲传给他的姓氏是富兰维。

他问道："哪位是艾丽萨贝特·鲁西小姐？"

羊脂球吃了一惊，转过头来答道："是我。"

"小姐，那位普鲁士军官想要马上跟您说话。"

"跟我吗？"

"是的，倘若您真是艾丽萨贝特·鲁西小姐的话。"

她迷惑不解地思索了一下，爽快地说道："就算有这可能，我也不会去。"

她的周围一下子骚动起来，每个人都发表了自己的看法，试图找出这道命令的由来，伯爵走到她跟前说：

---

① 表示意义的号码：指厕所。下文中"很大号码的屋子"也是指厕所，因为在法国方言中通常是以"第 100 号"（当然是个很大的号码）来称呼厕所。

“您错了，夫人，因为您的拒绝很可能会引发种种大麻烦，不仅对您自己不利，而且对您的所有旅伴也很不利。无论是谁，都不应当跟比他强的人作对。他的这种要求肯定不会给您带来任何危险，最多也就是漏了点儿手续罢了。”

由于大家都很担心一个不慎便会带来麻烦，所以附和了伯爵的意见，一起央求她，催促她，反复劝说她，终于说服了她。最后她说：

“若非为了大家，我才不会这样做呢。”

伯爵夫人握着她的手：“是的，我们谢谢您。”

她出去了。大家等着她回来，一起吃宵夜。

由于担心自己也会像这个性情暴躁的姑娘一样被人传唤，每个人都在发愁，暗地里预先设想了许多卑屈的办法，以供自己也被传唤时有的放矢。

谁知，过了十来分钟，她就回来了，绯红着脸，忿忿地喘着粗气，连话也说不利落了，只是吃着嘴说：“呸，混蛋！混蛋！”大家都很着急地想要知道底细，而她却什么也不肯说。在伯爵再三追问下，她才十分郑重地应了一句：“算了，反正也跟各位没啥关系，我又何必说呢。”

于是，大家围着一个高大的汤罐坐了下来，其中有一阵卷心白菜的香味飘了出来。尽管他们受了惊吓，可这顿宵夜还是快乐的。苹果酒的味道不错，为了省钱，鸟家夫妇和两个嬷嬷喝的都是它。格尔努特叫的是啤酒；其他人叫的都是葡萄酒。民主朋友自有一套独特的开瓶方式，能让啤酒泛出泡沫，先是偏着杯子细看，再举到眼睛前对着灯光玩赏它的颜色。在他喝酒的时候，他的那丛跟心爱的饮料色彩一致的大胡子，竟然像是因为受到爱抚似的颤抖起来；他睨着眼紧盯着他的杯子，仿佛那才是他今生今世唯一应尽的职责。他毕生只有两大癖好：一是饮用浅颜色的啤酒，另一件则是革命——在他心里这两件癖好是如此地接近，竟能彼此间水乳交融，让他怎么能够尝着这一件的滋味而不念及另一件呢？

富兰维夫妇并坐在桌子的另一头吃着东西。男的喘得像是一列坏了的火车头，他肺部呼出吸进的气实在是太多了，自然也就无法在吃饭的时候谈天了；相反的是，他的女人却一直都在叽叽喳喳。她说起了自己在普鲁士人初来乍到时对他们的种种印象，他们的所作所为，他们说过的话。她之所以咒骂他们，一是怕他们花她的钱，二是她有两个儿子从了军。而

她之所以特别喜欢跟伯爵夫人聊天，是觉得能跟一位有身份的夫人说话无异于受到宠遇。

接下来，她又压低声音说起那些鸡毛蒜皮的事，而且无论她丈夫如何阻止，她都毫不买帐，仍旧继续说了下去：

“对啊，夫人，那些人所能做的事不过是吃马铃薯和猪肉，然后又是猪肉和马铃薯。千万不要相信他们有多干净卫生——哈，简直太不像话了！——说句不客气的话，他们是随地拉撒。要是您看见他们整天整天地操演，哟，都在那边的一片地里：前进，后退，向这边转，向那边转——如果他们是在自己的国家，哪怕是种地，或者修路！那还罢了。——但是没有，夫人，这样的军人对谁都没有益处，是不是应当由可怜的百姓养活他们，让他们专心学习屠杀！——我自己不过是一个没有受过教育的老妇人，这是真的，可是当我看见他们费尽气力从早到晚地只知道在地面上踏过去踏过来，心里不禁要说，在这个世界上，有许多人为了有益于人们正努力寻求着发明创造之道，而另外却有许多人正费尽心机来使自己可以害人！真的，难道杀人不是一件令人发指的事情？无论是普鲁士人，英国人，波兰人，还是法国人。——既然有人在一个害过他的人身上寻求报复是错的，那么，法律自然会惩罚寻求报复的人；可是为什么到了有人把我们的孩子当成猎物一样开枪围捕时，却有人把勋章赏给那些摧残我们孩子的人，说那是对的。这又是什么道理？——不成，您看这是怎么回事，我简直要糊涂了！”

格尔努特提高嗓门说道：

“在侵略一个爱和平的邻国时，战争是一种野蛮的行为；在保卫祖国时，战争则是一种神圣的义务。”

老妇人低着头说：

“对呀，保卫祖国当然是另外一回事，可是，老百姓难道就不应该把那些以战争取乐的帝王赶净杀绝吗？”

听到这里，格尔努特的目光就如同着了火一般：“好极了，女公民！”

迦来·拉马东先生虽然一直以来都很迷信那些出了名的将官，可这乡下老妇人的常识却引起了他的深思：这么多人空着手不做事，自然就会坐吃山空；倘若是用这些人手来做事，又能造就一个何等繁荣的国家呵；这么多被人弃置不用的劳动力，若是用在大规模工业上，真得要好几百年才用得完吧。

而鸟老板呢，早已离开座位，走到旅馆掌柜身边，低声跟他聊了起来。那胖子笑着，咳着，吐着痰，就连他的大肚皮也因身边那个人的诙谐而快乐地起伏着，后来他还答应要从酒商那里购进六件半桶装红葡萄酒，等明年春天普鲁士人走了以后再收货。

等到宵夜吃完，大家早就乏得不成样子，都去休息了。只有那鸟老板早已看出苗头，让妻子上了床，自己却从房门的锁眼儿里，一会儿贴着眼睛向外张望，一会儿又贴着耳朵向外探听，如此轮番，做个不停，目的就是要发现他所谓的"过道里的秘密"。

过了差不多个把小时，他终于听到一阵窸窸窣窣的声音，于是赶忙向外望去。果然，他看见羊脂球披着一件滚着白花边的蓝色山羊毛织成的浴衣——看起来比白天还要丰满，端着一只烛台，向过道尽头那间标有号码的屋子走去。巧的是，旁边的那扇门也轻轻地开了条门缝，等羊脂球几分钟后转回来时，格尔努特悄悄跟了过来，他连坎肩都没有穿，就连他的衬衣外面背着的一条背带也能看个一清二楚。他们低声交谈了几句，又都停住不动了——羊脂球似乎正坚决地把守着自己的房门。很可惜，他们说了些什么，鸟老板一点儿也没听到。好在最后，那两人都提高了嗓门，才让他听到了几句——

格尔努特语气激昂地说："我们走着瞧吧，您怎么还没有想通，这对您来说算得了什么？"

羊脂球好像生气了，回答道："不行，朋友，这些事情有些时候是不能做的，况且在这儿，实在丢人。"

他无疑是在揣着明白装糊涂，还在问为什么。这让她很生气，更提高了音调：

"为什么？难道您还不明白？这个时候，旅馆里正住着许多普鲁士人，也许就在隔壁房间里，还不明白吗？"

他不再言语。呵，原来她是不肯在这强敌环伺的地方接受男人的爱抚。这妓女的爱国心和廉耻心还真强，应该可以唤醒格尔努特心中正在衰减的品格了吧，要不然他怎么会在跟她拥抱以后，就蹑着脚回到自己房间里去了呢？

看到这里，想到这里，鸟老板觉得浑身像是着了火似的，离开了锁眼

儿，在屋子里轻轻一跳，赶紧戴上棉布睡帽，揭开那床盖着他老婆又粗又硬的身板儿上的被子，一个熊抱，弄醒了她，低声慢气地说："你爱我吗，小亲亲？"

这个时候，整栋房子都悄无声息地静了下来。可是，只过了一会儿，从一个难以确定的方位，可能是地下室，也许是阁楼，又传过来一阵单调有力而有规律的鼾声——一种迟钝而冗长的噪音伴着如同蒸汽锅炉受压过度般的震动——富兰维先生睡着了。

旅客们原本决定翌日早晨八点启程，所以都踩着点儿赶到厨房来聚齐，不巧的是，马车顶棚上堆满了积雪，孤零零地停在天井中央，既没见牲口也没见车夫。有人去找他，可无论马房，还是草料房，抑或车房，都找不着他的人影。

没办法，所有的男人只好决定去镇上走一趟。走到镇上的广场，他们看到广场尽头的天主教堂两旁，有着许多低矮的房子，其中住着许多普鲁士兵。他们所见的第一个正在削马铃薯皮；第二个，比较远一点儿的，正在一间理发店里洗刷；另外一个满脸大胡子一直连到眼睛边上的，正在亲吻一个哭泣的婴儿，并把她搁在膝头上摇来晃去地想要让她安静。许多随同丈夫出征的乡村胖妇，打着手势指点那些顺从的战胜者去做他们应做的工作，比如劈柴，给面包浇汤以及磨咖啡之类。有一个甚至还在替她的女房东、一个衰弱不堪的老婆婆洗衣服。

见到这种场景，伯爵觉得很不可思议。这时，他正好看到一位天主教堂的小执事从神父居住的宅子里出来，就上前向他打听。那个靠天主教堂吃饭的耗子回答说："噢！那些人并不凶恶。据说，他们不是普鲁士人。他们来自更远一些的地方，具体是哪里，我不很清楚，他们大都把妻儿老小留在自己的家乡，毫无疑问，他们并不觉得打仗有多好玩！我相信他们的家人也在为他们哭泣，这场战争，对彼此的国家同样都造成了困扰。就目前而言，我们这里的人还没有吃太多的苦头，因为这些人还不算坏，而且他们还像在自己家里一样做工。您也看见了，先生，真正的穷人都是应该互相帮助的……而要打仗的都是大人物啊。"

这种在战胜者和战败者之间建立起来的和睦融洽的关系，是很让格尔努特生气的，他宁可回到旅馆里傻坐着，也不想多看，就转身走了。鸟老板则开了一句玩笑："他们正在繁衍人口呢。"而迦来·拉马东却很庄重地说了一句:“他们正在补救。”

他们在镇上转了许久,最后在一个咖啡馆里找着了那个马夫。当时,他正和普鲁士军官的勤务兵像弟兄一样同坐在一张桌子上。伯爵质问他道:

“不是说好八点钟套车的吗?”

“不错,可我早上又接到了另外一个命令。”

“什么命令?”

“不用套车。”

“谁命令您的?”

“上帝啊！是普鲁士营长。”

“为什么?”

“我怎么会知道?您还去问他吧。他们不让我套车,我也只好不套。事情就是这样。”

“是他本人对您说的?”

“不,先生,是旅馆掌柜转达的。”

“什么时候?”

“昨天夜里我正要睡着的时候。”

三个人只好忧心忡忡地回来,他们去找富兰维先生。女佣答复说她的老板有气喘病,从来不在十点钟以前起床。不仅如此,他还明确禁止旁人在十点钟以前唤醒他,除非发生火警。

他们想去普鲁士军官那里打听一下,可是,这人虽然也住这家旅馆,却早已下令所有民事只许富兰维先生跟他交涉。如此一来,他们只好等着。女宾们回到各自的卧室,忙着做些琐碎的事。

格尔努特在厨房里生着一炉好火的高大壁炉前面坐了下来,并让人从旅馆咖啡座内搬来一张小桌子,一罐啤酒。他抽着他的烟斗——这在民主人士当中所受到的尊敬几乎跟他本人一样,就好像它为格尔努特服务就是为祖国服务似的。那是一支熏烤把玩得很透的海泡石烟斗,像它的主人的牙齿一样黑,香喷喷的,光泽油润,正亲密无间地依偎在主人的手里,使他看起来仪表非凡。他一动不动地坐在那里,眼睛偶尔盯着壁炉里的火,偶尔盯着酒杯上的啤酒花。他每喝一口,就要吸吮一下那些粘在髭须上的泡沫,同时还得意地伸出几只瘦长的手指头,划拉一下他那油腻

的长发。

鸟老板向镇上小商人兜售酒水去了。伯爵和厂长讨论着政治,预测着法国的前途。一个认为要靠奥尔雷阳党,另一个却认为要靠一个陌生的救国者、一个在完全失望的时候就会出现的英雄:也许是盖克兰[①],也许是冉·达克[②],也许是拿破仑一世,哈!倘若王子不是这样幼小该有多好呵!格尔努特一面静听着这些话,一面像占卜师那样地微笑着。他的烟斗让厨房变得芳香起来。

刚过十点,富兰维先生就出来了。当有人问起他是怎么回事时,他只是一个字不落地反复强调说:"军官对我说过:'富兰维先生,明天有人要替那些旅客套车时,您要出面制止一下。我不愿意他们在没有经过我的许可前就动身离开。您听清楚了?这就够了。'"

现在,他们只好去求见那位普鲁士军官。伯爵让人把自己的名片送过去,而迦来·拉马东又把自己的姓名和所有头衔都添加在伯爵的名片上。普鲁士人让人传话,说他允许这两位先生进去和他谈话,不过那要等他吃过午饭,也就是说在一点钟左右。女旅客们都出来了。大家尽管心绪不安,多少还是吃了一点。羊脂球好像生了病,而且神色有些慌张。

等大家喝完咖啡,普鲁士军官的勤务兵进来找那两位先生。

鸟老板也跟这两位结合在一块儿了,为了增加声势,他们本来还打算拉格尔努特一同进去,可这位先生却高声表示自己从不愿和日耳曼人发生任何关系,末了他又叫了一罐啤酒,回到他的壁炉边去了。

三个男人上了楼,被领到旅馆那间最讲究的屋子里。那军官躺在一张太师椅上,双脚高高地架在壁炉上,嘴里叼着一枝长柄瓷烟斗,身上裹着一件色彩耀眼的睡衣——这东西无疑是从哪个庸俗的有产阶级弃置的住宅里偷来的。他既不起身,也不跟他们打招呼,甚至连看都没看他们一眼,简直就是一副得胜武夫趾高气昂不可一世的绝好样本。

过一会儿,他才用带有日耳曼人口音的法语问道:

---

① 盖克兰:是法国14世纪的民族英雄,屡次战胜外来之敌,促成了法国的统一。

② 冉·达克:即圣女贞德,法国15世纪的民族女英雄,曾以孤军战胜入侵的英军,恢复失地,因被法国贵族出卖致死,后被法国人尊为圣女。

“你们想要什么?”

“我们想要动身,先生。”伯爵说道。

“不行。”

“我是否可以请教一下为什么不行?”

“因为我不乐意。”

“先生,我恭恭敬敬地请您查验一下您的总司令发给我们的护照,那上面可是允许我们前往吉艾卜的。我实在想不起来我们做了什么让您不高兴的事情。”

“就是不乐意……没别的……你们可以下楼去了。”

三个人躬身一礼,退了出来。

情况真是糟透了。这日耳曼人的脾气实在太古怪了,谁也看不透他,种种的不可思议让他们头都快炸了。所有人都坐在厨房里,围绕各种设想争来争去——难道他想把他们扣作人质——可这样做的目的又是什么?——或者是把他们当成俘虏?还是想跟他们索要一笔可观的赎金?争论到这里,他们又开始惊慌失措起来。尤其是那些最有钱的人,他们似乎已经看到自己受到逼迫,把他们装满金币的钱包交到那个倨傲的丘八的手里,以赎回自己的生命。于是,他们便挖空心思地编织着各种合乎情理的谎言,去掩盖他们的财富,不是装穷,而是装得很穷。鸟老板为此还取下自己那条金表链,藏在了衣袋里。

越来越浓的夜色,更增加了人们心中种种的恐慌。

灯点好了,离饭点还有两个小时,鸟太太拿出纸牌,提议大家玩一局“二十一点”。散心嘛,大家同意了。格尔努特也参加进来,出于礼貌,他还特地弄熄了他的烟斗。

伯爵洗牌发牌,羊脂球一举手就抓了个二十一点。很快,对牌局的关注渐渐压制了人们心中的惊惧。而且,格尔努特还发现:鸟老板夫妇总是合着伙儿出老千。

临开饭的时候,富兰维先生又露面了,他用那种带着痰响的嗓子高声说道:“普鲁士军官让人来问艾丽萨贝特·鲁西小姐是不是还没有改变她的主意。”

羊脂球呆呆地站着,脸色陡然间变得苍白,随后又突然变得通红,盛怒之下的她呼吸越来越急促,急促得让她失去了说话的能力。过好一会儿，她才嚷道："请您可以告诉那个普鲁士恶棍，下流坯，死猪，说我永远也不会改变主意，您听好了，永远不，永远不！"

胖掌柜出去了。羊脂球一下子被人围了起来，有人询问她，有人央求她，目的就是为了弄清楚那个普鲁士军官找她谈话的秘密。起初，她还想隐瞒，可是没过多久，盛怒之下的她还是叫了出来："他要什么？他要的，他要的是跟我睡觉！"

出于义愤，当时谁也不觉得这句话有多刺耳。格尔努特猛地把酒杯往桌上一搁，竟然打碎了它。那是在大声斥责这个卑鄙无耻的丘八，是一种公愤，是一种怒潮，是一种一致对外的抵抗，仿佛是对那丘八强迫她作出牺牲感同身受的耻辱。伯爵以极鄙视的态度声明那家伙的品行简直就像古代的野蛮人。尤其是那些妇人，对羊脂球愈加显示出一种深切的同情。只在吃饭时才现身的两个嬷嬷，更是低着头，无话可说了。

第一阵子的愤怒慢慢平息了下来，他们照旧吃了晚饭，只是很少有人说话，大家都在寻思着解决的办法。

妇人们早早就退出了餐厅，男人们一边吸着雪茄，一边组织起另外一种更具赌博性的牌局，还特地请来富兰维先生，大家一起玩。他们觉得，以这种方式，可以更巧妙地向掌柜征求意见，找出让普鲁士军官改变主意的办法。可是，这胖掌柜却只注意自己的牌，一边装聋作哑，一边不断地反复提醒说："注意牌哟，先生们，注意牌哟。"

胖掌柜打牌时似乎很投入，很专注，专注得连吐痰都忘了，以至于那痰在胸脯里附着上了许多延音符。他的肺呼啸着，发出气喘症所有的音阶——从低沉的音符到小公鸡刚开始打鸣似的尖锐而发涩的啼音，简直无一不备。即使他犯困的妻子下来找他，他也没有上楼。

老板娘只好由他，自己独眠去了。谁让她是"干早班的"，总是跟太阳一同起身，而她丈夫是"干晚班的"，素来准备和朋友们熬夜呢。就在这时，他朝她叫了一句："把我的蛋黄甜羹搁在火边。"接着又开始投入到了牌局当中。

眼看着实再没有办法从他那里打听到一点消息，大家只好说散了。每个人又都回到了床上。

第三天，大家心里始终抱着一种空泛的希望，依然起得很早。在这个可怕的乡村客店里的日子实在太难捱了，大家想动身的欲望也更迫切了。

糟糕！牲口还全都系在马房里，车夫也自始至终杳无踪迹。无聊至极的人们，只好绕着马车兜起圈子。

午饭时场景有些凄惨，大家仿佛是在故意摆冷脸给羊脂球看。一夜的宁静，一夜的思考，原先的忿愤差不多早已冷却，看法自然也就变了。他们现在几乎有些怨恨起这个姑娘来了：她怎么还没有去找那个普鲁士人？如果找了，大家起床时就该得到一个意外的惊喜了。哪里还有比这更简单的办法？就算有，谁又能想得到呢？她只需对军官说为了自己可怜的同伴们，那就足以在面子上过得去了。对她来说，那种事情原本也是无关紧要的！

当然，谁也没有把心中的想法说出来。

又是午后，又是令人厌烦的闲暇，伯爵提议到镇子外面附近各处转转。每个人都精心打扮了一番，就出发了，只有格尔努特例外，他宁愿待在火炉旁。至于两个嬷嬷，她们的白天差不多全部打发在了天主教堂或者神父家里。

天气越来越冷了，寒风如针刺一般严酷地扎着人们的鼻子和耳朵，人们的脚也越来越痛苦了，仿佛每走一步就要被刀割一下似的。镇外的田野，白茫茫的一片，在这几个游人的眼里泛着凄惨而骇人的冷冽的光。直到转回镇子，大家的心依然是冰凉而紧缩着的。

四个妇人走在前面，三个男人跟在后边，略微隔开了几步。

心知肚明的鸟老板，忽然问那卖笑的女人她是不是打算要让大家在这个鬼地方再多呆些日子。伯爵始终表现得很优雅，他说谁也不能把一种这样的耻辱强加在一个妇道人家身上，除非她是出于自愿。迦来·拉马东先生则寄希望于法国军队，认为如果形势真像大家所怀疑的那样，也就是说法军从吉艾卜反攻过来，那他们就只好困在多忒镇了。这种猜测很快引起另外两个人的不安。

“如果我们步行逃难呢？”鸟老板说。

伯爵耸了耸肩头说：“在这样的冰天雪地里，您想这么做？而且还带着我们的家眷？恐怕临了，我们还是很快就会被人追上，然后被人当俘虏一样牵着，交给那丘八摆布。”

这话说得确是实情，谁也无法反对，只好闭嘴。

几个贵妇人虽然还在谈着时装，可迫于某种压力，她们之间也仿佛变

得貌合神离了。

在街道的尽头，普鲁士军官忽然露面了。那一望无际的积雪，映着他身着军服又瘦又长的侧影。只见他叉着腿朝前走着——这种步态是军人所独有的，目的是为了让那双仔细上过蜡的马靴一尘不染。

从几个贵妇人身边走过时，他略微地欠一欠身子，同时又用一种轻蔑的眼光朝那几个男人打量了一下；而对方也都努力保持着尊严，连帽子也不肯朝他脱一脱，虽然鸟老板勉强做了一个像要揭帽的手势。

羊脂球连耳朵都红了。如果说在此之前，那三个有夫之妇还认为这个丘八对这个姑娘的态度很有些骑士意味的话，那么现在，当她们正同她一起散步时，与他相遇就变成一种莫大的屈辱了。

如此一来，大家便谈起了他，谈起了他的姿态跟容貌。迦来·拉马东夫人本来就结识了不少军官，而且还颇有鉴人之道，所以在她看来，这个人还算不错，甚至还为他不是法国人而感到可惜，不然的话，他完全可以成为一个很漂亮的轻骑兵军官，一个能令所有妇人神魂颠倒的军官。

一回到旅馆，大家又不知道该怎么办了。以至于遇上一些鸡毛蒜皮的小事，也有人会说出一些尖酸刻薄的语句。晚饭是静默而短促的，为了消磨时间，大家都上楼睡觉去了。

第四天，每个人下楼来时，都是一脸倦色，心情焦躁。就连生性唠叨的妇人们，也不大爱跟羊脂球谈天了。

忽然，一阵钟声传来，据说是为了一场洗礼。本来，胖姑娘也有一个孩子寄养在伊勿朵的农民家里，但平常很少想到他，甚至整年也不见他一面。可是现在，一想到这个即将受洗的孩子，她的心里忽然生出一种对自己孩子的热切思念和慈爱来，因此她决定前去观礼。

她刚一出门，大家便互相使了个眼色，一起动手，把椅子搬拢来，希望能够达成共识，做个决定。

鸟老板灵机一动，说道："我主张去向军官提议，要扣就扣羊脂球一个人，让我们其余的人都走。"

富兰维先生带着这种使命上了楼，不过立刻又下来了。原来，日耳曼人熟知人的本性，声称在他的欲望没有得到满足之前，一个旅客都不能走。

这下子，可把鸟夫人市井无赖的性子给惹毛了："呸，我们不会老死在这里的！既然她能和所有男人那么干，那就是她的职业，这个贱货的职业，那她就没有权力挑精拣肥。我现在倒要请教一下：在卢昂，她碰见谁就要谁，就连车夫她也不放过！对呀，夫人，州长的车夫！我很了解他，哦，他到我店里买过酒。遇着今天为大家来脱困时，她倒摆起谱来了，这个拖着鼻涕的家伙！这个军官，我呢，认为他很懂规矩。他也许旷了很久。我们三个无疑是可以被他赏识的，可他并没有这么做，却只中意这个公共马车一样的女人，他是很懂得尊重有夫之妇的。您想啊，他是这里的主人，只要他开口说一声"我要"，我们当中，谁能逃得过他强有力的爪牙？"

听到这里，其他两个妇人不禁轻轻地打了一个寒噤。漂亮的迦来·拉马东夫人脸色虽然有点苍白，可眼里却发出光来，好像她已经被军官抓住了似的。

男人们本来都在另一边说话，现在都围拢了过来。气愤的鸟老板，简直要把"这个贱货"的手脚缚起来送给别人。不过，我们伯爵，确实无愧于三代大使之家的出身，且天生一副外交家的模样，自然懂得如何使用巧妙的手腕。"应该促使她自己决定"，他说。

于是，一个阴谋差不多可以出炉了。

妇人们恪于身份，再加上这种事情尤其难以启齿，不得不交头接耳压低声音，展开了充分的讨论，每个人都发表了自己的见解，集思广益地找到了种种不着痕迹的转折方式和种种巧妙动人的说词。语言上，逻辑严密，滴水不漏，完全可以令一个局外人犯迷糊。要不是她们还需要那层薄薄的遮羞布做掩护，她们早就在这种放纵的冒险之中心花怒放，快活得发疯了。把爱情和肉欲混在一块儿——真是太合她们的胃口了——感觉就像是一个馋嘴的厨子正给另一个人烹调肉汤一样。

虽然计划到末了让人觉得滑稽，可大家心中的愉悦还是显而易见的。伯爵找来一些诙趣而火辣的笑话，而且讲得非常之妙，只教人会心一笑。轮到鸟老板，三五段猥亵之谈虽然生硬，大家也并不觉得刺耳。至于他妻子粗率发表的意见也取得了大家的认可，她说："既然那是这个姑娘的职业，那她为什么还要厚此薄彼呢？"和蔼的迦来·拉马东夫人设身处地地想了一想，觉得自己是肯定不会厚此薄彼，拒绝这个军官的。

他们如同面对一座久攻不下的炮台一般，周详地预备着包围的步骤。

每个人都接受了自己即将扮演的角色，都接受了自己将要倚仗的论据，都接受了自己将要执行的动作。他们决定如何展开各种可以运用的诡谋和奇袭，去强迫这座有生命的堡垒在固有阵地里接待敌人。

唯独格尔努特是个例外，他始终安安静静地待在一旁，像是完全和这事儿无关似的。

大家太专注，太投入了，以至于没有听到羊脂球进来的脚步。直到伯爵轻轻地嘘了一声，所有的眼睛才重新抬了起来。眼见她就在跟前，人们却突然说不出话来，一是万事开头难，二是大家觉得尴尬。好在伯爵夫人久经考验，早就在自家客厅里练就了一套左右话题的本领，她极自然地向羊脂球问道："有趣么，这场洗礼？"

胖姑娘仿佛依然沉缅在自己的情绪里，满怀感慨地，把洗礼的经过从头到尾说了一遍，就连观礼者的面貌和姿态以及天主教堂里的布置，也没有漏掉。末了，她说："有时候，祷告是很有益处的。"

直到晚饭之前，那些贵妇人还都高高兴兴对她显露出和蔼可亲的神情，目的就是为了在对她展开劝说之前先消除她的戒心，增加她对大家的信任心和服从性。

一坐到饭桌上，大家又都开始施展开各自套近乎的功夫。刚开始，便有人说了一通关于舍生取义的空泛议论。有人举出不少古代的例子：茹狄德和何洛斐伦①，随后又没来由地提到了吕克蕾斯和塞克斯都斯②，以及克丽奥芭特拉③如何让敌军将领们成为她的裙下不二之臣的故事。甚至于，在这几个不学无术的百万富翁的头脑中还孵化出这么一段虚构的历史：罗马的女公民们走进迦布埃城，让汉尼拔及他的将士在她们的怀里

---

① 茹狄德和何洛斐伦：何洛斐伦是古代巴比伦国的大将，曾领兵围攻古犹太国的一座城。而茹狄德则是该城里的一个寡妇，她混入敌军营垒，趁着何洛斐伦醉酒，割下了他的首级，迫使敌军解围退兵。

② 吕克蕾丝和塞克斯都斯：吕克蕾丝是古罗马一位将军之妻，因为被罗马王塞克斯都斯所奸污，愤而自杀，一直被欧洲人视为贞节烈妇的模范。这个例子在作者看来是文不对题的。

③ 克丽奥芭特拉：古埃及女王，利用自己的色相征服了罗马将军凯撒与安东尼，因而得以保持其政治上的地位，但最终败在渥大维手下，自杀而死。这个典故在作者看来也是不合适的。

酣睡[①]。他们几乎讲遍了所有令征服者拜倒在其石榴裙下的妇女们，说她们把自己的身体作为一种战场，一种武器，一种征服的手段，以及她们的自己的贞操，以英雄式的爱抚打败了许多丑恶的或者可鄙的敌人，从而达到了复仇和报国的崇高目标。

甚至于，他们还用遮遮掩掩的语句，谈起英国那个名门闺秀如何让自己感染上一种可怕的传染病再去传给拿破仑，好在当时由于拿破仑一阵突如其来的衰弱，在约会时鬼使神差地逃过了一劫。

这一切都是用一种适当的和蕴藉的方式叙述的，有时候还故意装出一种极端赞叹的姿态去激起竞争心。

最后，他们得出这样一个结论：谁都应该相信，妇女在人间的唯一职责，就是作出个人的牺牲，委身于强横的军人以消除他们的暴戾。

两个嬷嬷都像是什么也没有听见，完全坠入到了种种深邃的思想当中，羊脂球也没有说话。

整整一个下午，大家也都没有再说什么，而是留给羊脂球去思考。不过，大家对她的称呼，竟由原来的“夫人”，变成了现在的“小姐”——大家想把她从因为曾经赠予大家食物而获得的某种公认的较高地位上拉下来，让她明白自己的地位原来是为人所不齿的。

到了晚饭开始的时候，富兰维先生又出现了，口里依然重复着前一天那句老话：“普鲁士军官让人来问艾丽萨贝特·鲁西小姐是不是还没有改变她的主意？”

羊脂球很干脆地答道：“没有，先生。”

好不容易结成的同盟，在饭桌上解体了。鸟老板只说了三五句不怎么令人在意的话，而其他人无论如何搜索枯肠，也没有发现新的有说服力的例子。这个时候，伯爵夫人也许忽然觉出一阵想对天主教尊敬一番的需要，便对那个年龄较大的嬷嬷问起了圣徒们生活中的伟大事迹。谁知

---

① 关于这段历史，实际上是这样的：公元前2世纪，迦太基名将汉尼拔进攻罗马，先占领了位于罗马城南一百三十多公里处的迦布埃，因为在那里逗留太久，终于失去了进攻的机会。时人指斥汉尼拔的军队都“在迦布埃的快乐世界里酣睡”。这里的“酣睡”原本是比喻，而作者所说的“不学无术”的故事人物不明此义，因而虚构出了“罗马的女公民们……”云云。

许多个圣徒做过的好事,在我们看来都可以算是严重的犯罪行为——不过,只要那都是为了上帝的光荣或者为了人类的幸福,即便有罪,天主教会也会不予惩处,甚至给予赦免。这是一种很有力量的论据,伯爵夫人当然要加以利用了。如此一来,年老的嬷嬷无疑给了计划中的阴谋一种巨大的支持,或者说是达成了一种默契,一种任何身披法衣者都最为拿手的暗献殷勤,或者是一种投机取巧的助力,一种可以受人利用的愚昧的助力。以前,大家都还以为她很胆小很木讷的,可是现在,她却显示出她是多么的勇敢机智、口若悬河啊!这个人果然没有被决疑论搞昏了头脑,她的信仰如铁一般坚硬,从不迟疑,她的良心毫无顾虑。她认为亚伯拉罕的牺牲①很简单,因为她本人若是接着了上帝的指令,她也可以立刻杀自己的父母,而且在她的见解里,只要用心是好的,就绝没有什么能令上帝不快。伯爵夫人充分地利用这个令她意外的同谋者的神权,如同要为这种道德公理寻求一个注解似地说道:"结果才是判断方法的标准,对吗?"

随后她又问嬷嬷:"嬷嬷,那么您能确定这是上帝容许的:只要是在动机纯洁的前提下,上帝可以原谅一切行为。对吗?"

"谁会怀疑这些呢,夫人?一个在自己看来会受到谴责的行为,通常都会由于它使人感动的思想而变得令人称赞。"

她们俩就这样一直谈论了下去,从讨论上帝的种种意志开始,进而预料他的种种决策,还替他和许多跟他并不相干的事扯上了关系。尽管这些议论都很含蓄、巧妙、慎重,不过,这个戴着尖角风帽的圣女的每一句话,还是让那个风情女子的愤怒抵抗受到了损伤。

后来,话题略微地转换了方向,手持十字架的女人谈到了教会中的那些修道院,谈到了她的院长,谈到了她本人,又谈到她那娇小的同伴轩尼诗·富尔嬷嬷。说有人找她们前往哈佛尔看护各大医院里的好几百名出天花的士兵。她描述着那些可怜的人,详细说明了他们的症状。可偏偏这个时候,她们却被这个固执的普鲁士人扣留了下来,使得原本可以被她们挽救的法国士兵失去治疗而难免一死!看护军人原本就是她的专业职

① 亚伯拉罕的牺牲:亚伯拉罕是古犹太王。据说上帝为考验亚伯拉罕对他的忠诚,曾命他亲手杀死自己的儿子。亚伯拉罕毫不犹豫地答应了,但是当他准备下手时,天使却立即出手制止了他。

责，她曾经到过克里米亚，到过意大利，到过奥地利。当她说起自己在那些地方的战场经历，俨然成为一名听惯了铜鼓和喇叭的女修士，而这些修士仿佛也都是为了追踪战场，为了在战役的漩涡当中收容伤员而降临到这个世界似的。她还说，对于那些不守纪律的老兵，只要她们说上一句话，作用都比他们长官的长篇大论大得多。哈，这可真是一个军队中的嬷嬷，她那张满是小窟窿的破了相的脸简直就是战争破坏力的真实写照啊。

既然效果好像不错，也就没人肯在她后面多说一句话了。

饭一吃完，大家都迅速地跑到楼上自己的卧房里去了，而且一直待到第五天上午很晚的时候才下来。

午饭吃得很安静。对于前一天播下的种子，总得留些时间让它发芽和结果嘛。

伯爵夫人提议午后出去散步，伯爵按照事先商量好了的程序，挽着羊脂球的胳膊，故意落在其他人的后面。

他对她说话的语调很亲切，带着长辈的意味，虽然略微带着一点轻蔑——正是爱摆架子的人对"姑娘们"说话时惯用的态度。他亲切地称呼她"我的好孩子"，并站在自己的社会地位和无可争辩的名望这个高度，居高临下地跟她谈判，迅速切入问题的核心："既然，这种献身在您原来的生活当中早已习以为常，那您现在为什么不能接受，反而连累我们滞留在这里呢？难道想让我们也像您一样，做出不顾一切冒犯普鲁士人的暴烈行动来吗？"

羊脂球一个字也没有回答。

他不断地用雍容的气度，用理论上的推敲，用情感去争取她的信任。他一面保持着"伯爵先生"的身份，一面在必要的时候讨好对方，颂扬对方——总而言之，既言辞凿凿不容质疑，又不失亲和。他热情地称赞着她的献身精神，又表示出他们对她的感恩戴德之心，随后他又突如其来地用一个亲切的"你"来称呼她，对她说："你知道，我的亲爱的，那个普鲁士人将来一定会夸口自己在法国尝到了一个多么甜美的姑娘，就连在他的国家里也是难得一见的。"

羊脂球依然没有回答，并且赶到前面跟大家一块儿散步去了。

一回到旅馆，她就跑进楼上自己的卧房里再也不出来了。这让大家担心到了极点。啊，她会怎么做？如果她仍然不从，那该有多糟糕啊！

晚饭的铃声响了，大家只好干坐等着她下来。后来，富兰维先生进来通报说鲁西小姐不大舒服，请各位先行用餐。大家都像是感到了威胁。

伯爵走到旅馆掌柜跟前低声问道："事情妥了?"对方应道："是的。"虽然出于谨慎，伯爵什么话也没有说，不过还是简单地对他们点头示意了一下。

至此，大家才从胸脯里吐出一声表示舒服的长叹，脸上也流露出一丝喜悦。鸟老板嚷道："大吉大利！旅馆里要是可以找到香槟酒，我来请大家喝。"

还没等掌柜拿出四瓶香槟，鸟夫人就已感到肉痛了。

一时间，每个人都好像变得能说会道了，而且声音还很大；一时间，爽朗的笑声再次浸入了人们的心脾。伯爵称赞迦来·拉马东夫人很娇媚，厂长称赞伯爵夫人很高贵。话题也越来越活泼愉快，而且气氛也是那么的兴高采烈。

鸟老板脸上忽然露出一丝悬念，举起两只胳膊高声叫道："肃静！"

大家都不说话了，呆愣着，几乎又要恐慌起来。

这时，只见鸟老板一面侧着耳朵，一面用双手示意大家不要作声，他抬头看了看天花板，重新静听了一会儿，末了，又怪腔怪调地说道："请各位放心，一切都很顺利。"

刚开始大家还没明白他的意思，可是不久，就都会心地笑了。

过了一刻钟光景，他又摆出一副同样滑稽的样子，而且一连做好几回，甚至还装模作样地对楼上某个虚构出来的人物发出质问，并给了他许多一语双关的劝告——许多只有掮客头脑才能想得出来的一语双关的劝告。有时候，他装出一副发愁的样子叹着气说："可怜的女孩子！"有时候，又像很生气似地从牙缝里含含糊糊地挤出一句："该死的普鲁士恶棍，滚！"有时候，大家都不再去想这件事了，他又捏着嗓子颤抖着声音反复说道："够了！够了！"最后，他如同自言自语似的，说道："只要我们还能和她再见，什么都成，但愿那个无耻的家伙不要把她弄死！"

这些言行实在是太低级趣味了，可它毕竟让人感到轻松，而且谁也没有得罪。曾经的愤怒，早已因为环境不再而转移，现在的氛围，自然也因猥亵的思想，而变得暧昧起来。

吃到饭后的甜食时，几位妇人之间又彼此交流了许多聪明而审慎的隐语。大家已经喝多了，眼睛里都开始发光。起先，伯爵还能勉强保持他那大人物的沉稳风范，一直置身事外，现在他却找着一个很令人玩味的比方，说这件事情就像许多漂流北冰洋的人在冬去春回的日子里找到了一条向南的出路。

鸟老板兴高采烈地高举一杯香槟站起身来："为了我们获得解放，干一杯！"大家都站了起来，为他喝彩。那两个嬷嬷也因着几个贵妇人的央求，把嘴唇放在这种从来没有尝试过的泛着泡沫的酒里沾了一下。然后，她们高声说这酒很像柠檬汽水，而味道却比汽水好得多。

鸟老板简单地提出了应景的意见："令人遗憾的是，这里没有钢琴真不痛快，要不然，就可以弹一首四人对舞的曲子了。"

格尔努特一直没有说过一句话，也没有做过一个手势，仿佛沉浸在一些很严肃的思想里，偶尔愤愤不平地捋着自己的长胡子，像是要把它们拉长一点似的。

十二点了，大家快要分手了，鸟老板晃着身子摇摇摆摆地走到格尔努特身边，拍了拍他的肚皮，结结巴巴地对他说："您怎么也不开开玩笑，今天晚上，您什么也不说吗，公民？"

格尔努特突然抬起脑袋，用一道亮得怕人的目光，朝众人扫视了一周，说："我说，我真为你们刚才的言行感到可耻！"说完，站起身来，走到门口又说一遍，"真是可耻！"然后就走了。

大家闻言，像是猛地被人泼了一头凉水似的。鸟老板也大吃了一惊，怔了好一阵子，不过随后他又恢复常态，突然弯着身子大笑起来，反复说道："你们都太大意了，老朋友，你们都太大意了。"见大家都不明白他的意思，便又说出了那个"过道里的秘密"。大家才恍然大悟似的，哄堂大笑起来。那些贵妇人更是快活得如同疯婆子一般。伯爵和迦来·拉马东先生连眼泪也都笑出来了。这件事情让他们感到太意外了，简直不敢相信。

"怎么，您确定？他当初想……"

"我告诉各位的，都是我亲眼所见的。"

"她竟然拒绝了……"

"因为那个普鲁士人就住在旁边的屋子里。"

"不可能吧？"

"我向您发誓。"

伯爵透不过气来了。实业家用双手捧住了肚子。鸟老板接着说道：

“各位明白了，所以今天晚上，他并不认为她很可笑，一点儿也不。”

三个人又都笑了起来，直笑到心里憋得难受，透不过气来。

大家就是这样分手了。不过，鸟夫人的性格简直就跟荨麻[1]一样，刚刚躺下，就向她的丈夫指出，迦来·拉马东家那个娇小的坏东西整个晚上一直都在假笑：“你要知道，但凡一个娘儿们遇到了心仪的军人，才不管他是法国人还是普鲁士人呢，在她们眼里，并无实质的区别。这是不是很可笑，我的上帝！”

整整一夜，在过道的黑暗里，如同战栗似地传出一阵阵的轻微声息，那是人耳仅仅可以捕捉得到的，像是一阵阵的呼吸声，一阵阵赤脚踩在地面的声音，一阵阵似断若连的摩擦声。显然，大家睡得都很迟，许多光线从房间门底下、木板缝儿里漏到了外面，长时间地停留在了那里。香槟酒的效力可真持久，据说，它能让人无法入睡。

第六天，冬天的明亮太阳把积雪照得令人目眩。那辆马车终于套好了，候在了旅馆门外，一大群白鸽从它们厚而密的羽毛里伸出了脑袋，闪着那瞳孔乌黑的玫瑰色眼睛，悠然地在六匹牲口的脚下散步，从牲口撒下的热气腾腾的粪便里寻找着它们的营养物。

车夫披着羊皮大衣，坐在车厢前头的座位上安闲地衔着烟斗，所有旅客全都喜笑颜开的，匆匆忙忙让人包好了途中充饥的食品。

大家都在等着羊脂球的到来。她终于出来了。

她好像是有点不安，有点不好意思。她胆怯地朝着她的旅伴们走来，而她的旅伴们却几乎约好了似地，同时偏过身子，好像全没见着她似的。伯爵神情庄重地挽着他妻子的胳膊，让她远离那种肮脏的接触。

胖姑娘感觉有些茫然，停下了脚步，然后似乎聚集了全部的勇气，卑屈地轻轻道了一声“早上好，夫人”，走到了厂长夫人的旁边，而对方只用头部表示了一个倨傲的招呼，而且很没面子似的打量着她。大家都好像很忙碌似的，离她远远地站着，仿佛她的裙子里带来了一种肮脏。等大家坐进车厢，她才上了车，静悄悄地坐在了她第一天坐过的座位上。

---

① 荨麻：是一种长得很像麻的野生植物，属荨麻科，茎上生有细密的软刺，皮肤碰着它就会感到奇痒甚至红肿，防不胜防，就像阴险小人一样令人讨厌。

大家都好像既没看见她，也认不得她，只有鸟夫人，远远地怒视着她，低声对她丈夫说道："幸好我没跟她坐同一条长凳。"

笨重的马车摇晃起来了，旅行又开始了。

开始，谁也没有说话，羊脂球更是连头也不敢抬起。可是，尽管那个普鲁士人污辱了她，可逼迫她把她扔到普鲁士人怀抱里的正是这些假仁假义的同车的旅伴。所以，车厢里的这些人，让她感到愤慨，让她感到委屈和恶心。

好在伯爵夫人偏过头来望着迦来·拉马东夫人，打破了那种令人难堪的沉寂："我想您一定认识艾泰来尔夫人，对吗？"

"对呀，那是我的女朋友之一。"

"她好娇媚哟！"

"真是太可爱了！是个真正出色的人物，学识丰富，就连她的手指头也都带着艺术家的气息，唱起歌来令人乐而忘忧，而且绘画也是那么尽善尽美。"

厂长在和伯爵交谈，时不时地在车窗玻璃的震动声里迸出一两个名词："股票——付款期限——票面利差——期货。"

鸟老板从旅馆里偷了一副旧纸牌，那是一副在擦得不干净的桌子上经过五六年的摩擦早已沾满油腻的纸牌。现在，他正拿着这副纸牌跟妻子玩一种名叫"倍西格"的游戏。

两个嬷嬷从怀里掏出一个十字架放在唇边亲吻了一下，在胸脯上划着十字，嘴唇也跟着活泼泼地微微歙动起来，而且愈动愈快，呢呢喃喃，如同展开了一场祈祷竞赛，然后吻着一方金属圆牌，又划了一遍十字，接着又开始念叨起那些连绵不绝的模糊的咒语。

格尔努特陷入了沉思般，一直没有动弹。

在路上直过了三小时，鸟老板才收起纸牌，说道："饿了。"

他妻子摸出了一个用绳子缚好的纸包，从里面取出一块冷牛肉，仔仔细细地把它切成了整齐的薄片儿。然后就动手吃了起来。

"我们是不是也来点儿。"伯爵夫人说。见有人同意，她就解开了那些为两家人预备好的食品。一只长方形的陶盒，盒盖上塑了一只野兔，表示那里面是一份野兔胶冻，一份美味的速食——一些冻了的油脂掺杂在和其他肉末相混的棕色野味中间，像是许多雪白的溪涧。另外还有一方用报纸裹着的漂亮的干乳酪，报纸上面印着的“琐闻”这两个大字标题在干乳酪腴润的表面上留下了清楚的印记。

两个嬷嬷解开一段滚圆的香肠，那东西蒜味儿很重。格尔努特把双手插进披风上的大口袋里，先从一只衣袋里取出四个熟鸡蛋，在另一只里取出了一段面包。他剥下蛋壳，扔在脚底下的麦秸里，就这样拿在手上吃，使得不少蛋黄末儿落在了他那一大簇长胡子中间，像是缀着许多星星。

羊脂球早上起床时，太过慌乱，什么东西也没预备。现在看着这些平平静静吃东西的人，她真是气极了，呼吸也跟着急促起来。开始的时候，骚动的情绪让她面部肌肉痉挛，张开嘴刚要把已到嘴边的辱骂送出去，斥责一下他们的行为，可是由于愤怒扼住了嗓子，竟然说不出一句话来。

没有一个人看她，没有一个人记得她。她觉得自己快要被这些虚伪的混账东西的轻视淹没了，想当初，他们牺牲了她，然后又把她当作一件肮脏的废物似的扔掉。于是，她情不自禁地想起她那只装满美味的提篮，那里面本来还盛着两只胶冻鲜明的仔鸡，许多点心，不少的梨子和四瓶产自波尔多的名牌红葡萄酒——所有这些，第一天就通通被他们这班饕餮吃喝得干干净净。后来，她的愤慨又如同一根过度紧张的琴弦中断了似的忽然没了踪影，她觉得自己快要哭出来了。她使出了惊人的毅力，克制住了自己，如同孩子一般吞下了自己的呜咽，但眼泪还是流出来了，润湿了她的眼睑，接着又有两点热泪夺眶而出，从颊部往下滑落，然后泪珠就如同断了线的珍珠一般滴落，就像一滴滴从岩石缝里滤出的水，落到了她胸脯突出部分的曲线上。她直挺挺地坐着，目光定定的，脸色严肃而且苍白，她一心希望不会有人看见她。可伯爵夫人还是瞧出来了，她用一个手势通知了丈夫。而她的丈夫却耸着肩膀，仿佛在说：“您打算怎么办，这又不是我的过错。”鸟夫人得胜似的冷笑了一声，低声细气地说道：“她在为自己的耻辱哭泣。”

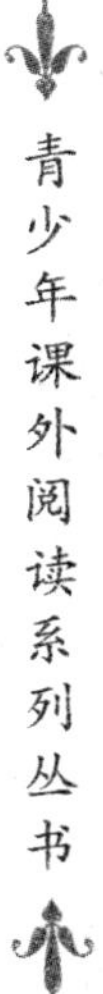

两个嬷嬷把剩下的香肠用纸卷好，又开始祷告了。

这个时候，格尔努特正等着那四个鸡蛋在胃囊里消化，他朝对面的长凳下伸展了一下双腿，仰着身子，叉着胳膊，如同刚找着一件滑稽玩意儿一般微笑着，用口哨吹起了《马赛曲》。

所有人的脸上一下子暗淡了下来。很显然，这首人们用血肉谱写出来的军歌让同车的人感到了不快。他们都被刺激得神经兮兮的,如同猎犬听到手摇风琴一般快要狂吠出声了。格尔努特虽然看出了苗头,可还是吹个不停,甚至于还轻轻地哼出了歌词:

无上的情感,爱国的神圣,
领导支持我们的复仇之手,
自由,我们所珍爱的自由,
请带着你的保卫者来战斗!

路上的积雪冻得比铁还硬,马车走得相当快,经过旅途中长时间的惨淡跋涉,加上傍晚时候的颠簸摇晃,直到车厢里变得一片漆黑。直到抵达吉艾卜为止,格尔努特始终在用一种猛烈的不屈不挠的态度吹着他那复仇意味浓郁的单调口哨,强迫那些疲惫不堪、满脑子恼怒的家伙从头到尾地倾听他的歌唱,去记忆那每一句节奏明快的歌词。

羊脂球始终在哭,而且不时还有一声抑制不住的呜咽,穿过两段歌词之间的缝隙,在黑暗世界里传播出来……

幸　　福

一

下午茶时间，尚未点灯。别墅俯临着大海。落日西沉之际染红了整个天空，蒙蒙的天色像铺上了一层金粉。地中海无波无澜，平滑如镜，在夕阳的余辉中闪闪发光，仿如一片巨大光滑的金属板。

右方的远处层峦起伏，在逐渐转暗的绯红天际留下了黑色的剪影。

众人正在讨论爱情这个老掉牙的话题，重复说着已经说过无数次的话。黄昏淡淡的愁绪令众人放慢了发言的速度，心中的感动油然而生。

小小的客厅里，浑厚的男声夹杂着轻声细语的女声交谈着，只听得"爱情"一词不断出现，仿佛鸟儿般翩然飞舞，又似灵魂般游移飘荡。

爱情能够持续多年吗？

"可以。"有人这么说。

"不行！"也有人这么说。

大家区别了各种情形，划分了各种界线，并举出了各种例证。所有的人，无论男女，都忽然想起了令人发窘的过往，话到嘴边却无法启齿，显得十分激动。他们以高昂的情绪、热切的关怀，谈论着这个既平凡却又至高无上的话题，这个两性之间温柔又神秘的关系。

突然间，有一个人眼睛盯着远方高喊道：

"喂！你们看那边，那是什么？"

海面上，在地平线那端，突然出现了一个灰蒙蒙的庞然大物。

女士们都站起身来，不解地注视着这个从未见过的惊人物体。

有人说：

"那是科西嘉岛！平常远方的景致总是被海面上长年弥漫的水蒸气所遮掩，可是每年有两三次的机会，空气会变得特别清晰透明，在这种特殊的天气状况下，便可以见到科西嘉岛了。"

岛上的山脊隐约可辨，似乎还见得到山顶的积雪。这个乍然出现的世界，这个从海中蹿出的幽灵，使得每个人都感到诧异、慌乱，甚至惊恐。那些和哥伦布一样远渡重洋探险的人，应该也看过这种奇异的景象吧。

此时，一位尚未开口的老先生说道：

“其实这个矗立在我们眼前的岛，好像回应了我们刚才的话题，让我回想起一段特别的往事，我可以告诉大家一个永恒不渝的爱情故事，一段令人难以置信的幸福恋爱。你们请听……”

二

五年前，我到科西嘉岛旅行。虽然我们偶尔也可以像今天一样，从法国山脊上见到这座荒凉岛屿，但它比美洲更令人感到陌生与遥远。

你们想象一下，在一个依旧混沌不明的世界，山中暴雨过后，雨水顺着细窄的沟壑流下，奔泻成湍流；没有平原，只有大片大片的花岗岩层，以及起伏不平的土地，地面上或是密布着丛林，或是高耸着栗树林与松林。这是一块处女地，未经开垦，杳无人烟。难得一见的村落，却像是山丘顶上的一堆乱石。毫无文化，毫无产业，毫无艺术。在这里看不到一片加工过的木材，一块雕琢过的石头，更别想看到一些优雅美丽的事物，让人缅怀先人简单或讲究的品位。但这也正是这方美丽却严酷的土地，最令人印象深刻之处：世世代代都不屑于追求迷人的形态，也就是我们所谓的艺术。

这里的人住在粗劣的屋子里，凡是与本身的生活或家庭纠纷无关的事物，他们都无动于衷。他们保留了原始族群的优缺点，虽然粗暴、易怒、残酷，却也好客、慷慨、忠实、天真，大门永远为旅人敞开，而且只要稍稍示好，他们便会对你推心置腹。

因此，一个月来我漫游于这座神奇的岛上，仿佛置身于世界尽头。没有旅馆、没有酒店、没有大路，只能循着骡子走的小径，前往那些攀附在山侧的小村庄。

有一天晚上，我走了十个小时的路，来到一个小小的住家，这间屋子坐落于狭窄山谷的深处，山谷外几公里便是大海。两旁陡峭的山壁上，覆满了丛林、坍塌的落石和高大的树木，就像两道阴森森的高墙，围绕着这个悲凄的峡谷。

茅屋四周种了几株葡萄，有一个小菜园，远一点还有几棵高大的栗树，这可是这个贫苦地区的重要生计所在呢。

接待我的老妇人，穿着特别朴素整洁。原本坐在一张草垫椅子上的

男人，站起来向我点头招呼后，又坐了回去，一句话都没有说，他的伴侣解释道：

“很抱歉，他听不见，他已经八十二岁了。”

她操着法国本土的口音说话，令我十分惊讶。

我于是问她：

“你不是科西嘉人？”

她回答道：

“不是，我们是法国本土的人，不过已经在这里住了五十年了。”

我一想到他们远离都市人群，在这个幽暗偏僻的角落度过了五十年的岁月，便突然有一种焦虑惊惧之情袭上心头。一名年老的牧羊人回来后，我们便开始用餐，那一餐只有一道以马铃薯、肥肉加卷心菜熬成的浓汤。

晚餐很快地结束了，我到门口坐下，眼前这片阴沉的景象，让我感到忧郁、悲伤。出门在外的游子偶尔在几个忧伤的夜晚、几处荒凉的地方，都会有相同的感受，好像一切都即将结束，生物和宇宙都将消失。

老妇人也来到门口，潜藏在灵魂最深处的一股好奇，让她忍不住问道：

“你是从法国来的，是吗？”

“是的，我到处旅行。”

“那你是巴黎人吧？”

“不是，我住南锡。”

她的内心似乎受到了强烈的冲击，至于我是如何看出来或感觉出来的，我也不知道。

她慢慢地又说了一次：

“你住南锡？”

男人出现在门边，面无表情，一如所有的聋子。

她说：

“没关系，他听不见。”

几秒钟后，又说：

“那么你认识不少南锡当地的人吧？”

“当然，几乎所有的人都认识。”

“圣塔雷兹家的人呢？”

“很熟，是我父亲的朋友。”

“请问你叫什么名字？”

我把名字说出后，她定定地看着我，然后用充满回忆的低沉语调说：

“对了，对了，我想起来了。布里兹玛一家呢，后来怎么样了？”

“都死了。”

“啊！那西尔蒙家你认识吗？”

“认识，他们家最小的儿子是个将军。”

她因激动、焦虑而微微颤抖着，这份复杂、强烈而神圣的情感，我无法了解，她也不明白是什么驱使她坦陈一切，说出多年来一直深藏在内心深处的话，提起这些令她情绪激荡的人。她说：

“对，亨利·西尔蒙，我知道，他是我弟弟。”

我惊愕地抬起头看她，突然回忆起了往事。

这件事当时在洛林的贵族地区，曾经造成过极大的轰动。年轻美丽的富家女苏珊·西尔蒙，遭父亲麾下一名轻骑兵队的士兵诱拐出走了。

这名胆敢勾引指挥官之女的士兵，是个英俊的农村子弟，也是骑兵队的正式成员。她大概是在观看骑兵队伍行进时，见到了他，几番留意之后便爱上他了。

可是她如何跟他搭上话？他们又如何会面，向对方倾吐心声？她如何敢对他表白爱意？这些问题至今依然无解。

谁也没有察觉到什么，没有任何预感。就在士兵服役期满的那一晚，他们俩便一块儿消失了。众人到处寻找，但毫无音讯。从此一直没有他们的下落，大家都以为她死了。

而我竟在这个阴郁的山谷里，见到了她。

于是我接着说：

“对，我想起来了，你是苏珊小姐。”

她点点头，泪水双双垂落。她把眼光移到那个坐在破屋门槛上、一动也不动的老人身上，跟我说：

“就是他。”

我感觉得出来，她仍然爱着他，仍然以依恋的眼神看着他。

我开口问道：

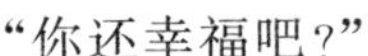

"你还幸福吧?"

她非常真挚地回答道:

"是的,非常幸福。他让我过得非常幸福,我从来没有后悔过。

我凝视着她,有点难过,却又惊叹于爱情的魔力。这个富家女跟随着这样一个乡下农民,她自己也成了农妇。

她让自己适应平实无华、毫不讲究的生活,屈从于简单的生活习惯,而她仍然爱他。她成了乡野村姑,戴着软帽,穿着粗布裙。她用陶盘盛食物,在木桌上用餐,坐的是草垫椅子,吃的是马铃薯、肥肉加卷心菜浓汤。她靠在他身边,睡在草席上。

除了他之外,她从来什么也不想!她从未怀念过昔日的绫罗绸缎、华贵饰物,昔日柔软的座椅,昔日垂满流苏、芳香温暖的卧房,以及昔日休憩时用的轻柔的羽绒枕。她只需要他,只要有他在,她一无所求。

她那么年轻,便抛弃了原有的生活与世界,离开抚养她、爱她的人。她独自与他来到这个荒野峡谷。他就是她的一切,她希求的一切,她梦想的一切,她不断等待的一切,她不停寄望的一切。他使她的生命充满幸福快乐,从最初到最后。

她的人生不可能比这更幸福了。

一整晚,简陋的床上,不断传来老士兵低低粗粗的呼吸声,他身旁就躺着那个天涯海角追随他的女人,我心里想着这段单纯的爱情传奇,想着这种那么圆满、那么简单的幸福。

隔天一早,我和这对老夫妻握过手之后便走了……

讲述的人不再开口。有一位女士说:

"无论如何,她的理想太容易达成,她的需求太粗糙,她的愿望太简单了。她真是个笨蛋。"

另一个女士缓缓地说:

"那有什么关系!她很幸福啊!"

此时,天边的科西嘉岛在夜幕笼罩之下,渐渐淡去,巨大的阴影缓缓地没入海中,刚才的乍现似乎只为了叙述一个故事,说的是住在岛上河谷中,一对简朴卑微的爱人。

等　诗

席散了之后，男人们在吸烟室里聊天。他们谈到一些意想不到的继承，一些稀奇古怪的遗产。这时候，有时被人称为著名大师、有时被人称为著名辩护师的勒布律芒律师走了过来，背靠在壁炉上。他说：

“我现在正在寻找一个在极其可怕的情况下失踪的遗产继承人。这是日常生活中的一个既寻常而又不幸的悲剧；这是每天都可能遇到的一桩事情，可又是我所知道的最骇人听闻的一桩事情。”事情是这样的——

差不多在六个月以前，我被请到一个垂死的妇人床前。她对我说：

“先生，我想委托给您的可能是世上最棘手、最困难、最费时间的任务。请看一下放在这张桌上的我的遗嘱。事情办不成，付给您五千法郎的酬金；如果成功的话，付给您十万法郎。在我死了以后您必须把我的儿子找到。”

她求我扶她在床上坐起来，这样说起话来可以容易些，因为她喘得厉害，说话断断续续，嗓音嘶哑。

我是在一所十分阔气的住宅里。那间卧室很豪华，但豪华里又显得很简单朴素。四面蒙着跟墙壁一般厚的棉垫子，看上去是那么柔软，使人有一种受着抚爱的感觉，而且又是那样寂静，说出来的话都好像会钻进去，消逝在里面，死在里面似的。

那个垂死的妇人接着说：

“您是第一个听我讲述自己可怕遭遇的人，我要打起精神把它讲完。我知道您是一个热心肠的人，同时又是一个上流社会的人，因此必须毫无保留地什么都让您知道，才好使您愿意尽全力帮助我。

“请您听我说吧。

“我在结婚以前爱过一个年轻人，但我的家庭拒绝了他的求婚，因为他不是很有钱。过了不久，我就嫁给了一个十分有钱的人。我嫁给他是出于无知、出于害怕、出于服从、出于马虎，正如一般的少女嫁人那样。

“我跟他生了一个孩子，一个男孩子。我的丈夫过了几年就死了。

“我爱过的那个人，他也结了婚。他知道我守了寡，偏偏他自己又失

去了自由，因此感到万分痛苦。他来看我，当着我面就哭起来，哭得我心都碎了。他变成了我的朋友。也许我不应该接待他。可有什么办法呢？剩了我一个人，那么凄凉、那么孤单、那么绝望！而且，我还是那么爱他。有时候人有多么痛苦啊！

“在这个世界上我只有他了，因为我的父母都已经去世。他经常来，整晚整晚地待在我身旁。我真不应该让他来得这么勤，既然他已经结了婚。但我没有力量阻止他。

“怎么对您说呢？……他变成了我的情人。怎么会这样呢？难道我知道？谁又知道？两个人相爱，被这种不可抗拒的力量推向一起的时候，您想还会有别的结局吗？一个男人，我们崇拜他，我们愿意看到他在一切方面都称心如意，我们愿意他得到可能得到的一切快乐。如果我们屈服于人世间的荣誉观念，就会使他悲观绝望。先生，您想我们能够永远抵抗、永远斗争，能够永远拒绝他用恳求、哀告、眼泪、疯话、下跪和奔放的热情等等向我们要求的事吗？那得需要多大的力量，放弃幸福，自我牺牲，抱着这种道德观点的人有多么自私啊！您说对不对？

“总之一句话，先生，我成了他的情妇，而且我很幸福，在十二年里，我很幸福。我还变成了——这是我最大的缺点，也是我最大的可耻行为——我还变成了他妻子的朋友。

“我们一起教养我的儿子，我们把他培养成人，成为一个真正的人，聪明、通情达理、坚强果断、侠义心肠、胸襟开阔。这孩子那年十七岁了。

“年轻人几乎跟我自己一样爱我的……我的情人，因为我们两个人都同样地疼爱他、照顾他。他管他叫朋友，非常尊敬他，因为他从他那里得到的从来都是明智的教导，正直、荣誉和诚实的榜样。他把他看作是自己母亲的一位正直、忠诚的老友，是类似道义上的父亲、监护人、保护人的那种人，我也说不清楚。

“从小时候起，他就看惯了这个人在家里，在我的身旁，在他的身旁，不停地为我们操心，因此他也许就从来没有起过一点疑心。

“有一天晚上，我们原应该三个人在一起吃晚饭（那是我最快活的日子），我一边等他们两个人，一面心里猜想着，不知他们谁先来到。门开了，来的是他，我伸出胳膊迎了过去，他在我唇上接了一个幸福的长吻。

“这时忽然有一个响声，一个细小的摩擦声，而且几乎是声息全无，那种有旁人在的神秘感觉使我们猛然一惊，我们一下子就转过身来。让，我的儿子，在那儿站着，脸上没有半点血色，看着我们。

“这是残酷得令人发狂的一秒钟。我后退了一步，苦苦哀求似的向我的儿子伸出双手。然而我已经看不见他，他已经走了。

“我们狼狈不堪，面对面立在那里，话也不会说了。我瘫倒在靠背椅里，心里隐约地产生了一股强烈的欲望，我要逃跑，逃进黑暗里，从此永远消逝。一阵痉挛性的呜咽哽住了我的喉咙，我抽抽噎噎地哭起来，心痛欲裂，所有的神经都由于这场不可救药的灾祸而带来的这种可怕的感觉，也由于一个母亲在这种时刻心灵上感觉到的这种难以忍受的羞耻，绷得紧紧的。

“他呢……站在我面前，手足无措，不敢挨近我，不敢跟我说话，也不敢碰我，怕的是孩子再回来。最后他说：

“‘我去找他……告诉他……让他明白……总之我必须见到他……让他知道……’

“他出去了。

“我等着……神不守舍地等着，有一点响声就心惊胆颤，直打哆嗦；壁炉里的柴火哪怕轻轻地哔剥响上一声，我都会有一阵难以形容无法忍受的激动。

“我等候了一个钟头，两个钟头，只觉得心里有一种从未感受过的恐惧在不断增长，一种忧虑在不断增长。这个时刻真难熬啊，哪怕是世界上罪恶最深重的人，我也不希望他经受十分钟。我的孩子现在哪里？他在干什么？

“快到半夜十二点钟，我的情人派人送来一张便条。我现在还记得便条上的话：

“‘您的儿子回来了没有？我没找着他。我在楼下。我不愿在这个时刻上楼。’

“我用铅笔在这张纸上写道：

“‘让没有回来。您必须找到他。’

“我就坐在靠背椅里等着，度过了那一整夜。

“我疯了。我真想高声喊叫，我真想奔跑，我真想在地上打滚。可是我没有动一动，一直在等着。会发生什么事呢？我想知道，我想猜出来。

可是不管我怎么努力，不管我心里有多么苦痛，我还是一点也预测不到。

“我现在反倒怕他们见面了。他们会干出什么事来呢？孩子会干出什么事来呢？许多可怕的揣测，吓人的推想把我折磨得好苦。

“您一定能体会到这点，是不是，先生？

“我的女仆，她什么也不知道，什么也不明白，不停地进来，她一定是以为我疯了。我用一句话或一个手势把她打发走。她去找医生，医生来的时候发现我已经神经错乱，人事不知。

“他们把我抬到床上。我得了脑炎。

“病了很长时期以后，我才恢复了知觉，发现我的……我的情人……独自一个人在我床边。我大声喊叫：‘我的儿子呢？……我的儿子在哪儿？’他不回答，我结结巴巴地说：

“‘死了……死了……他自杀了吗？’

“他回答：

“‘没有，没有，我可以向您发誓。不过我花了很大力量，至今还没有能够找到他。

“我突然生气了，甚至还大发雷霆，因为一个人有时候是会这样发脾气的，既无法解释，而且也不可理喻。我宣布说：

“‘您不把他找回来，我就不准您再来，不准您再来见我。您给我走。’

“他出去了。

“他们两个人，从此以后我一个也没有再见过，先生，我就这样过了二十年。

“您能够想象吗？您能够理解这种无法忍受的苦刑，撕扯着我这颗母亲的心，我这颗女人的心缓慢而持久的痛苦，这种残酷的、永无尽期的……永无尽期的等待吗？

“不……等待就要结束了……因为我快死了。我快死了，不能再见到他们，这一个……那一个都不能见到了！

“他，我的朋友，二十年来每天都给我写信。我呢，我一直不愿意接待他，哪怕是一秒钟也不愿意；因为我觉得他再到这里的时候，恰恰应该是我看见我的儿子又出现的时候。——我的儿子！——我的儿子！——他是死了吗？还是活着？他躲到哪儿去了？也许在那边，远隔重洋，在一个遥远得我连名字也不知道的地方！他想念我吗？……噢！如果他知道就好了！孩子们是多么狠心啊！他明白不明白他让我受到了多么可怕的痛苦！我，他的母亲，把全部的母爱都倾注在他身上了，他明白不明白，他把还年轻的我活活抛进了何等的绝望之中，何等的苦刑之中，一直到我的末日来临才会结束！您说，这有多么狠心啊！

"请您把这一切都告诉他，先生。请您把我最后的话重复说一遍给他听：

"'我的孩子，我亲爱的、亲爱的孩子，对可怜的人们别这样狠心吧。生活本身已经够残暴、够凶狠的了！我亲爱的孩子，想一想你的母亲，你可怜的母亲从你离开她的那一天起过的是什么样的生活。我亲爱的孩子，既然你的母亲已经死了，那就原谅她吧，爱她吧，因为她已经受到了最残酷的惩罚。'"

她喘得很厉害，浑身哆嗦，好像她的儿子就在面前，她在对着他说话似的。随后她又补充说：

"您还得告诉他，先生，说我没有再见过……另一个。"

她又不说话了，然后上气不接下气地说道：

"现在请您让我一个人待着吧。我愿意一个人孤零零地死去，既然他们都不在我身边。"

勒布律芒律师补充说：

"先生们，我也就出来了，像傻瓜似的哭着，哭得这么厉害，我的马车夫不停地回过头来看。

"可是每天有多少像这样的悲剧在我们周围发生啊！

"我没有找着她的儿子……这个儿子……你们爱怎么想就怎么想吧。我呢，我说这个儿子……是有罪的。"

奥 尔 拉

著名精神病专家莫拉德医生，在他的诊所里邀请了三位同行和四位从事自然科学研究的学者，前来共同会诊他的一位病人，他要让他们看的是一位非同寻常的病人。

等朋友们来齐了之后，他对他们说："我将向各位提供一个我从医以来所遇到的最奇怪、最费解的病例。关于病人的一切我不想多说什么，一切由他本人来陈述。"

医生说完，随即按了一下铃，仆人带进来一个男人。这个男人活像一具骷髅，比那些饱受结核病和贫血折磨的病人还要瘦。这都是因为精神的痛苦不仅吞噬了他的思想，同时也吞噬了他的肉体。

病人先向大家问了声好，然后坐下说道：

"先生们，我知道你们是为什么而来，是我恳请莫拉德医生这样做的，因为我早就想和你们谈谈关于发生在我身上的故事。很长时间以来，莫拉德医生认为我脑子出了毛病，但后来他也产生了怀疑。你们很快就能看出，我的精神是健康的，意识是清醒的，完全和你们一样。我想发生在我身上的不幸，就像发生在你们身上，甚至发生在全人类身上的不幸一样。"

"下面我将叙述一下所发生的事情经过，它们完全是真实的——"

"我今年四十二岁，没有结婚。我的家产足够让我过着非常舒适安逸的生活。我在塞纳河边有一幢房子，位于卢昂区的布耶萨尔，我就住在那里，平时喜欢打猎钓鱼。我的房子上面是巨大的岩石层；前面就是世界上最美丽的河流之一——塞纳河；房子后面不远处连接着全法国最美丽的森林——卢玛尔森林。我的房子是一幢宽大、古老而漂亮的宅子，外部全部漆成了白色。我在花园里种了很多漂亮的树木，它们直攀山岩，几乎和森林连成一片。

"我有一个马车夫，一个园丁，一个贴身男仆，一个女厨师和一个女管家，他们构成了我的全部家庭成员。这些人和我在一起共同生活了十几年，他们都很了解我，可以说都是一些忠诚善良的仆人，同时他们对我家的周边情况也了如指掌。这一点对我将要说的所发生的事十分重要。

“我再说说从我花园前流过的塞纳河，它直通卢昂，我每天都能看到许多来自世界各地的船只，它们在河上穿梭往返，都是些巨大的帆船和蒸汽船。

“然而，就在去年夏天，我突然得了一种怪病。它在我身上的反应首先是烦躁不安，彻夜难眠，任何一点响声发出，哪怕声音再小，我都会吓得浑身发抖。我的脾气开始变得怪异，经常会无缘无故地突然发怒。于是我去看了医生，他给我开了些溴化钾，并建议我每天淋浴。

“遵照医嘱，我每天早晚各洗一次淋浴，并坚持服用溴化钾。不久我开始能入睡了，但比失眠更可怕的梦魇却随之而来。只要我一闭上眼，就感到自己仿佛跌入了万丈深渊，灵魂离开了肉体。这种恐惧就像一块巨石压在我的胸口，让我喘不过气来；或是像一张大手紧紧堵住了我的嘴，吞噬着我的生命。上帝啊，这简直太恐怖了！我还从来没有过如此可怕的感觉。

“你们想象一下，一个人睡着时遭人谋杀，惊醒时发现一把刀插在自己的喉咙上，并且正咕嘟咕嘟往外冒着血。他再也无法呼吸，就要死去，却不明白是怎么回事——我的上帝！

“我的身体不可思议地急剧瘦了下去。有一天，我突然注意到我的车夫，他原本肥胖的身体现在也像我一样，开始变得越来越瘦。于是我问他：‘你最近怎么啦，让？看上去就像个病人。’

“他回答我说：‘我想我是和您得了同样的病，先生。这些日子我晚上整夜睡不着觉。’

“我想这种病也许会像河水一样在家里泛滥开来，于是我打算出去一两个月，正好这也是打猎的好季节。但随后我无意中看到了一件奇怪的事情，让我发现了一系列不可理解的、神秘而可怕的现象。我决定留下来继续观察。

“有一天晚上我渴了，便喝了半杯水。我注意到玻璃水瓶的水基本还是满的，几乎快到水晶瓶塞处。为了拿取方便，我把玻璃水瓶放在我的床边。

“半夜，我再次被噩梦折磨醒。我点燃蜡烛，想喝口水，但却发现水瓶里已一无所有。我简直不敢相信自己的眼睛。我想，要么我有梦游症，半

夜自己喝了水;要么就是有人半夜进了我的房间,把水喝光了。

“第二天晚上,为了弄清事情真相,睡觉前我反锁上门,并确定外人不可能进入我的房间。半夜,我一如既往被噩梦惊醒。事情再次发生:我睡着前两小时还装满水的水瓶,现在又被喝光了!

“是谁喝了水瓶里的水?难道是我自己?但我在昏沉的睡梦中怎么可能起来喝水,而自己竟不知道呢?

“于是我只好想了个办法,以此来证明我没有梦游行为。晚上,我在玻璃水瓶旁边又放了一瓶陈年波尔多葡萄酒、一杯我从来就讨厌喝的牛奶以及几块我平时喜欢吃的巧克力蛋糕。

“夜里醒来后我发现,葡萄酒和蛋糕原封未动,牛奶和水却被喝光了。第二天我又换成鱼和面条,但这两样食物也没有被动过。这说明他或它只喝新鲜的牛奶和水,尤其喜欢喝水。

“但我的脑子里依然存有个想法,那就是到底会不会是我自己干的事,甚至吃了自己平时不喜欢吃的东西,但自己却全然不知道。由于这一段时间被梦魇折磨得筋疲力尽,有可能处于一种梦游状态,而在这种状态下自己是有可能一改平日生活中的喜好和习惯的。

“针对自己的可能性,我又想出一个方法。我把东西用纸包裹起来,并用细细的白线缠系好,然后再扣上一个盘子。我把它们在床边摆放好,然后上床,再用铅白粉把自己的双手、嘴唇和小胡子全部涂抹一遍,如此只要是我干的,就会留下痕迹。

“当我在半夜再次醒来后,所有的东西虽然都在,但已被动过,因为盘子已不是我先前摆放的样子了。此外牛奶和水依然被喝光了,而所有这些东西都没有留下我的印迹。我又观察一下,门和百叶窗也都锁得好好的,不可能有人进来过。

“这一切使我不得不去想一个令人费解的问题:每天晚上究竟是什么东西来到我的房间,如此接近我?

“先生们,也许我说得太快,没有表达清楚。我从你们的微笑中可以看出,你们一定心里在想:

“‘这是个疯子。’

“也许我应该多花些时间来向你们描述一下这个男人的精神状态:虽然他长期待在家中,但神智很清醒。他是在完全清醒的状态下,一觉醒来

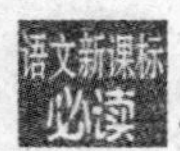

发现他床头玻璃水瓶里的水莫名其妙地消失了。我还应该让你们理解，这个男人从早到晚都被失眠和可怕的梦魇折磨得痛苦不堪。

“下面我接着叙述后来所发生的事：

“没过多久，这种怪事不再发生了，卧室里的东西也没有再被动过，一切好像都结束了。我的睡眠和精神状态也日见好转，生活又恢复正常。但随后我得知，我的一个邻居也得了和我先前一样的怪病：失眠和做噩梦。我确信在我的家周围一片地区，一定流传着一种疾病，而一个月前我的车夫因为病得不轻已离开了我家。

“冬天过去，春天来了。一天早上，我正在玫瑰园里散步，忽然我看见——清清楚楚地看见，就在我前面几步远的地方，有一枝非常漂亮的玫瑰花突然间连根自己断了，仿佛空气中有一只无形的手摘走了它。随后那枝花在空中上下浮游，好似有人拿着它在欣赏，并不时把它送到鼻下嗅着芳香。就这样，那枝花在我眼前的空气中停留半天。我呆若木鸡，惊恐万分。

“片刻之后，设法抓住这个无形的恐怖东西的念头在我大脑中闪现。我向那玫瑰花扑去，但扑空了，它转瞬不见了。随后我对自己的行为很生气，因为此时作为一个理智健全的人是应该保持冷静的，否则真有可能会产生幻觉！

“难道刚才产生的景象是一个幻觉吗？我找到刚才被摘去玫瑰的枝条，在它上面立刻发现有一个刚刚被摘断的新鲜痕迹，这个痕迹正好位于另外两朵花的中间，这说明此前我所看到的很真切，这根枝条上确实曾有三朵花。

“我回到家中，大脑一片混乱。先生们，此时我可以很平静地告诉你们，我过去从不相信有什么超自然现象，现在也不相信。但此事从一开始我就确信，确信在我身边有一个看不见的东西真实存在，它日夜缠绕在我身边，时常去了又来，来了又去。

“没过多久，我再次证实了它的存在。

“首先，每天家里的仆人们之间都要发生无数争吵，而争吵的原因全都是些鸡毛蒜皮的小事，但却引起我的强烈不安。其次，我餐厅碗柜里的威尼斯产酒杯，经常在大白天无缘无故地自己破碎了。还有我的贴身仆人整天责骂厨师，厨师又责骂洗衣工，而洗衣工再去责骂谁我就不知

道了。

“再就是晚上明明关好的门窗，第二天一大早却全都莫名其妙地打开了。而放在书房里的牛奶每夜都会被喝个精光——我的上帝，一切全都乱了套！

“那东西究竟是个什么样子？是一种自然生物吗？我的心里既怀着强烈的好奇感，同时又掺合着恼怒与恐惧。这种感觉终日伴随着我，使我惶惶不安。

“但随后没多久，家里似乎又恢复了平静。可依旧是好景不长，噩梦又随之而来，并且怪事也接踵而至。

“记得那是 7 月 20 号晚上的九点钟，天气相当的热。我把窗户全部打开，拧开桌上的台灯，然后舒舒服服地靠在平时小寐的宽大扶手椅上，在灯光下开始阅读缪塞的《五月之夜》①。

“大约过了四十分钟，就在我快要睡着的时候，突然被一种说不上来的奇怪声音惊醒过来。我睁开眼站起身，但一开始什么异常也没发现，接着我猛然发现刚才我看的书有一页被翻了过去，而此刻窗外没有一丝风吹进来。我惊愕万分，静静等待着事情的发生。大约几分钟后，我看见了，用我的眼睛真真切切看见了，又有一面书页缓缓翻过去，其过程就像是有人用手指轻轻翻过书页一样。

“谁在房间里？

“我在房间里四处扑腾，试图抓住这个东西，而我桌前的扶手椅是空的，但我知道那个东西就在我的房间里，哪怕摸到或是碰到他（它）也好……可没等我抓住他（它），在我面前的椅子翻倒了，就像被人掀翻一样，随后台灯也突然熄灭了，玻璃杯接着破碎了，窗户咣咣作响，宛如窃贼入室被发现后，生怕被抓住而仓惶跳窗逃跑似的……我的上帝啊……我赶紧按铃叫人。

“我的贴身仆人进来后，我对他说道：

“‘我的房间被弄得乱七八糟，赶快给我拿灯来。’

“那晚我一夜没睡。我觉得自己就像被一种幻觉控制住一样，可我的

① 缪塞(1810—1857)：法国 19 世纪四大浪漫主义诗人之一，《五月之夜》是他的代表诗作“四夜诗”之一，抒发诗人失去爱情的复杂而丰富的感情，带有悲观色彩。

大脑在清醒的状态下怎么会如此失控？难道是我自己把椅子掀翻，把杯子摔碎，像疯子一样在房间里乱窜吗？

“不，这决不可能！我坚信那个东西存在，就在我身边。

“是的，那个东西！我该怎样称呼他（它）呢？他（它）对我来说是无形的，我仅仅知道他（它）的存在而已。我想了想决定将他（它）命名为“奥尔拉”。我也不知为何要给他（它）取这个名字，但自此以后，奥尔拉一直缠绕在我身边，我已确信无疑，这个无形的东西成了我的邻居，并且无时无刻不在控制着我的生活。

“然而，无法看到他（它）的这一事实让我恼火万分。每晚我都把家里的灯全部打开，使得整个屋子灯火通明，仿佛这样我就可以发现他（它）。

“终于我还是感觉到了他（它）。

“我几乎不敢相信，但我确确实实地感觉到了他（它）。

“我在一本打开的书前坐下，但没有去读它。我全身的所有器官都高度警觉起来，以使自己能随时察觉到他（它）。果不其然，这东西就在我身边，我确信无疑。可他（它）究竟具体在什么地方呢？他（它）此刻又在做什么？我怎样才能抓住他（它）呢？

“现在在我的对面是一张古老的橡木大床，我的右边是壁炉台，左边是早已锁好的卧室的门。我的身后是一面巨大的镜子，平日出门前我总要在它面前刮脸和穿衣打扮一番，即使从它前面走过，我也习惯性地从头到尾打量一下自己。为了让他（它）不对我产生警觉，我假装在专心读书，因为他（它）肯定也在悄悄观察我。没一会，我就明确感觉到他（它）在我的肩膀上方窥视我手上的书。他（它）就在旁边，紧贴着我的耳朵边来回不停。

“我忽然猛地站起来，急转身，因为动作太快，还差点摔倒……屋内灯火通明，尤如白天……可就在我转身面对镜子时，镜子里竟然没有我的身影！整个镜子里一片空明没有任何影像，也就是说明亮的镜子里根本就没有我的身影，尽管我此时面对着它……我从上到下看着明亮的镜子，惊恐不已！

“我睁大两只恐惧的眼睛，不敢向前迈一步。虽然我知道奥尔拉就在我和镜子之间，他（它）无形的身影已完全挡住了我的身子，但我只要一动，他（它）就会立即逃离。

“当时我简直是太害怕了。稍后我突然发现自己身处一片烟雾之中，无论是镜里镜外，宛如置身于一片水雾之中。我感到这泓水自左向右，从我身边缓缓流过，然后让我就像一个隐身人，从迷雾中慢慢现出身形。

“渐渐地，我能够像大白天那样从镜子中分辨出我的身影了。

“我真切地感受到了他（它）的存在。巨大的恐惧在我心里挥之不去，并让我瑟瑟发抖。

“第二天我就来到了这里，恳求大家设法保护我。

“先生们，现在我的陈述完了。莫拉德医生曾经也对我说的事产生过怀疑，为此专程去了我的家。而现在我的三位邻居也出现了和我同样的状况。是这样吗，医生？”

医生回答道：“确实如此。”

“您还建议过他们每晚把水和牛奶放在卧室里，看看它们是否也会消失，他们按您的要求做了，结果是不是像在我家里发生的一样？”

医生极其认真地回答：“它们确实都消失了。”

“现在，先生们，一种生物，一种新的生物在我们这个地球上出现了，而且他（它）会像我们人类一样生存繁衍下去！

“哦，你们笑了，不相信，因为他（它）的存在是无形的，但这是因为我们眼睛的局限性。先生们，眼睛作为我们人的一种重要器官，是我们生存所不可缺少的，但它观察世界的能力是有限的：太小的东西看不见，太大的看不全，太远的又看不清。比如它无法看到一滴水里成千上万的微生物，无法看清我们眼中无数的星球，甚至都无法看到在我们面前的透明究竟是什么。

“拿一只鸟来做例子。如果我们抓住一只鸟放在屋内，然后在它面前放一面透明的玻璃，它就会一头撞在上面摔断脖子，因为它看不到玻璃的存在。同样我们也看不到其他一些无形但却存在的物体，比如说万物赖以生存的空气，无影无形的风，它的巨大力量不仅可以把我们人吹翻在地，还可以摧毁房屋、大树，甚至能卷起千尺巨浪，把坚硬的峭壁摧垮。

“人们为什么会对他看不见的生灵产生巨大的恐惧，或许是怕失去自己的家园，就像怕失去阳光一样。

“你们都知道电流是怎么回事，它也看不见，但它的确存在！而我所命名的叫“奥尔拉”的东西也的确存在。

“可他(它)究竟是什么？难道是继我们人类之后来到我们地球的新物种！如果是，那他(它)就是来代替我们，奴役我们，征服我们！这东西也许还会驯养我们，就像我们养野牛、野猪一样。

“几个世纪以来，人们传说着他(它)，对他(它)既恨又怕！他(它)所带来的无形的巨大恐惧缠绕着我们祖祖辈辈。

“现在，他(它)真的来了。

“所有关于仙女、侏儒、神出鬼没的恶魔的传说都来自于他(它)，正是他(它)给我们带来了恐惧和不安，我们才永远诅咒他(它)。

“先生们，你们现在所做的研究已进行了很多年，你们把那研究称之为心理催眠疗法、暗示疗法或是叫磁场疗法，它一定能帮助你们分析我所感到和看到的这种种怪事！

“我告诉你们这个东西来了。他(它)现在自己也有点惶惶不安，这是因为他(它)目前还不知道自己的能量，但他(它)很快就会知道的，很快。

“现在，先生们，我手头有一张报纸，上面有一篇叫里奥那多写的文章，我把它读给你们听，以此来结束我的叙述：‘近来，一种疯狂的瘟疫正在圣·保卢省肆虐，当地很多村庄的人们丢弃了他们的土地和房屋跑出来。据说有一种看不见身影的吸血鬼，每晚趁人们熟睡之时通过吞噬人的元气来获取力量。此外，据称这种吸血鬼只喝水，有时也喝牛奶。’

“对我而言，这该死的病虽然差点要了我的命，可在得病最初的日子，我的意识非常清晰，至今我都能清楚记得，有一艘巨大的巴西三角帆船从我的门前驶过，上面的国旗迎风飞舞……我告诉过你们，我的房子就在河边……是白色的……就像是一艘抛锚的船……先生们，我没有什么可再补充的了。”

莫拉德医生站起身，喃喃低语道：“我也没有什么要补充的。我不知道这个男人是否疯了，或者我们两个都疯了……或者新的物种真的来了……”

小　酒　桶

埃普勒维尔客店的老板希科大叔走到玛格卢瓦尔老太婆的农庄前就停下了他的轻便马车。他人高马大，看上去大约有四十岁，身体富态，精神饱满，是众所周知的阴谋家。

他把他的马拴在栅栏的木桩上，就走进了院子。他的一份田产紧挨着玛格卢瓦尔的农庄。从很久以前，他就一直觊觎着老太婆的这份产业，他来找玛格卢瓦尔老太婆商量买她的农庄这件事最少也有二十次了，可她一直不肯答应。她说：

“我在这里出生，在这里长大，也要在这个地方离开人世。”

他看到她坐在门前削土豆。她现在七十二岁了，虽然有些瘦，看上去还那么硬朗，只是背稍微有点儿驼，但干起活来却又像年轻力壮的小伙子一样不知疲劳。希科走到她的跟前拍拍她的背表示亲热，然后就在她身边的那张小凳子上坐了下来：

“最近怎样啊，老奶奶，身体还很硬朗吧？”

“还不错，您怎样，普罗斯佩老板？”

“唉，唉，只是有点筋骨痛，别的就什么毛病都没有了。”

“那就太好了，太好了！”

说完这话她就一句话也不说了。希科在看她干活，她的骨节弯成钩形向外突起，手指就像是螃蟹的爪子那样硬。柳条筐中那些浅灰色的土豆像是被钳子夹了出来，飞快地在手里转着圈儿，长长的土豆皮就像一条带子似的从另一只手中那把旧刀子下飞了出去。待一块土豆完全变成了黄色，她就把它扔进旁边的水桶里。有三只母鸡胆特别大，它们一前一后地走到她的面前，钻到她的裙子底下，用嘴叼起一块土豆皮就惊慌失措地逃走了。

希科看上去心中很不平静，一直都是欲言又止的样子，犹犹豫豫，刚张开口就又打住了。最后终于狠狠心咬咬牙说：

“我说，玛格卢瓦尔老妈妈……”

“您有什么地方用得着我吗？”

“还是关于您农庄的事，您还没有改变主意卖给我吗？”

“这事儿还是不行。您还是趁早死了这条心吧，以前说过多少次都不行的事就不要再说了。”

“如今我倒是想出个两全齐美的好主意，对我们双方都有好处。”

“什么办法？”

“您看，咱们不妨这样，您现在就把农庄卖给我，而农庄里的所有事务都还由您来管理——或许您还没听明白，对吗？不要紧，听我详细地把这事解释一下，您就会明白了。”

老婆子不再削土豆，布满皱纹的眼皮下那双眼睛一下子亮了起来，紧紧地注视着这位客店老板。

希科接着往下说：

“您仔细听好了：每个月我都会给您一百五十法郎。您可听清了，每个月我都会驾着我的轻便马车给您送三十块面值五法郎的金路易。至于其他一切，都还照原来的样子，什么都不会改变，没有一丁点儿改变。您仍然可以住在这里；关于我这里，您也不用做些什么。您并不欠我什么，您需要做的就是每个月等着收钱。您觉得这样是不是能让您满意？”

他满脸堆笑地看着她，看起来十分高兴的样子。

老太婆半信半疑地打量着他，心中怀疑这家伙又在耍什么花招。她问：

“这些都是对我有利的一面，那么您想从中得到什么呢？这座农庄不还是在我手里吗？”

他说道：

“这一点您尽管放心，只要阎王爷不召您去，您就在这里一直住下去，这里就还是您的家，但是您得当着公正人的面立个字据给我，并在字据上标明在您去世以后这农庄归我所有。您没儿没女，几个侄子也不是多么亲近，您用不着挂念谁。您看这样的条件能不能接受？只要您一天活在这世上，您的产业就还是您的产业。我每个月按时送给您一百五十法郎，这些钱可是额外的收入啊！”

老太婆惊讶得愣住了，虽然仍有许多疑虑，但心里还是有些松动了。她应道：

“按说这样也还可以，不过我还需要时间认真考虑一下。下个星期您

再来吧，那时候我再答复您。”

希科老板高高兴兴地离开了，兴奋得像是一个刚刚征服了其他国家的国王。

玛格卢瓦尔老太婆不断地在心里琢磨着这件事，以至于那天晚上翻来覆去睡不着。接连几天她都在反复地想着，像发烧感冒一样难受，始终难以做出决定。她想这样做肯定会给她带来损失，但是仔细一想每个月不费任何力气就可以有三十埃居的收入，那些可是白花花、敲起来清脆悦耳的银币呀，像是个大馅饼从天而降落到了她的围裙口袋里。一想到这些，她就觉得心里像是有个虫子在蚕食着她的心。

她把这一情况告诉了公证人。公证人建议她答应希科的提议，但是应该让他每个月给她五十个面值一百个苏的金路易而不是他提出的三十个，她的农庄现在至少也值六万法郎。

“即使您可以再活十五年，”公证人说，“按这样的价格计算一下，他付给您的也只有四万五千法郎。”

老太婆听说每个月可以白拿五十块面值一百个苏的金路易，高兴得浑身颤抖起来；但是又一直在担心，担心会节外生枝，担心这里面会不会有什么他设下的陷阱在等着她。她一直都不肯离开，打听打听这，打听打听那，一直磨蹭到晚上，才让公证人准备好了字据，然后就像刚喝了四罐新酿的苹果酒似的昏昏沉沉地回了家。

希科再次来要她的回话时，她又故意说不卖了，为了是让对方再三请求，但是又打心眼里有些担心，深怕他不会答应每月给她五十个金路易。在他不断的恳求下，她才提出了自己最后的要求。

这可把他吓一跳，非常失望地，一口否定了她的要价。

她一边跟他讲道理劝说他，一边又说她也不可能活太长时间。

“或许最多我也还能再活三五年，不可能再多了。我现在已经是七十三岁的人了，身体也慢慢变坏了。有一天晚上我就有了要死的征兆，浑身上下空荡荡的，人似乎要虚脱了，幸亏后来有人把我抬到了床上。”

但是希科并不信她的鬼话：

“得了吧，得了吧，老太婆，您比教堂里的钟楼还要硬朗，我敢肯定自己活不过您，少说您也能活个百十来岁。”

那一整天，他们都在那里不停地讨价还价，因为老大婆丝毫也不肯松口，客店老板只好答应每月给她五十块金路易。

第二天两个人到公证处签了字据。玛格卢瓦尔老太婆还非得再要十个金路易的酒钱。

三个年头过去了，老太婆活得依然很结实，像个神仙一样丝毫没有老的迹象。希科心里可就不好受了，就觉得这固定的开支他好像已经支付几十年似的，他感觉自己有些失策，被人耍了，再这样下去他就要破产了。过不了多久，他就要到农庄主那里去看看，就像在七月里人们总是不断地要到田间转转一样，看看哪天可以动镰刀收割麦子。她接待他的时候，目光里总是透着一些狡黠的喜悦，似乎是在心中暗自替自己的手段高明而高兴。他一看到这幅情景，马上就转回身去赶着他的轻便马车走了，嘴里还一直嘟囔着：

"你这个老妖精，还真能活！"

但他一点儿也没有办法，每次一看见她就会恨得咬牙切齿，只想冲上前去将她一把掐死。这是乡下人受到损害后派生出来的刻骨铭心的仇恨的典型体现。

于是他不得不再次开动脑筋。

终于有一天，他又来到了老太婆那里，而且来的时候，他还高兴得直搓手，与第一次来谈这笔交易时的情形一样。

闲聊了一会儿之后，他说：

"哎呀。老妈妈，您从埃普勒维尔经过，怎么也该到我那里去吃一顿饭吧。已经有人在背后说闲话了，说我们之间的交情太生疏了。听到这些我很伤心，您想啊，您到我那里去吃顿饭，我又不会要您一分钱，几顿饭对我来说算什么。以后您什么时候想吃就只管去，不要客气。那样我会很高兴的。"

玛格卢瓦尔老太婆倒也不客气，每隔一天就到那里去吃饭。她乘着她那破旧的马车，让雇工塞勒斯坦赶着去集市，并且把马牵到希科老板的马厩里，然后坐下来心安理得地吃他的饭。

客店老板就像接待贵妇人一样把她迎进来，给她端来小鸡、羊腿、花式小香肠和肥肉烧卷心菜等等。但是她向来过着清贫的日子，几乎什么都没有吃进去，只吃了一点浓汤和两片抹了黄油的面包。

希科为此感到很丧气，几次三番地劝她多吃一点，可她就是不吃，连

杯咖啡都不喝。

他说：

“您总不至于连一小杯酒都不会喝吧？”

“哦，酒啊，那倒可以来一点儿。”

他提高声音朝店堂的那边叫道：

“罗萨莉，上酒，要上等的好酒，最好是白兰地。”

女仆过来了，手里拿着一个长颈瓶，上面贴着葡萄叶形的商标。

他把两只小杯子全部斟满，说：

“尝尝这种酒，老妈妈，这可是上等的好酒。”

老太太一点一点慢悠悠地呷着，认真品尝享受着这一美酒，把所有的酒喝完，又把杯中剩下的几滴也吮干，然后说：

“真好，确实是好酒。”

她的话还没说完，希科又立刻给她满上了。她想阻止可已经晚了，只好又像先前那样细细地享受起来。

他想再给她满上一回，可她却不喝了。他不停地劝她：

“你瞧，这种酒和牛奶一样有营养，我一口气连喝十杯、十二杯也没问题。它的消失就像融化的糖一样，对胃没有损伤，又不会让头不舒服，到舌尖上一下子就化了，还有什么营养品比这更有助于身体健康的呢？”

其实她心里也想再喝一点儿，于是就不再推辞，又喝了半杯。

这时候，希科摆出十分乐善好施的样子，提高嗓门说：

“瞧，这种酒还是很好喝的嘛，明天我送一桶到您家里去，别的什么都不说，就只看在我们永久的友情上。”

老太太没有推辞，微醉着离开了。

第二天，客店老板很守信用地来到玛格卢瓦尔老太太的院子，还从马车上搬下了一只箍有铁皮的小木桶，然后又请她喝桶里的酒，说是和昨天喝的那种酒是一样的。他们两个每人喝了三杯。他站起来要走，并且告诉她：

“您可别忘了，喝完了我再给您送，您别见外，我是个慷慨的人，您喝得越多我会越高兴的。”

说完，他就上了他的轻便马车离开了。

过了几天他又来了。老太婆正坐在门口把面包切成块儿配着面汤吃。

他走上前去，向她表示问候，说话的时候离她的脸很近，目的是想从她呼出来的气息里闻出有没有酒味。当他如愿以偿地闻到酒味时，脸上立刻乐开了花。

“我们坐下来喝几杯?”他建议。

接着，他们坐下来，一人又喝了三杯。

很快，这个地方就有消息说，玛格卢瓦尔老太婆常常一个人喝酒而且醉得昏迷不醒，有时醉倒在厨房，有时瘫倒在院子里，甚至在她家附近的路上也能见到烂醉如泥的她躺在那里一动不动，过路的人只好像抬死人一样把她抬回家去。

可是，希科再也不去她家了。如果谁在他的面前说起这个乡下女人，他便会装作一副可怜同情的样子说道：

“这么大年纪又染上了这种坏习惯，太不幸了！看来，人一老就管不住自己了，你们等着看吧，最后她肯定会受损失的。”

如他所言，她吃了大亏。第二年冬天快过圣诞节的时候，由于她喝醉了，瘫倒在雪地里冻死了。

她的庄园理所当然归了希科。希科说：

“如果不是这个乡下女人染上酒瘾，我至少还得付给她十年的钱!”

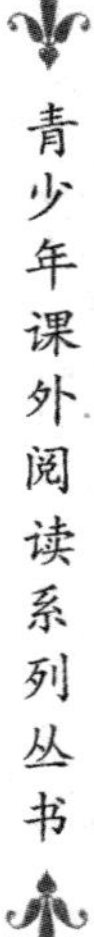

绳　子

今天正是赶集的日子，在通往戈代维尔的所有道路上，农民们正带着他们的妻子朝着镇上走来。男人们迈着细长的罗圈腿神色安然地向前走着，每迈一步，身体就向前方倾斜一下。他们中大多数人的腿都呈畸形，费时间又消耗体力的艰苦劳动使他们变成了这个样子。比如在耕地扶犁时他们要耸着左边的肩膀，斜着身子把犁往下掘；收割麦子的时候为了保持身体平衡他们要把双腿分开。他们穿的蓝布罩衫是浆洗过的，看起来闪耀着光芒，好像是在上面涂了一层清漆。他们还用白色的线在领子和袖口绣出一些小小的图案。在他们那干瘦的上身套着圆鼓鼓的罩衫，看起来就像是将要升天的气球，只是气球的上下左右又伸出了一个脑袋、一双胳膊和两只脚。

男人们或牵着一头母牛，或牵着一头牛犊；他们的妻子手里则拿着一根带有树叶的树枝跟在后面，用枝条轻轻敲打牲口的腰部，想让它走得快点儿。她们的胳膊上还会挎上个大篮子，不时会有几只鸡的脑袋或是鸭的脑袋从这边或那边探出来。与男人们相比，她们走路用的是小碎步，又小又快；瘦瘦的身子挺得直直的，一条狭小的披肩被她们用别针别在干瘪的胸上；紧挨着头发的是用来包头的白布，灰白布上面又戴上一顶无边的软帽子。

一辆马车驶过，这是一辆带有长凳可以载人的马车，一匹小矮马拉着车迅速地小跑着，把在里面并排坐的两个男人颠得东倒西歪的。坐在车子后面的是个女人，牢牢地抓着车沿，以防车子把她颠得太厉害。

在戈代维尔镇的广场上可以看到，各种种类的牲口夹杂在喧闹不已的人群中，熙熙攘攘的，显得广场格外狭小。从高处看这些涌动的人群，简直就是长绒高筒帽——那是富裕的农民戴的——和乡下女人戴的便帽的海洋，中间还混杂着一对对牛角。人的高分贝叫喊声和禽兽嘹亮而急促的鸣叫声混在一起，就好像是一组大型的交响乐。在这持久而粗俗的喧闹声中，不时会有几个声压群音的哈哈大笑传来，这种笑声只有快乐而又壮实的庄稼汉的胸膛才能发得出来。有时，被拴在房子墙脚下的母牛也会拖着冗音“哞哞”地叫上几声。

牲畜栅栏、牛奶、厩中的肥料、还有干草和臭汗的气味，混合在一起充满了整个广场。人和牲口的身上，特别是庄稼人身上都散发着刺鼻的酸腐味道。

家住布雷典泰村的奥舍科尔纳老爹也到镇上来了，他正走在往广场的路上，忽然，他看见有一根绳子躺在地上。奥舍科尔纳老爹是一个纯正的诺曼底人，生性非常节俭，在他的观念中，有用的东西如果被丢掉实在太可惜，应该把它捡起来。虽然他患有风湿病，可他还是艰难地弯下腰，想把这一小根纫绳从地上捡起来。可是，就在他想把它收起来的时候，忽然发现马朗丹——那个马具皮件店的老板正站在自家门口往这里张望。以前，为了一只马笼头他们曾经发生过一些不愉快的事情，从那以后，两个人谁也不肯原谅谁，彼此怀恨起来。让自己的仇人看到自己从泥浆里捡起一根绳子，那是多么没面子的事情啊！

想到这里，奥舍科尔纳老爹赶快把刚捡到的绳子用罩衫盖了起来，但还是觉得不妥，又塞进了裤子口袋里，后来又装成在地面上四处寻找失物，找来找去却没有找着的样子，最后悻悻地忍受着病患的疼痛，弯着他那驼背的身体一倾一斜地朝广场走去。

不久，那些闹哄哄的、缓缓流动的人群就吞没了他。市场上嘈杂的讨价还价声此起彼伏，整个人群乱成了一锅粥。有些乡下人围着一头母牛转过来掉过去地看，摸摸这儿，捏捏那儿，仍然一副犹豫不决的样子。他们最担心的是看走眼，所以始终下不了决心，眼睛盯着卖的人，仿佛想从卖主那里看出什么破绽，找个压价的理由。

女人把篮子拿出来放在脚边，把里面的鸡鸭拿出来。这些家禽的双脚都被捆上了，冠子血红，从惊恐的眼神里可以看出它们心里很不安。

她们听着买主想付的价钱，脸上显得很冷淡，表现出不屑一顾的样子，始终坚持着自己要卖的价格——有时，她们又会很突然地把正要慢慢离开的买主喊回来，表示同意按照对方出的价格成交。

“好吧，昂蒂姆大爷，这个价也只是卖给您了。”

慢慢地，广场上的人逐渐散去，教堂里午祷的钟声已经敲响，离家远一点儿的人也都散到各个小客栈中去了。

在儒尔丹客栈的大堂里，吃饭的人已经把宽敞的厅堂挤得满满当当，各种各样的车——如大车、有篷的双轮马车、带有长凳子的四轮马车、双轮轻便车，还有一些叫不上名的车子把宽广的院子也塞得满满的。这些车子全都沾满着泥土，而且东补一块西补一块，已看不出它原来的模样了。甚至有的车子还车辕朝天，像是伸展着的两只胳膊；有的鼻子朝着地面，尾部却翘向了天空。

在这些吃饭的桌子旁边还有几只巨大的壁炉，在右边吃饭的人被熊熊燃烧着的火墙熏得脊背暖烘烘的。在火炉的上方还烤着用铁钎子叉着的小鸡、鸽子和羊腿，被烤得焦黄的肉散发出一阵阵香喷喷的香味，再加上肉皮带着的卤汁的香味，从炉膛中飘散出来，直馋得人垂涎三尺，食欲大增。

来这家店里吃饭的都是那些扶犁把子的人们当中的上层人物。店主儒尔丹是个精明的人，他既开客栈又贩卖马匹，是颇有点家底的。

菜上了一盆又一盆，黄色的苹果酒也搬来一罐又一罐，所有这些全都被人们一扫而光。所有的人都在谈论着自己今天的生意，或买或卖的情形，偶尔也会谈到今年的收成情况——大家以为，对草料来说天气还算不错，但对小麦来说情况就不太妙了。

这时，院子里忽然传来了咚咚的鼓声，尽管大家嘴里还塞着满满的食物，餐巾纸也还在手中攒着，但还是几乎全都站了起来，甚至挤到了门口和窗前，只有少数几个人对此无动于衷。

鼓声停了下来，有个公差就把公告文书举在手中，用抑扬顿挫的声音宣读起来。公告被他读得支离破碎，甚至有些地方断句都错了。

“兹特通知，戈代维尔的人们，所有来赶集的人们，在今天早上九点到十点钟之间，在伯泽维尔的大路上有人丢了一只黑色的皮夹，里面装着五百法朗和若干商业票据。如果有人捡到，请马上交给镇政府或者马纳维尔的福蒂内·乌尔布雷克先生。届时将会获得二十法郎的酬谢金。”

这个人一念完，就离开了。不一会儿，鼓声和公差的叫喊声又在远处响了起来，只是声音显得越来越微弱和低沉。

大家听完之后，纷纷开始对这件事发表自己的意见，并且猜测着乌尔布雷克先生是否有可能找到他的皮夹。

午饭吃完了。

大家正喝着最后的咖啡，宪兵队的一位班长来到了门口。

他朝大家问道：

“这里面有一位来自奥泰村的奥舍科尔纳先生吗？”

正在桌子另一头坐着的奥舍科尔纳老爹应道：

“我在这里。”

那个宪兵班长接着说：

“奥舍科尔纳老爹，麻烦您跟我到镇政府走一趟，行吗？镇长想跟您商量点儿事情。”

这个乡下人被吓了一大跳，马上恐慌起来，端起面前放着的一小杯烧酒一饮而尽，然后站了起来。看起来他的驼背比早晨来时驼得更厉害了，每次稍作休息再往前走时，开头的几步总是显得格外艰难。他边走边不停地说：

“在这里，我就在这里。”

宪兵班长和他一块儿走了。

镇长的身体有些胖，态度总是严肃认真，他是本地的公证人，说话的时候总爱夸大其辞。此时，他正坐在安乐椅上。

“奥舍科尔纳老爹，”他说，“今天早上，有人看到你在伯泽维尔的大路上捡到了马纳维尔的乌尔布雷克先生的皮夹子。”

这个乡下人一听这话，一下子呆住了，神情迟滞地望着镇长，舌头也因这突如其来毫无根据的质疑吓得结巴起来：

“我，我，把那个皮夹子拾起来了？”

“对，正是你本人。”

“我以自己的名誉发誓，我根本就不知道这回事儿。”

“你捡的时候有人看到了。”

“有人看见了？是谁看到我捡钱包了？”

“马具皮件店的老板马朗丹先生。”

这下子老头子想起来了，知道了事情的起因，气得满脸通红，大声说道：

“啊，原来这个无赖告诉您我捡到了！镇长先生，他看见我捡的是这根绳子，喏。”

他在身上摸索了一阵子，掏出了那根小绳子。

镇长摇了摇头，怎么都不肯相信。

“你不用要花招了，奥舍科尔纳老爹，马朗丹先生不是信口雌黄的人，他是不可能把这根绳子说成是皮夹子的。”

这个老农生气了，把手举起来，又朝旁边吐了口唾沫，表示他以自己的名誉起誓，又一次说道：

“上帝作证，我说的句句都是实话，镇长先生。关于这件事，我敢用我的灵魂还有灵魂得到拯救来再一次对天发誓。”

镇长继续说道：

“你把东西捡起来之后，又在烂泥里到处寻找了一段时间，以确定没有硬币从皮夹子里面掉出来。”

这个老头儿又气又急，同时又有些担心，他已经有点语无伦次了。

“这样的话他竟然也编得出来！……他竟然说……竟然编出谎言来嫁祸于一个善良的人！他，他怎么能说这样的话！……”

他的抗议显然没有起到作用，镇长怎么都不肯相信他的话。

后来，马朗丹先生也被叫来当面指证这件事情。马朗丹又把他说过的话复述了一遍，并且坚持认为他亲眼看到奥舍科尔纳捡到的就是那个皮夹子。于是在接下来的一个小时里，他们都在相互咒骂对方。奥舍科尔纳老爹要求对他进行搜身，但是，没有搜到任何东西。

到了最后，镇长也不知道怎样收场，只好先让他走，不过还是告诉他这件事是会交给检察机关处理，届时再听候指示。

这个消息很快传了出去。刚刚走出镇政府，人们就把老头儿围了起来，七嘴八舌地问长问短，有的人是为了满足好奇心才去问的，也有的人则是在问话中夹杂着对他的冷嘲热讽，但就是没有一个人替他鸣屈叫冤。他把他捡绳子的经过讲给大家听，大家都笑了起来，没有谁相信这会是真的。

在回家的路上，人们遇见他就把他拦下来询问这件事情，他也会主动拦住他所认识的人，把事情的前因后果仔细地说一遍，表明自己的委屈，还把衣服的口袋全都翻出来，证明他确实没有捡到那皮夹子。

别人劝他说：

“算了吧，老滑头！”

他心中非常窝火，怒气冲冲。整天都在为没人信任他而大伤脑筋，也不知道该如何去澄清这件事，只能三番五次地讲述事情的经过。

天渐渐暗了下来，他也该回去了，邻村的三个人和他一起走回去，在经过他捡绳子的地方，他还指着让他们看。这一路上说的全都是这件飞来的横祸。

晚上，他到布雷奥泰村转了一圈儿，目的是给大家讲述他白天的遭遇，可就是没人肯信他的话。

整整一夜他都在为这件事懊恼。

到了第二天下午大约一点的时候，一个种庄稼的伊莫维尔人，也就是在布尔通先生的农庄里当雇工的马里内斯·度梅尔先生，把乌尔布雷克先生的皮夹子还有里面所有的钱物还回去了。

这个人说，其实是他在大路上捡到这个皮夹子的，因为他不认识上面的字，就跑回家去交给了他的雇主。

附近的村庄又开始传递着这一消息，奥舍科尔纳老爹也从别人那里听到了。他马上开始走东串西，告诉别人关于他无端遭受怀疑和诬陷的事情，最终是他胜利了。

“令我心碎的，”他说，“并不是这件事情，而是那些说谎诬陷我的人。你们能理解吗？真是害人不浅啊！由于一句谎话就被别人怀疑，让人家在背后对你说三道四，再没有比这更令人伤心的了。”

他花了一整天时间去诉说他的不幸遭遇，在路上他讲给过路人听；在酒馆他讲给喝酒的人；到了星期日做弥撒的时候，他又来到教堂门口去诉说。对那些压根儿就不知道他是谁的人，他也会拦住他们向他们诉说。现在总算一块石头落了地，可是心头总还是有一些说不清道不明的东西让他感到难受。那就是，听他讲述的那些人好像带着讥笑，似乎并没有相信他的语。好像还有些人在他的背后说闲话。

接下来的一个星期二到了，他又到戈代维尔镇去赶集，其实他的目的不是去赶集，他是要到那里去把这件事情澄清一下。

马朗丹站在自家门口，看到他走过来，就笑了。这是什么意思？

见迎面过来一位克里克托的农庄主人，他就迎上去和他搭讪，但是那人没听他说完就拍了一下他的胸脯，很认真地盯着他的脸叫道：“老滑头，算了吧！”说完，便转身离开了。

奥舍科尔纳老爹呆呆地愣在那里，心里又开始不安起来，别人为什么都喊他“老滑头”呢？

他到儒尔丹客店里坐了下来，又开始找人来解释那件事情。

蒙特维利埃的一个马贩子对他大声喊道：

“打住吧，打住吧，老滑头，你拾了根绳子！我什么都清楚了。”

奥舍科尔纳支支吾吾地说：

“那个皮夹子不是有人已经交上去了吗？”

但是那个人却接着说道：

“不要往下说了，我的老大爷，一个人捡到钱包，再派另一个人送回去，这样可以遮人耳目嘛！”

这个乡下人再一次惊得说不出话来。这回他总算彻底弄清楚了，原来人们把送还皮夹子的人当成了他的同谋，都认为是他指使那个人把皮夹子送回去的。

他想为自己辩护，但在座的人全都笑了。

他再也没有办法吃完这顿饭，只好在大家的嘲讽中离开了。

他又气又羞地回到了家里。这又羞又气的心情让他觉得心头非常憋气：最让他不安的是，别人指责他的这种事情，就他那种诺曼底人特有的精明而言，的确是能够做出来的，或许还会把这作为吹嘘自己的资本来炫耀。自己的清白看来是解释不清楚了，因为在大家眼里，他一直是个非常狡猾的人。这么一想，他便觉得像有人在他胸口打了一拳似的，这件不明不白的冤屈就堵在了他的胸口。

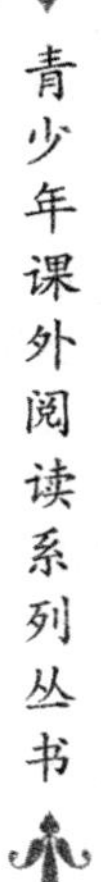

于是，他又开始一遍又一遍地向人们讲述他这场飞来的横祸，而且讲述的内容一天比一天多，每天都有一些新的理由被补充进去作为佐证。他为自己的辩护也越来越理直气壮，那些誓言也更加地掷地有声。所有这些话都是他苦思冥想事先准备好的。关于绳子的这件事情现在已经成了他头脑中唯一思考的事情。可是无论他论述得有多充分，有多少证据，人们对他的信任度却丝毫没有任何的提高。

“这都是他自己编的理由。”在背后别人都这么评价他。

这一点他也非常清楚，可他的心好像受着烈火的煎熬，不得不日复一日地竭力解释，可惜的是，任他费尽口舌身心憔悴，仍然毫无效果。

很明显地，他一天比一天地见老了。

现在，就像是曾经亲历过战场的人喜欢逢人就讲打仗一样，有些爱开玩笑的人，一见他就会提起绳子的事，取笑他一番。他的精神因此遭受到

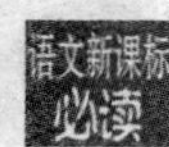

了沉重的冲击，从此萎靡不振，一天天消沉下去。

在将近年终的时候，他终于倒在了病床上。

正月初他就去世了。在弥留之际的呓语中，他还在为自己无辜受冤申辩，嘴里不停地支吾着：

“一根小绳子……一根小绳予……喏，这个就是，镇长先生。”

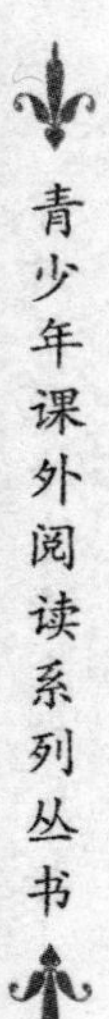

项　　链

在这个世界上，漂亮动人的女子，常常像是受到命运之神捉弄似的，总是降生在穷人家里。

我们现在要说的这个姑娘也是如此。她既没有陪嫁的本钱，也没有希望或者任何方法让她结识到一位既有钱又有地位、了解她、爱她、娶她的人。最后，将就着嫁给了教育部的一个小科员。

对于女人而言，原本是不必讲究阶级，不讲究门第出身的，因为她们的美丽、她们的丰韵和她们的魅力就代表了她们的身份；因为她们天生的聪敏、优雅的姿质、温柔的性情，就是她们唯一的资格证明，而且可以把她们从民间的女子提升到与上流贵妇人一样的高度。但是，如果她不能够讲求装饰，那么，即使她有清水芙蓉般的美妙，也会不幸地像是一个不够格的女人。

她觉得自己本是为了一切精美和一切豪华的事物而生的，可是，自己的居所如此寒伧，墙壁如此粗糙，家具如此陈旧，衣料如此庸俗，这一切，能不让她感到委屈、感到难过吗？这一切，在另一个跟她出身相当的妇人看来，也许并不会计较，然而她却因此伤心，因此懊恼，一想到那个替她照料琐碎家务的布列塔尼省的小女佣的样子，她的心中就充满了种种恼人的胡思乱想。

她梦想着那些静悄悄的接待室，蒙着东方的帏幕，点着青铜的高脚灯。两个身穿短裤的高个子侍应生候在那里随时听从使唤，而热烘烘的空气暖炉更是让那两个侍应生靠在大型的圈椅上打起了盹儿。

她梦想那些披挂着古代壁衣的大客厅，那些摆着无法估价的瓷瓶的精美家具；她梦想那些精致而且芬芳的小客厅，自己到了午后五点光景，就可以跟最亲密的男朋友闲谈，或者跟那些一般女人所最仰慕最乐于结识的男子闲谈。

然而，现实是，她每天吃晚饭的时候，就在那张小圆桌跟前和她的丈夫面对面地坐着，桌上蒙着的白色桌布三天才换一回。每当她的丈夫揭开那只汤盆的盖子时，总是兴高采烈地说："哈！好肉汤！世上没有比它

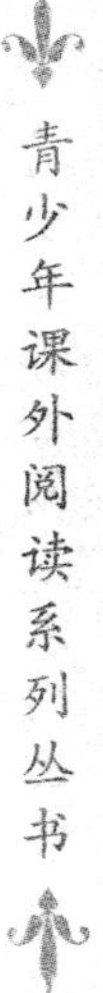

更好的了……”因此，她又梦想那些丰盛精美的筵席了，梦想那些光辉灿烂的银器皿了，梦想那些满是绣着仙境般的园林和其间的古装仕女以及古怪飞禽的壁衣了，她梦想那些用名贵的盘子盛着的佳肴美味了，梦想那些在吃着一份肉红色的鲈鱼或者一份松鸡翅膀的时候带着爽朗的微笑去倾耳细听的情话了。

而且她连一件像样的服装也没有，更别提珠宝首饰了，什么都没有。可是她偏偏就喜欢这些，觉得自己正是为了这些而生的。她早就指望自己能为悦己者容，能够被人羡慕，能够有诱惑力而且被人追求。

她有一个有钱的女朋友，一个在教会女学堂里的女同学，可是现在已经不想再去看她了，因为看了之后回来，她总会感到痛苦。于是，她由于伤心、由于遗憾、由于失望、由于忧愁，常常会哭一整天。

某一天傍晚，她丈夫出人意料地早早回来了，还得意洋洋地举着一个大信封。

“快来看看，”他说，“这东西简直就专门为你准备的。”

她赶忙拆开信封，从里面抽出一张印着这样语句的请柬：

> 教育部长若尔日·郎波诺暨夫人荣幸地邀请骆塞尔先生和骆塞尔太太参加1月18日星期一在本部大楼举办的舞会。

她丈夫本来以为她看过请柬之后会很高兴，谁知她竟不胜烦恼地把请帖扔到了桌上，抱怨说：

“你想让我拿它怎么办？”

“可是，亲爱的，你一向很少出门，我原以为你收到邀请会很高兴的。再说了这是一个多好的机会啊！这可是我好不容易才搞到手的。大家都争先恐后地想要得到这张请柬，而得能到它的却屈指可数啊。你要知道，参加这次晚会的可都是政界知名的人物啊。”

她用一种令人生气的目光紧盯着他，不耐烦地高声说：

“你让我穿什么去参加舞会？”

他可从没想过这些，只好支吾说：

“可是，你穿去看戏的那件长裙，我就觉得不错，我……”

他看到妻子哭了，便不再言语，他很吃惊、很迷茫地看见两行泪珠从她的眼角顺着桃腮流到了嘴角，急忙结结巴巴地问道：

“怎么啦？出什么问题啦？”

尽管心里很烦，可她还是强迫自己镇静下来，擦了擦脸上的泪水，用一种平静柔和的语调回答说：

“没事儿。只是我没有合适的衣服，我不能去参加这个舞会。倘若你有哪位同事的妻子可以比我打扮得更漂亮，还是把这请柬送给他吧。”

他皱着眉头，接着说道：

“这么着吧，玛蒂尔德，买一套像样点的衣服，要花多少钱，反正以后有机会还是可以再穿的，能不能简单一点？”

她想了一会儿，确定了一个大概的额度，既能满足她的要求，又在这个节俭的科员的承受能力之内，而不至于被一口拒绝。

她期期艾艾地说道：

“具体多少，我还不知道，不过据我估计，四百金法郎大概够了。”

他的脸色变得有点儿难看，虽然他手里的钱够数，但那是准备用来买一支猎枪，以便自己在今年夏天休假的时候，可以和几个打猎的朋友到南德尔那一带平原地方去打鸟。

可他还是一口答应了下来：

“就这么说定了。我给你四百金法郎。不过你得尽量做套漂亮的长裙。”

舞会的日子就快到了，骆塞尔太太崭新的长裙也做好了，可她还是有些闷闷不乐，总是心不在焉。一天晚上，她丈夫问她：

“你怎么无精打采的？出什么问题了？三天来你总是这样，怪怪的。”

于是她说：

“没有一件首饰，没有一粒宝石，佩的和戴的，什么都没有，真是太寒酸了。想起来就心烦，我还是不去参加这个舞会了吧。”

他赶紧说道：

“你不妨戴几朵鲜花，在这个季节里，那也是很不错的。只要花上十个金法郎，就能买到两三朵上好的玫瑰花了。”

可她就是听不进去：

“不行的……在这个世界上，最没面子的事情，莫过于在贵妇堆里露出穷酸相了。”

她的丈夫突然高声叫了起来：

“你真糊涂啊！怎么不去找你的朋友弗兰斯基太太？凭你跟她的交

情，完全可以开口，向她借点首饰嘛。”

她恍然大悟似地跳了起来，欢快地叫着：

“对啊！我怎么就没有想到呢?!”

第二天，她就到她这位朋友家里去了，向她诉说了自己的烦恼。

弗兰斯基太太走到她那座嵌着镜子的大衣柜跟前，取出一个大盒子，打了开来，递给骆塞尔太太，说：

“你自己挑吧，亲爱的。”

她先是翻看了许多手镯，然后拿起一只用珍珠镶成的项圈，接着是一个威尼斯款式的金十字架，上面镶着宝石的，做工非常精巧。她在镜子前试着这些首饰，似乎觉得这不错，那也很好；一时之间难以取舍，拿不定主意，老是在问：

“你还有没有一点什么别的?”

“多着呢，你自己随便翻吧。我也不知道哪件更合你的心意。”

忽然，她在一只黑缎子做成的小盒子里，发现了一串用钻石镶成的项链，那东西有着压倒一切的魅力，让她的心脏因为渴慕而欢快地跳动起来。她用颤抖的双手捧起它，把它压着自己长裙的领口围在自己的颈项上面，对着镜子里的影子神不守舍飘然物外。

最后，她带着满腔的顾虑迟疑地问道：

“你能把这件东西借给我吗，就借这一件?”

“当然可以，当然可以。”

她跳起来抱着她朋友的脖子，亲了又亲，然后，便带着这件宝贝一溜烟似的走了。

舞会那天，骆塞尔太太得到了极大的成功，她比所有女宾都要漂亮，时髦，迷人，不断地微笑着，都快要乐疯了。男宾们都望着她出神，打听她的姓名，想方设法让人把自己带到她跟前，介绍给她。教育部机要处的人都以跟她共舞为荣，就连部长也注意到了她。

她沉醉在自己的舞姿里，每个舞蹈动作都洋溢着激情；她沉醉在欢乐里，沉醉在她无人可及的美貌里；她沉醉在成功的光环里，沉醉在人们对她的赞美和羡妒所形成的雾一般的氛围里；她沉醉在女性所认为的最美满最甜蜜的凯歌里，只觉得一种幸福的祥云包围着她，令她无法思想。

她是凌晨四点钟左右离开的。大约在半夜十二点光景，她丈夫和另

外三位男宾，眼见自己的妻子们正玩得高兴，就一起跑进一间无人理会的小客厅里，睡着了。

临走之前，她的丈夫在她肩头披了一件平常穿着上街的衣服。她觉得这衣服太寒酸，简直就跟舞会里的豪华气派极不相称。于是为了避免被那些身着珍贵裘皮的女人看见，她想要赶快逃走。

骆塞尔拉住了她：

"等一下，你这样跑到外面会着凉的。我去找一辆出租的街车来。"

她没有理会，匆匆忙忙地下了台阶儿。等他俩走到街上，竟找不着车了，只好一边走着一边四处寻觅，追赶着那些他们远远望见的车子。

他俩朝着塞纳河的河边走了下去，在失落和无望里，浑身冷得发抖。末了，他们总算在河滨大道上找着了一辆像是患了夜游病一样的老式轿车——这样的车子在白天的巴黎是会感到自惭形秽的，只有到了天黑以后才能看到它们的身影。

车子把他们送到殉教街的寓所大门外，他俩惆怅地上了楼。对她来说，这就算是结束了；而他呢，却还惦着自己早上十点准时上班的事儿。

她在镜前脱下围在自己肩头的披风，想再次端详端详无比荣耀的自己。可是她突然间尖声大叫起来，围在她脖上的那串钻石项链不见了！

已经脱了一半衣服的骆塞尔赶忙问道：

"你怎么啦？"

她失魂落魄地转过身来，向着他：

"我已经……我现在……弗兰斯基太太那串项链找不着了。"

他张惶失措地跳了起来：

"什么！……怎么……怎么会有这样的事情！"

他俩在那件长裙的衣褶里，披风的衣褶里，口袋里，翻来覆去找了个遍，还是没有找到它。

他问道：

"你能确定在离开会场的时候还挂着那东西吗？"

"是呀，我在教育部过道里还摸过它呢。"

"可若是你在路上弄丢了它，我们应该可以听到它落下去的声响啊。应当是落在车子里了。"

"对呀。完全可能。你记下那车子的号码了吗？"

“没有。你呢,你也没注意吗?”

“没有。”

他俩目瞪口呆地互相瞧着。末了,骆塞尔重新穿好了衣裳。

“我去,”他说,“我去沿着我们步行经过的路线再走一遍,看看是不是可以找着它。”

他就这样出去了,而她却连睡觉的气力都没有,连那套参加晚会的衣裙也没换下,就瘫在一把围椅上。屋子里没有生火,她的脑子也是一片空白。

七点钟,她丈夫回来了,什么也没有找着。

他去警察总局和各大报馆悬了赏,又走访了每个大大小小的出租马车的公司,总而言之,所有可能存有一线希望的地方都走遍了。

她对着这种骇人的大祸,在失魂落魄的状态中整整地等了一天。

骆塞尔在傍晚的时候带着瘦削灰白的脸回来了,他仍然什么也没有发现,也没有找到一点线索。

“这样,”他说,“先给你那个女朋友写封信,就说你把那串项链的搭钩弄断了,现在正让人修理。这样也可以给我们更多一些周转的时间。”

她在他的口授之下写了这封信。

一星期以后,他们的所有希望都破灭了。骆塞尔像是一下子老了五岁,高声说道:

“现在,应该想办法赔人家这件宝贝了。”

第二天,他们拿了那个盛宝贝的盒子,按照盒子里面的标识,找到了那家珠宝店,店里的老板查了许多售货记录簿。

“是这样的,太太,这串项链不是从我店里卖出去的,我只做了这个盒子。”

他俩只好一家挨一家地走访首饰店,凭着自己的印象,向他们打听是不是出售过或者有没有跟他们那件丢失的项链相同的东西。他们心力交悴,都快被折腾疯了。

后来,他们在故宫街的一家小店里找到了一串用钻石镶成的链子,觉得很像他们正在寻觅的那一串,标价四万金法郎,店主说可以作价三万六千让给他们。

他们请求那家小店的老板三天之内不要卖掉这件东西,而且还说定

了另外一个附加条件：倘若原有的那串能在二月底以前找回来，店里要以三万四千金法郎的价格回收这条项链。

还好，骆塞尔一直没有动用父亲以前留给他的一万八千金法郎，但剩下的数目，就得去借了。

他不得不四处向人借钱。这个借一千金法郎，那个借五百，这里借五枚路易金元，那里又借三枚。他签了许多借据，订了许多破产契约，甚至还跟不同国籍的盘剥重利的高利贷商打起了交道。他冒着失去自己后半生的前程的风险，不顾一切地签下了自己的姓名。一想到即将面对的困苦，一想到未来需要承受的黑暗和贫穷，一想到物质匮乏和精神折磨下的未来，他就觉得毛骨悚然。可他还是走到那个珠宝商人的柜台边放下三万六千金法郎，买下了那串新项链。

在骆塞尔太太把项链首饰还给弗兰斯基太太的时候，对方颇为不悦地对她说：

"你该早一点儿还给我的，我也许要用它呢。"

她收下那只盒子的时候，都没有打开来看一眼。本来，她的女朋友还很担心：若是被她识破了这件替代品，她会怎样想？她会不会把她当成骗子或者小偷？

这回，骆塞尔太太算是真正体会到什么叫做穷困潦倒的生活了。不过，她还是豪气顿生地下定了决心，无论如何也要还清那笔惊人的债务。他们辞退了女佣，搬了家，在某处屋顶底下租了一个小阁楼。

她开始四处帮佣，替人做饭，只要力所能及，什么粗活都干。洗盘子刷碗算得了什么，就连她那玫瑰色的修长的手指，也被粗糙的陶罐、油垢烧结成壳的锅底磨破、磨粗了。不仅内衣、抹布都要由她亲自用肥皂搓洗干净再晾到绳子上，而且每天早上起来，她还把垃圾搬下楼，把清水提到楼上——每走一层，就得坐在楼梯上喘口粗气。她穿着极普通的衣服，像普通民妇一样，提着篮子到菜市场、杂货店和肉铺，去砍价，去挨骂，一个铜元一个铜元地抠，处处精打细算，守护着她小得可怜的腰包。

每月都要收回许多借据，一面另立几张新的以便展缓还款期限。

她丈夫除了日常工作，在傍晚的时候还要替一个商人誊清账目，直到深夜，他还在忙着帮别人誊写那种五个铜元一页的书稿。

这种没日没夜含辛茹苦的日子，他们过了整整十年。最后，他俩居然还清了全部债务,连同高利贷的利钱以及利上加利滚成的数目。

现在,骆塞尔太太看上去要比实际年龄老了许多,已经完全变成贫苦人家强健粗壮而且吃苦耐劳的妇人了。她像普通家庭主妇那样,乱挽着头发,歪歪地系着裙子,露出一双发红的手,高声说话,大盆水洗地板。只是偶尔,当她丈夫上班去了,自己一个人独坐窗前的时候,她依然会忆起那个从前的晚上,那个舞会,在那里,她曾是那样的美丽,那样的快活。

倘若当时没有丢失那串项链,她现在又会是个什么样子呢?谁知道?谁知道?人生就是这样不可思议,变幻无常啊,无论是害您还是救您,只消一点小小的变故。

可是,某一个星期日,她正走到香榭丽舍大街,想要兜个圈子,以调剂一周的辛劳时,忽然看见一个带着孩子出来散步的妇人。哦,那是弗兰斯基太太!她依旧是那样年轻,那样美丽动人,那样魅力四射。

骆塞尔太太非常激动。要不要去跟她聊聊?当然,为什么不呢。自己现在已经还清了所有的债务,可以跟她坦白了。她走上前去:

"早上好,珍妮。"

那一位竟一点儿也识不出她了,甚至还很奇怪这个普通主妇何以如此亲热地跟她打招呼呢,她支支吾吾地说:

"可是……这位太太!……我不知道……您大概是认错人了。"

"没错。我是玛蒂尔德·骆塞尔呀。"

她那个女朋友惊叫了一声:

"噢!……可怜的玛蒂尔德,你怎么变成这样了!……"

"不错,我度过了许多很艰苦的日子,自从我上一次见过你以后;而且,这种种苦楚都是为了你啊!……"

"为了我……这究竟是怎么一回事?"

"还记得吗,从前,你不是借了一串钻石项链给我去参加舞会嘛,现在,你还记得那回事儿吗?"

"记得啊,怎么啦?"

"我把那串项链弄丢了。"

"怎么会呢?你不是早就把它还给我了嘛。"

"以前拿去还你的,是另外一条一模一样的。我们花了整整十年工夫,刚刚才把这笔代价还清。对我们这样一无所有的人来说,你知道这有多不容易……现在总算还清了账，我心里也踏实了。”

弗兰斯基太太停下脚步：

“你是说，以前那串钻石项链，是你另外买来赔偿我的？”

“是啊，你以前一点儿也没看出来？还是那两串东西原本就一模一样？”

说完，她自负而又天真快乐地笑了。

弗兰斯基太太很受感动，紧紧握住了她的两只手：

“哦，我的上帝啊，可怜的玛蒂尔德。可是，我那一串本是假的，最多就值五百金法郎！……”

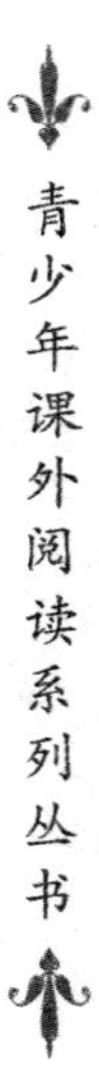

珠　宝

自从兰德先生在他的副科长家里的晚会上遇见那个青年女子,他就堕入了情网。

她是一个已经去世好几年的外省税务局长的女儿。父亲死后,她和母亲就来到了巴黎。母亲常到本区几个有钱人家串门,想给年轻的女儿找个好对象。

母女俩都是朴素可敬,娴静温和的人。那年轻女儿的言谈举止简直就是贤妻良母的典范,是每个明智的青年男子都可以将自己的生活全盘托付的梦想。她那种欲语还羞的含蓄美,具有一种天使般纯洁的意味,那始终挂在嘴角的若有若无的微笑仿佛是她心弦上奏出的余韵。

大家都赞美她。凡是认识她的人都会不住地说:“谁若是有幸娶她,那可是种福气,再找不出比她更好的了。”

兰德先生当时是内政部的一个主任科员,每年的薪水是三千五百金法郎,他向她求婚,娶了她。

刚开始的时候,他觉得,跟她一起过日子真是幸福得无法言喻。她的持家之道非常巧妙而又高明,小日子过得看起来非常阔绰。很少有人会像她那样关心体贴自己的丈夫;而且她也有着十足的魅力,以至于在他俩相遇六年之后,他对她的爱依然有增无减。

在她身上,只有两个令她的丈夫不甚满意的缺点:喜欢看戏和喜欢假珠宝。

她的女朋友们(她认识三五个小官僚的妻子)总是可以随时帮她找到包厢去看时尚戏,哪怕是去看那些刚上演的新戏。而她呢,无论如何也总是要拉着丈夫一起去散心,不过,他在忙完一整天的工作之后,早就感到筋疲力尽,对于这样的休闲活动,自然是唯恐避之不及的。他央求她跟着熟识的太太们去看戏,并让她们送她回家。她认为这样做不太合适,好长时间都不肯让步。末了,出于体恤,她才答应了他。对此,他很感激。

谁知这看戏的兴趣,不久就在她身上衍生出了装饰的需要。她的服装一直都很简洁,虽然雅致怡人,却也终归朴素;而她幽娴的娇媚,她的不

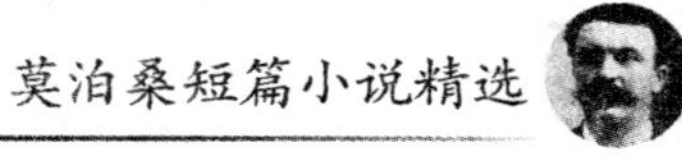

可抵抗的、谦逊的和微笑的娇媚，在她那简洁的衣裙包裹下，仿佛更添一分清新悦目的气质。可她却养成了一种坏习惯，总爱给自己挂上一双冒充钻石的大颗莱茵石耳环，再戴一条人造珍珠项链，人造黄金镯子，嵌着假宝石的五彩玻璃片儿的发梳。这让一切都变了味儿。

这种慕恋虚荣的爱好引起了丈夫的不满，他经常说："亲爱的，一个人在没有能力为自己添置各种珠宝真品的时候，美貌和气质本身就是最好的装饰了，而且还是举世无双的珍品。"

但是她却从容地微笑说："你让我怎么办？我就喜欢这些。这是我的毛病。我明明知道你的说法很正确，可是不管你怎么说，一个人的本性也是不会改变的。我当然更爱真正的珠宝，我……"

她一面在手指头之间转动着珍珠项链，一面让宝石上小切面反射出日光，不断地数落着："快看，快看，这东西打磨得真好，简直就像真的。"

他微笑着高声说道："你呀，真有波希米亚女人的情趣①。"

偶尔到了晚上，他俩坐在火炉边儿上相依相伴的时候，她就会在他们喝茶的桌子上摆出她的藏品——兰德先生谓之"赝品"的小羊皮匣子。然后用热烈而专注的神情翻弄着其中的那些人造珠宝，俨然是在玩味、享受着什么蕴藏的秘密。甚至还会固执地将一个软项圈围在她丈夫的脖子上，一面哈哈大笑，一面嚷着："你的样子真是太滑稽了！"然后扑进他的怀里，狂热地亲吻着他。

某一个冬天夜里，她到大歌剧院去看戏，回家的时候冻得浑身直发抖。

第二天，她咳嗽了。八天之后，她死于肺炎。

兰德几乎跟着她到坟墓里去了。他的绝望是那样地令人吃惊，以至于一个月之内头发全变白了。他一天到晚沉浸在悲伤和哭泣里，他的精神被一种不堪忍受的痛苦摧毁了，亡妻的故事、微笑、声音和一切娇憨媚态始终缠绕着他。

他的悲恸并没有随着光阴的流逝而减少。每当同事们在办公室里谈起一点儿旧事，他们就会看见他的腮帮子鼓起来，鼻子收缩起来，眼睛里

---

① 波希米亚：是对捷克西部地区旧称，是自由浪漫、热情奔放的吉卜赛人的聚居地。波希米亚女人都很喜欢用亮片、彩石首饰来妆扮自己。

满是泪水；先是一脸凄苦，随即便开始痛哭起来。

他把他妻子的卧室原封不动地保留了下来，每天都把自己关在里面，思念着她。就连所有家具，甚至于她的衣服，也如她去世那天一样，仿佛时间已在那一刻静止。

生活对他来说，变得非常困难。他的薪水，原本在他的妻子持家的时候，还够应付一家人的各种需要，而现在，应付他一个人反倒不够了。后来，他呆呆地问自己：她以前到底是用什么妙方让他一直可以喝到好酒和吃到鲜味食品的？为什么现在自己竟不能够依靠这菲薄的财源去备办从前的饮食？

他不仅借过债，还千方百计想法子挣过钱。终于某天早上，他连一个铜子儿都没有了，偏偏距离发薪水的日子还有整整一周，他不得不变卖点儿东西了。他想把他妻子的"赝品"卖掉一点，因为他的内心深处，对那些从前害他生气的冒牌假货早就憎恨不已了。甚至于认为，正是那些东西的存在，让他每天在追忆至爱至亲的亡妻时，多少带有一点不尽完美的缺憾。

他在她遗留下来的那堆假货里找了半天，因为即使是在最后的那些日子里，她还始终固执地买进过许多，差不多每天晚上，她都会带回来一件新玩意儿。现在，他决定先卖掉她最心爱的那只大项圈，他以为它至少能值六个或者八个法郎，虽然那是一件假货，可毕竟还是下过一番很细致的功夫的。他把它搁在衣袋里，沿着城基大街向部里走去，打算找一家让他觉得可以信赖的小珠宝店。

末了，他看见了一家就走进去了，大概是因为觉得自己穷得连一件很不值钱的物事也拿来卖，让他很难说得出口。他便换了一种方式，对那商人说："先生，我很想知道您对这件小玩意儿的估价。"

那个人接过东西，左看右看了好一阵子，掂了掂它的分量，又拿起一枚放大镜，叫他手下的店员过来，低声给他讲了几句，把项圈搁在柜台上边，也许是为了更好地鉴定它，又远远地打量了好一会儿。

兰德先生被这一套程序弄得有些不好意思，正打算开口说："唉！我知道这东西不值几个钱。"

然而，那珠宝商人却先开口了："先生，这东西至少能值一万二千到一万五千金法郎；不过，您先得让我确信这东西的来路完全合法，我才能够收购它。”

简直太令人意外了！那个丧妻的男人睁大了眼，张大了嘴，结结巴巴地问道：“您说……您有把握吗？”

很显然，他的惊讶让对方误会了，他干脆说道：“您不妨再去别处问问，看他们会不会多出价。在我看来，顶多就值一万五千。要是您找不着更好的买主，回头您还可以来找我。”

兰德先生简直成了傻子了，他收回了自己的项圈，离开了那里，他觉得心里糊成了一锅粥，觉得应该独自好好想想。

一出店门，他忍不住大笑起来，他心里暗说：“白痴！唉！显然是个真假不辨的白痴！什么珠宝商人！我若真照他说的去做，也太傻了！”

于是，他又走进另一家珠宝店，地点正好位于和平街口。那商人一看那项圈就高声叫说：

“哈！不用多说，我太了解它了，这个项圈，就是我店里卖出去的。”

兰德先生有些糊涂了，他问：

“值多少钱？”

“先生，从前我把它卖了两万五千金法郎。如果您能保证它是通过合法途径到您手里的，我可以立刻就用一万八千金法郎收回它。”

这一次，兰德先生虽很吃惊，但还是坐了下来，说道：“不过……不过还是请您先仔细检查一下这东西，先生，迄今为止，我一直以为它是……假的。”

珠宝商人问：

“您能把尊姓大名告诉我么，先生？”

“没问题，我姓兰德，是内政部科员，住在舍身大街16号。”

那商人打开他的售货记录簿，找了一阵了，高声说道：

“这项圈的确是以前送到兰德太太家里去的，地点是舍身街16号，时间是1876年7月20日。”

念到这儿，这两个人都定住眼光彼此打量起来——科员惊呆了，而老板却觉得遇见了一个扒手。

后者接着说：

“您愿不愿意暂时把这东西搁在我店里，就搁二十四小时？我立刻给您开一张收据。”

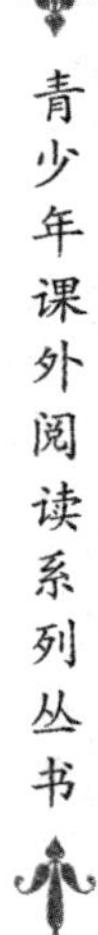

兰德结结巴巴地说：

“可以，当然可以。”

然后，他折起收据往自己衣袋里一搁，就走出店门。当他穿过街道，朝着上坡道走去时，却发现自己弄错了路线，便折向杜勒里宫，过了塞纳河，重新回到了香榭丽舍大街，头脑里一片茫然。他极力去推测，去琢磨，他妻子根本没有能力去买一件如此昂贵的东西——没有，肯定没有——但是那么一来，那就应该是一件馈赠品了！一件馈赠品！谁会送她如此贵重的馈赠品？为什么？

他停下脚步，站在大街当中不动了。他隐约觉得这些疑问背后隐藏着什么惊人的真相了。——她？——那么其余所有的珠宝也全是馈赠品了！他突然间觉得天旋地转；觉得一株大树朝他倒下来。他茫然地张开双臂，失去知觉倒了下去。

他被路人抬进一家药房，醒了过来。他请人送他回家，然后就关起门，躲了起来。

直到深夜，他都一直失神地哭着，嘴里咬着一块手帕，以免自己号啕出声。随后，他疲劳而且悲恸地上了床，终于沉沉地睡着了。

一道日光照醒了他，他慢慢地下了床，打算去部里上班。可是受到如此大的打击，他又如何能有心思去上班呢？还是给科长写封请假信，以后再当面请求他的原谅吧。随后他又想到自己应当再去珠宝店走一趟，可又觉得实在羞耻。他琢磨了好半天，还是决定不能把那项圈留在那里。他穿好了衣裳，走上了大街。

天气很和暖，蔚蓝的天空在这座微笑似的城市上面延展开来。有不少人双手插在衣袋里，闲悠地朝前逛着。

兰德打量着过往的人流，对自己说：“一个人还是要有点儿钱，才舒服！有了钱，就连伤心的往事也会扫得一干二净，想去哪儿就去哪儿，旅行，散心，全做得到！哈！我要是个有钱人就好了！”

他发现自己饿了，是啊，谁让他从前天夜晚起就没吃东西呢。囊中羞涩的他，情不自禁地又想到了那个项圈。一万八千金法郎！一万八千金法郎！那笔款子，数目可真不小哇！

他来到了和平街，开始在珠宝店对面的人行道来回地踱着步子。一万八千金法郎！他至少动了不下二十次心思想要走进那家店里去，可羞

耻之心始终阻止了他。

然而他饿了，很饿了，而且口袋里没有一个铜子儿。他突然打定主意，跑到对面，不容多想地扑进了那家珠宝店。

一看见他，那个珠宝商人便忙不迭地微笑着，给他设了个座儿。店员们本来还在一旁观望，现在却自动走了过来，眼睛里和嘴唇上全写着“高兴”二字。那掌柜的高声说道：

“我已经打听明白了，先生，所以只要您没改变主意，我可以按照我从前跟您说起过的价钱，立刻兑现。”

科员支吾着说：

“那就这样吧。”

掌柜从一只抽屉里取出十八张大钞票，数了一遍，交给了兰德。兰德签了一张收条，然后用一只颤抖的手把钱搁在了自己的衣袋里。

临出门的时候，他又重新向那始终微笑着的商人走了过来，低垂着眼皮对他说：

“我有……我还有……许多别的珠宝……那全是我从……那全是我从……继承过来的。您愿意从我手里买下那些东西吗？”

掌柜欠着身子说道：

“当然愿意，先生。”

可是一个店员却跑到店门外面，忍不住放声大笑起来，而另一个则使劲用手帕擤着鼻涕。

故作镇静的兰德红着脸，表情沉着地高声对他说道：

“我马上就去把那些东西给您带来。”

他叫了一辆马车，回去取那些珍贵的首饰，赶到珠宝店，花了一个小时，中间连午饭也没有吃。

他们一件一件地仔细检视着那些东西，估量着每一件的价值。这些东西，差不多全都是从这家店里卖出去的。

兰德先生，现在也知道如何讨价还价了，以至于发了脾气，坚决要求店主把以前的销货记录翻给他看，遇着差价太大时，他说话的声音也越来越高了。

耳环上的那些大个钻石共值两万金法郎，手镯共值三万五千，扣针、戒指和牌子之类共值一万六千，一件用翡翠和蓝宝石镶成的面具值一万四千，以单粒大钻石为吊坠的金项链值四万，全部数目一共达到了十九万六千金法郎。

掌柜用一种带有讥讽意味的正经态度高声说：“这是由一个把全部积蓄都搁在珠宝上面的人遗留下来的。”

兰德郑重地表示：

“这是个存钱的方法，跟其他的方法没什么区别。”

然后，他在跟买主商定好次日再行一次复验之后，就走开了。

等来到街上的时候，他瞅了瞅旺多姆纪念铜柱[①]，把它看成了一枝攀爬竞赛的桅杆，很想攀到它的尖端。他觉得自己终于一身轻松，甚至可以跨上那座高入云端的大皇帝铜像顶上跟它一起表演“跳羊”游戏了。

他到伏瓦珊大饭店吃了午饭，并且喝了一瓶价值二十金法郎的葡萄酒。

随后，他叫来一辆马车，在森林公园兜了一圈。他用一种颇为轻蔑的态度打量着公园里的那些华丽的私人马车，恨不得向游人叫唤：“我现在也是富人了，我，我现在得了二十万金法郎！”

他让马车载他到了部里，毅然决然走进他科长的办公室说：

“我是来向您辞职的，先生。我现在得了一份三十万金法郎的遗产。”

他和他老同事们一一握手作别，又把自己的新生活计划告诉了他们，随后他又在英吉利咖啡馆里用了晚餐。

看到一个仪表出众的绅士坐在旁边，兰德忍不住心里一痒，便对他显摆说自己新近继承了四十万金法郎遗产。

他进了戏院，并且第一次感觉到那里其实并不令他厌烦，尔后又找了几个女孩子，一起过了夜。

半年后，他又结婚了。他的第二任妻子很正派，但是脾气不好。她让他很感到痛苦。

① 旺多姆纪念铜柱：坐落在旺多姆广场的中央，1810年由拿破仑下令建造，是模仿罗马的图拉真柱修建的，柱高四十四米，用法国军队在奥斯特利兹战役中缴获的一千二百五十门大炮熔铸而成，上面的螺旋形图案描绘着拿破仑的征战场面，顶部立着拿破仑的铜像。

我的叔叔于勒

一个白胡子的老头儿向我们乞讨。我的同学约瑟夫·杜兰士给了他一枚值五个金法郎的银币。我吃了一惊。他向我说了这样一个故事：

这个可怜的人令我记起了一个故事，现在我把它告诉你——这件事我一直没有忘记过。

我家原来住在勒阿弗尔，并不富裕。生活只能靠大家想法子应付，没有别的办法。父亲在外工作，一定要工作到天黑才从办公室回家，可收入并不高。当时，我的上面还有两个姐姐。

我母亲因为我们生活很不宽裕而感到非常痛苦，经常跟我父亲说许多尖酸刻薄的话，还拿许多遮遮掩掩的闲话去烦我父亲。这位可怜的丈夫从不争辩，总是做着同样的、令我伤心的手势——张开手掌搁在额头上，像是要去擦汗似的，可是他的头上并没有汗。从他那里，我深深地感受到了懦弱的痛苦。

大家特别注意节俭，哪怕是别人邀请去吃一顿晚饭，我们也从不接受，为的是免得回请；家里买的全是减价的过期食品，或者是陈年旧货。姐姐们的衣裙都是自家缝制的，甚至为了三个铜元一米的滚条，也要在价格上商量好久。我们通常的食品只有浓汤和牛肉杂烩。虽然那些东西看起来很卫生，对我们的身体也很有益处，不过我还是更愿意吃些别的东西。

我要是不小心弄丢一颗钮扣，或者撕破了裤子，他们就会对我大嚷大叫。不过每逢星期日，我们都会打扮得整整齐齐的，到港口的防波堤上去转一圈。届时，父亲会穿上方襟大礼服，戴上丝光高帽子，套上手套，伸出胳膊给母亲挽着；而母亲则妆扮得花花绿绿的，像是一艘挂满各种旗子的正在举行庆典的海船。姐姐们自然早就打扮妥当，专心等候出发的信号了。不过，到了最后关头，总会有人在父亲的方襟大礼服上发现一处油渍，于是不得不手忙脚乱地用一块浸着汽油的破布头儿把它擦拭干净。

我父亲依旧把丝光高帽顶在头上，而把大礼服脱下来，露出两只被衬衣袖子笼着的胳膊，等着别人帮他把油渍擦干净。这时候，我母亲只得戴上那副近视眼镜，脱下了那双手套，免得弄脏，忙个不停。

大家彬彬有礼地上路了。姐姐们彼此挽着胳膊走在前面。她们都已到了结婚的年龄，所以我的父母经常要求她们多去城里露露脸。我靠在母亲的左边，她的右边则由父亲守护。我现在还记得我可怜的父母在星期日例行散步途中的庄严气概，他们的神情很严肃，他们的态度很端正。他们挺直了脊梁，伸直了双腿，郑重地走着，仿佛一桩极重要的事件需要靠着他们的这种态度才能完成似的。

每逢星期日，只要一看到那些从陌生而遥远的地方回来的大海船，父亲都会一字不改地说着同样的话："唉！倘若于勒就在那里面，该是多么令人惊喜的事情啊！"

我的叔叔于勒，父亲的亲兄弟，起先全家人还都对他避之唯恐不及呢，而在那时算是我们家里唯一的希望了。我从童年时起就听到大家不断地谈起他，我对他是那样熟稔，仿佛只要一见面就能认出他来。他在动身前往美洲之前的一切详细情况，我全都知道，尽管大家谈起他人生中的那一个阶段的事情，是那样的轻蔑。

他曾经有过一些不良的行为，把家里的一些财产都给败光了。这对一个原本贫穷的家庭来说，无疑是莫大的罪状了。放在有钱人家里，一个人若是做了寻欢作乐的糊涂事儿，别人也许只会轻描淡写地笑骂他声"胡闹"。可是，放在衣食日用都很短缺的家庭里，一个孩子若是逼着父母变卖血汗，就必然成为人们眼中的浪子、恶棍、懒汉了！

即便是同一件事情，可是所造成的后果却是截然不同的，因为只有结局才是判别行为严重程度的标准。

总而言之，于勒叔叔在败光他自己那一份遗产之后，还让我父亲应得的遗产大为缩水。

于是依着当年的惯例，大家便劝他搭上一艘从勒阿弗尔到纽约的商船，前往美洲讨生活去了。

一到那里，于勒叔叔就开始了经商，至于什么行业，我们就不知道了，而且他不久就写信回来说自己赚了点儿钱，希望能够补偿他从前给我父亲造成的损失。当时，这封信还在家里引起了一阵不小的轰动。于勒，从前人们说他毫无价值，居然一下变成了一个正经有出息的人，一个有良心的孩子，一个真正配得上杜兰士姓氏的人，纯洁正直得如同所有姓杜兰士

的人一样。

此外，一个船长还曾经告诉过我们，说于勒叔叔租了一家大店铺，而且经营着一种很重要的生意。

两年后，他给我们写来了第二封信，他说："亲爱的菲利浦，我写信给你是为了让你不要惦念我，我的身体很好，生意也做得很好。明天我要动身到南美洲做一次长期的旅行，将来也许会有好长时间没有消息给你。倘若我没有给你写信，那你也不必记挂。一旦发了财，我就一定会回勒阿弗尔了。现在，我只希望这一刻不会令我等得太久，而且我们将来一定可以舒舒服服一块儿过日子……"

这封信的到来，竟然变成了家里的"福音书"。大家时不时就拿出来读一读，甚至还拿给所有人看。

在这以后的十年里，于勒叔叔再也没有给家里写过一封信，谁也没有他的消息。不过，随着时间的推移，我父亲的希望却越来越大了，后来，就连我的母亲也时常会说："等将来好心的于勒回来之后，我们的景况自然也会不同了。他是一个很能干的人！"

每逢星期日，瞧着那些向天空吐出蛇一样的煤烟的黑壳子大轮船从水平线上开过来，我父亲就会重复着他那句永不变动的话：

"唉！倘若于勒就在那里面，该是多么令人惊喜的事情啊！"同时，大家也都巴望着看见他扬起一方手帕唤着："嗨！菲利浦。"

大家都很坚信，这件事情一定会成为现实，而且还盘算过无数的计划：甚至于谈到应当用叔叔的钱在安谷韦尔附近去买一所小的乡间别墅。我不敢肯定我父亲绝对没有找人商量过这个计划。

我的大姐当时二十八岁，另一个姐姐二十六岁。她们都还没有结婚，这件事情在当时令我们大家非常担心。

终于有一个想求婚的人被介绍给二姐了。他是一个机关里的职员，不算富有，但很正派。我一直坚信他之所以不再犹豫、下定决心求婚，是因为一天晚上我们让他看了于勒叔叔的那封信。

大家赶紧接受了他的请求，并且决定在举行婚礼以后，全家一起到哲西岛去做一次短期的旅行。

对于穷人，哲西岛是个旅行的理想目的地。地方不远，只需租坐一只海船，渡过海峡，就到了国外——那个小岛归英国管辖。所以一个法国人经过两小时的航程，就能够看见一个邻国的民族生活，顺便研究一下这个覆盖在英国国旗下的小岛的风俗。

到哲西岛去的那次旅行，变成了我们专心注意的事，我们唯一的期待和我们随时都怀着的梦想。

我们终于启程了。这件事情，至今我都还记得非常清楚，简直像是发生在昨天一样：轮船在大城码头边点火，我们那三件行李上船时，我父亲一直紧盯着，而我母亲一直惦着我那个没有结婚的姐姐，挽着她的胳膊，就好像自从另一个姐姐出嫁之后，她就孤单得如同一只留在原有的窝里的唯一鸡雏了。在我们的后边，便是那一对老是落在后边的新婚夫妇，他俩是令我不时回顾的目标。汽笛响了。我们都上了船，后来船离开堤岸，航行在一片平坦得如同翠色的大理石桌面一样的海面上。我们瞧见海岸在那儿跑着，大家终于很幸运、很高兴地发现自己跟世界上不大旅行的人的区别了。

我父亲的大肚子在他那件当天早上就已被人仔仔细细擦拭干净一切油渍的方襟大礼服里挺着。在他的四周，弥漫着即使寻常逛街时也必然会嗅着的汽油味儿。正是这味儿，让我知道那天便是星期日。

突然，他看到有两个男旅客正在邀请两个时髦的女郎吃牡蛎。一个衣衫褴褛的老水手，正用小刀撬开它的壳子交给男旅客们，经他们之手又交给那两个女士。她们姿态优雅地吃了起来——一面用一块精美的手帕托起牡蛎，一面又向前伸出嘴巴免得在裙袍上留下污渍。随后她们又用一个很迅速的小动作喝光了牡蛎的汁水，把壳子扔到了海里。我父亲无疑受到那种在一艘开动的海船上吃牡蛎的高雅行为的引诱了。他认为那样很有派头，既文雅，又高尚，于是便走到了我母亲和我姐姐们身边，问道：

“你们愿不愿意接受我的邀请，请你们吃几个牡蛎？”

我母亲因为那点儿花销，不免有些犹豫，而我的姐姐们却立刻接受了。我母亲只好隐约地阻止说：

“我害怕吃了肚子痛。你还是请孩子们去吃吧，不过别多吃了，否则你会把她们弄生病的。”

随后，她又侧转过来，对我说：

“至于约瑟夫，他就不用吃了；男孩子，是不能太惯着的。”

尽管在我看来，这样子很不公平，可我当时还是留在母亲身边。我的目光一直追随着我的父亲，看着他很严肃地领着两个女儿和一个女婿去找那个衣衫褴褛的老水手。

那两个女旅客刚刚已经走了，我父亲便手把手地指点着姐姐们应当怎样吃牡蛎，才能避免汁水撒出来；他为了给大家做示范，便拿起了一个牡蛎。正当他要摹仿那两个女旅客的时候，却一下子把汁水都撒到了自己的方襟大礼服上，接着我就听到母亲喃喃地说：

"哎呀，一个人安安静静地待着多好。"

但是我却发现我父亲突然之间像是心绪不宁似的，走开了好几步，眼睛直直地盯住了家里那几个正在牡蛎贩子身边忙碌着的人，然后，突然朝着我们走了过来。我看到他的脸色发白，眼神异样。他低声对我母亲说：

"真是太古怪了，那个牡蛎贩子长得太像于勒了。"

我母亲呆住了，问道：

"哪个于勒？"

我父亲接口道：

"就是……我的兄弟……要不是我老早就知道他在美洲有了家业，还真的会认定那就是他了。"

我母亲顿时慌乱了起来，结结巴巴地说：

"你发什么疯啊！你既然明明知道那不是他，为什么又说这种胡话呢？"

但我父亲仍然坚持说：

"你去看看，克拉丽丝，我觉得还是由你亲眼验证一下为好。"

她站起来去找两个女儿。我呢，也一直注视着那个人。他很衰老，很脏，满脸都是皱纹，他的眼睛一直没有离开过他手上的活计。我母亲转了回来，我发现她正在发抖。她急切地说：

"我确信是他。你去向船长打听打听。一定要慎重一些，免得这坏蛋又粘上我们！"

我父亲走过去时，我就跟在他的后边。我觉得自己当时的心情特别激动。

船长是一个高个儿的绅士，瘦瘦的，蓄着一大把长胡子，正表情严肃地在甲板上踱着步子，就好像他所指挥的是一艘开往印度的豪华邮轮。

我父亲彬彬有礼地走到他的身边，先是带着很敬重的口吻向他询问了一些与他业务相关的事：

“哲西岛重要特点有哪些？它的物产？它的人口？它的习惯？它的道德观念、土壤性质等等……”

我想别人也许更相信他所问及的至少是美国的概况。

随后他们又谈到了我们所乘坐的那艘名叫“快利”的船，谈到了船上的人员，末了，我父亲才稍显不安地问道：

“这里有个年老的牡蛎贩子，他好像挺有趣的。您知不知道他是个什么样的人？”

此刻，船长早已对谈话很不耐烦，于是就冷冷地答道：

“那是我去年前往美洲时遇见的一个法国老年流浪汉，我就把他带回了祖国。他好像还有不少家人住在勒阿弗尔，不过因为他欠了他们一些钱，所以不肯回到他们身边去。他的名字叫于勒，姓氏嘛……是杜蒙士还是杜瓦士，我记不大清楚了，总而言之，是个发音相近的姓。据说以前有段时间，他还在国外发过一些小财，现在嘛，您也看见了，他已经破落了。”

我父亲一下变得面无人色，哑着嗓子，瞪着眼睛，一个字一个字慢吞吞地说：

“啊！啊！很好……真好……这我反倒不觉得奇怪了……我非常感谢您，船长。”

他就这样走开了，而那位航海家却莫名其妙地一直盯着他的背影发呆。他重新回到我母亲跟前，神色极不正常，以至于她跟他说：

“坐下来吧，有人快要看出来了。”

他摊开四肢坐在一条长凳上，结巴着说：

“是他，的确是他。”

随后他又问：

“我们该怎么办？”

母亲反应激烈地答道：

“应当让孩子们走开。既然约瑟夫什么都知道了，就让他去找他们过来吧。特别需要注意的是，别让我们的女婿起疑心。”

父亲像是呆住了，喃喃道：

“大祸临头了！”

母亲突然怒气冲天地接过话头：

“我一直怀疑这个扒手会做成什么好事，一直觉得总有一天他又会压在我们脊梁上来的！一个姓杜兰士的，怎么能够指望从他的身上有点儿盼头呢！……”

我父亲用手心抚着自己的额头，正如他受到他妻子责备时所做的那样。

她又开口说道：

“拿点钱给约瑟夫，让他把牡蛎钱给付了，现在，就差这破落户认出我们来了。要是一认出来，那这船上可就有好戏瞧了。我们去那一边吧，你一定要设法让那个人不要接近我们！”

他们站起身来，给了我一枚值一百个铜子儿的银币，然后就都走开了。

我的姐姐们本来还在奇怪地等着父亲呢，我说母亲觉得有点儿晕船，然后便问那个牡蛎贩子：

“我们应该付您多少钱，先生？”

当时，我心里想说的是：“我的叔叔。”

他回答道：

“两个半金法郎。”

我递给他那枚价值一百个铜子儿的银币，他找了零钱给我。

我望着他的手，那是一双满是皱纹和污渍跟别的水手别无二致的手；又望着他的脸，那是一张写满忧愁与萧索的衰老可怜的脸。我在心里对自己说：

“这是我的叔叔，父亲的兄弟，我的叔叔。”

我留下了十个铜子儿给他做小费。他连忙向我道谢：

“上帝保佑您，少爷！”

那声音正是穷人接受施舍所常用的。我想他刚到美洲时应当是讨过饭的！

姐姐们很注意地望着我，对我的大方感到吃惊。当我把两个金法郎交还给父亲时，我母亲又被吓了一跳，她问道：

“要花三个金法郎？……这怎么可能！”

我对她说：

“我给了他十个铜子儿的小费。”

我母亲吃惊地跳了起来，双眼死盯着我说：

“你居然多给了那个人十个铜子儿，那个破落户！……”

父亲立刻朝她使了一个眼色，她才安静了下来。我父亲示意她别让他们的女婿起疑。

随后，大家也都不再说话了。

这时，在我们眼前的水平线上，一个紫色的小点儿像是从海里钻出来似的。那就是哲西岛。

等到快要靠岸时，我心里泛起了一个强烈的欲望，想再去看一眼我的于勒叔叔，对他说几句安慰的话、体贴的话。

但是，当时已经没人再想吃牡蛎，他也早已无影无踪了，很显然，他应该是早已经走进那个供他这种可怜人住宿的臭气熏人的底舱里去了。

后来，我们是乘“圣马洛”号回来的，为的是避免跟他碰面。对他，我母亲是非常不放心的。

从那以后，我再也没有见过我父亲的兄弟！

这就是你会见到我拿出一块价值一百铜子儿的银币施予流浪者的理由。

菲菲小姐

普鲁士的少校营长、法勒斯倍伯爵看完了他收到的文书，歪着身子靠在一把用壁衣材料做靠垫的太师椅里，把两只套在长统马靴里的脚翘在壁炉台子上，台子是用漂亮的大理石砌成的。自从他们占领雨韦古堡三个月以来，他马靴上的马刺每天总要把它刮坏一点点，到现在已经刮出两个深深的窟窿了。一杯热气腾腾的咖啡搁在一张独脚的小圆桌上，桌面原来是按照设计精巧的图案嵌镶而成的，现在上面却留下了许多甜味烧酒的残渍、被雪茄烟烧出的焦痕，还被这个占领军军官拿着小刀划下的许多数字和花纹——那是他拿小刀削完铅笔之后，无聊之极或胡思乱想时，下意识地拿着小刀在桌面上乱划留下的思想的污渍。

这一天，他看完了文书，又浏览了那些由他营里的通信中士刚刚送来的德文报纸。他站起来，拿着三四块湿木头扔在壁炉里——那都是他们为了烤火而从古堡的园子里伐下来的，然后，他走到了窗边。

大雨像波浪奔腾似地下着，那是一种具有诺曼底地方特色的大雨，简直像是被一只怒不可当的手泼下来的。它斜射着，密得像是一幅帷幕，形成一道织出无数斜纹的雨墙。它鞭挞着，迸射着，淹没着一切。这就是卢昂一带之所以一直以来被人戏称为法国尿盆儿的由来。现在下着的正是那样的雨。

那军官久久地凝望着窗外那片被水淹没的草地和远处那条漫过堤面的昂代勒河；他用手指头如同打鼓似地，在窗子的玻璃上面轻轻敲出一段莱茵河的华尔兹舞曲的节奏。这个时候，一阵响动令他回过头来：那是他的副营长卡文斯汀子爵，军阶是上尉。

少校是个宽肩膀的大个子，一嘴扇形长髯铺在胸前。他那种大人物的威风，看上去像是一只戎装的孔雀，一只可以把展开的长尾挂在自己下巴上的孔雀。他眼睛是蓝的，冷静而且柔和，脸上挂着一道刀痕，那是普奥之战留给他的。据说他是一个正直的人，也是一名勇将。

上尉是个满面红光的矮胖子，肚子束得很紧，火红色的胡子几乎齐根剪掉，在某种光线之下，偶尔会让人以为他的脸上擦过了青磷。他在一个狂欢之夜莫名其妙地失去了两颗门牙,这使得他说起话来有些含混不清,令人始终摸不着头脑。他是一个秃顶,不过俨然像个行过剃发礼的牧师,仅仅秃了头顶上面的那一部分,而围在那一块光秃秃的脑门儿四周的全是金黄而卷曲的短发。

营长一面跟他握了握手,又一口气喝了那杯咖啡(从早上算起已是第六杯了),一面听取他报告发生在勤务上的种种事故。随后他俩又都走到窗边高声埋怨着令人烦恼的天气。

少校原本是个安分守己的人,妻儿老小全都留在家里,为人也很随和;但是子爵上尉就不同了,他是个四处寻欢的浪子,爱钻小胡同,爱追女人,三个月来,他一直被人关在这个孤立的据点里,被迫遵守着清规戒律,早已经满肚子不痛快了。

又有人来敲门。营长叫了一声请进,他们的一个部下,一个好像机动傀儡般的小勤务兵出现在了门口。这个时候,只要一看见他,那就说明午饭已经准备妥当了。

在饭厅里,候着三个军阶较低的军官:一个中尉,奥托·格洛斯林;两个少尉,弗里茨·施因伯格和威廉·艾力克侯爵。

那侯爵是个浅黄头发的矮个子,对待普通人时自负而粗鲁,对战败者更是很残暴,简直像一种火药。自从入侵法国以来,他那些朋友都只用一个法国成语唤他做菲菲小姐。这个绰号的来由,不仅因为他不仅姿态倜傥,腰身纤巧像束着一副女人用的腰甲,苍白的脸上髭须初生的淡影若有似无;而且因为他有一个特别的待人接物的习惯——为了显出自己藐视一切、高高在上的姿态,嘴里随时都会冒出一声带有哨音的法国成语:"菲菲"。

雨韦古堡的饭厅本是一间长方形的富丽堂皇的屋子,然而现在,它那些用古代玻璃砖做成的镜子早就被枪弹烙下许多星状的创痕,它的那些高大的弗兰德尔特产的壁衣也都被军刀划成一条条的破布挂在各处,那正是菲菲小姐穷极无聊时留下的杰作。

在墙上,挂着古堡里的三幅家传的人物像:一个是身着铁甲的战士,一个是红袍主教,另一个是高等法院院长,他们嘴里都叨着一支长柄瓷烟斗。此外在一个因为年代过于久远而褪了色的泥金框子里,画着一个胸部紧束的贵夫人,在她的唇角,竟然傲气凌人地翘着两撇用木炭勾勒出来

的髭须。

那些军官们的午饭是在那间受到蹂躏的屋子里静悄悄地吃着的。外面的暴雨使得屋子晦暗不明，内部的那种打了败仗的仪容使得屋子十分凄惨，那种用桃花心木做成的古老地板简直变得像小酒店里的泥地一样污糟。

吃完午饭以后，他们一边吸着烟，一边喝着酒，每天这个时段，他们必做的一件事情，就是翻来覆去地议论着他们的烦闷和无聊。一瓶瓶白兰地和甜味烧酒在几个人的手里不停地传来递去；在场的每一个人都往后半仰着身子斜倚在椅背上，举着酒杯细细地品了又品，嘴角同时还叨着一支德国烟斗。烟斗的杆子又长又曲，头儿上装着一个蛋形的瓷质烟锅，上面画得花花绿绿的，像是为了引诱霍屯督人①一样。

等到杯子一空，他们就无精打采地再把它斟满。不过菲菲小姐动辄随意砸破自己的杯子，于是立即有一个小兵另外送一只给他。

一阵辛辣的烟雾笼住了他们，他们仿佛都沉浸在一种昏昏欲睡的乏味的醉态里，沉溺在那种闲得无聊的人才会有的郁闷的醉态里。

突然，那位子爵站了起来，怒气冲冲地骂着："活见鬼，怎么能够一直这样下去？应当想出一点儿事来做。"

奥托中尉和弗里茨少尉本来是两个非常具有日耳曼民族特性的笨重而安静的人，这时却齐声反问："说什么呢？我的上尉。"

上尉思索了三五秒钟，随后接着说："什么？喂，应当组织一场欢乐的聚会，倘若营长允许我们那么做。"

少校挪开了嘴角的烟斗问："什么样欢乐的聚会，上尉。"

子爵走过去说："一切由我负责，我的营长。我马上给卢昂派一名'义务'——让他给我们带几位女宾过来，我知道那是要到什么地方去找的。这里呢，我们只需预备一顿晚餐，反正什么材料都不缺，这样，我们至少可以搞一个像样的晚会。"

法勒斯倍伯爵微笑着耸了耸肩膀："别发疯了，朋友。"

可军官们却全都站了起来，围住他们的营长，向他恳求："您就让副营

---

① 霍屯督人：南非的土著族群，自称为伊科伊科，他们有在脸上和裸体彩绘装饰的习惯。

长去办吧，我们的营长，这儿真是闷死人了。”

少校终于还是妥协了，他说：“就这么办吧。”

子爵立刻派人叫来一名“义务”。

“义务”是一个上了年纪的上士，谁也没有见他笑过，但是不管上级派给他什么样的任务，他都能出人意料地圆满完成。他神情自若地站着接受了子爵的吩咐，随后转身出门。

五分钟后，一辆张着直墙圆顶的油布篷子的军用马车，被四匹飞奔的马拉着，飞快地消失在雨幕深处。

转眼之间，大家的心里仿佛都泛起一阵波动，从毫无生气的状态中重新振作起来，脸上也都有了神采，话也多了。

尽管外面仍是风狂雨骤，但是少校却认定天色不像以前那么阴晦了，奥托中尉也很有信心地说天气快要晴了。菲菲小姐也好像坐不住了，“她”站起来又重新坐下。

“她”那双闪着灼热和冷酷的眼睛仿佛正在寻找着什么可供“她”破坏的东西。忽然间，“她”盯住了那个翘着两撇髭须的贵夫人画像，抽出身上的手枪说：“你马上就会啥也看不见了。”说着就在座位上瞄准了她，两粒子弹接连打穿了那幅画像的两只眼睛。然后“她”又嚷着：“我们来演放地雷吧！”

如同一种新颖有力的兴趣转移了大家的注意似的，大家的谈话突然停了下来。

地雷，那是“她”的发明，“她”的破坏方法，“她”最心爱的娱乐。

古堡的合法主人，斐尔南·阿木伊·雨韦伯爵从前在离开这古堡的时候，除了把银餐具塞在一个墙洞里以外，什么都没来得及带走，也什么都没来得及藏起来，偏偏他又是那么的富有和奢华，他的那间和饭厅相通的大客厅在主人没有仓卒逃走以前，简直就像博物馆里的一间陈列室。

墙上挂着许多很有价值的油画和水彩画，家具上面、架子上面和精致的玻璃柜子里，摆着成百上千的古玩，其中有料器，有雕像，有萨克斯的瓷塑，有中国的瓷人，有古代的象牙雕件，有威尼斯的玻璃器具，这些珍贵希奇的东西满满当当地充塞了那间宽大的客厅。

现在，那些东西已所剩无几了。然而这并非遭人抢劫，因为少校营长法勒斯倍伯爵不容许那样的行为；只是大都成了菲菲小姐口中的“地雷”，

而所有的军官在演放的那一天也都享到了五分钟真正的娱乐。

那个矮个子侯爵又到客厅里去找他应该选择的东西了。他拿了一把很小巧的洛思款式的中国茶壶走出来，壶里已经装满了火药，并且谨慎地在壶嘴子里装了一条长长的引线。他点燃了它，赶忙捧着这件凶器送到隔壁那间屋子里。

随后他很快又回来了，同时还关上了门。所有的德国人都站起来等着，一种幼稚的好奇心使得他们脸上都现出了微笑，等一声爆炸撼动那座古堡以后，他们赶忙一齐涌向那间客厅。

菲菲小姐首先进去，“她”站在一座炸断了脑袋的维纳斯瓷像前发狂似地拍着手掌。接着每个军官都捡起不少碎瓷片儿，吃惊地看着碎片上异样的断口，检视着这一次的损失，把某些破坏从上一次爆炸的成绩中排除。营长摆出家长派头，检阅着这间宽大的客厅里被耐龙式霰弹扰乱之后的情形和满地的艺术品残骸。然后，一边率先从客厅里退出，一边用和蔼的态度高声说道：“这一次的成绩真不坏。”

一股很浓的硝烟早已窜进了饭厅，它和烟草的烟混在一块儿，让人无法呼吸。营长推开窗子，那些军官也都回到饭厅，走到他身边，喝下最后一杯白兰地。

潮湿的空气涌进了饭厅，带来了一种凝在胡须上的灰尘样的细水珠儿和一阵河水上溢的气味。他们望着那些被暴雨压在下面的大树，那条笼在低云之中的宽大河谷，以及遥远处如同一支灰色长锥似的竖在风暴里的教堂钟楼。

自从普鲁士人来了以后，那钟楼一直是静悄悄的。它的沉默简直是侵略者在附近一带遇到的唯一抵抗。教堂的长老对普鲁士人在教堂里的饮食起居毫不干涉，敌军的营长时常把他当做一个善意的中间人，他甚至还陪营长喝过好几次啤酒或者葡萄酒；不过若是要让他像往常一样按时敲钟，哪怕只敲一次，那也是办不到的，因为他宁肯让人来枪毙自己也绝对不肯敲钟。那是他本人抗议侵略的方法，和平的抗议，沉默的抗议。他说修士生性温和，不讲流血，而且修士只适合这样的方法。所以，在十法里的范围内，人人都称赞这位长老的坚强，他的英雄主义，他坚信国难当头，且用他那所教堂的顽强沉默来宣布国难。

被这种抵抗所鼓舞的村民们，决定牺牲一切来彻底支持他们这位长老，认为这种英勇的抗议是对民族光荣的捍卫。在农民看来，自己对祖国的贡献远远胜过了斯忒拉斯堡和倍勒伏尔这两个地方，觉得自己与榜样具有同样的价值，自己村庄的名称也会因此而不朽。除此以外，不管战胜者普鲁士人有什么苛求，他们都不曾拒绝。

对这种不能造成任何实质性伤害的勇气，营长和他部下的军官们都付之一笑，毕竟当地所有的农民在他们的眼里都表现驯良，他们也就欣然宽恕了那种无声的爱国主义。

只有威廉·艾力克侯爵很想强迫教堂敲钟。他对他的上级放任修士而感到生气，每天都恳求营长让他去搞上一回，哪怕小搞一回找些乐子也好。而且恳求的时候，他都会装出一副猫儿的媚态，女性的阿谀，发出一种沉溺在欲望之中的情妇式的柔曼声音。可营长就是不肯让步，于是菲菲小姐为了安慰自己，就只好在雨韦古堡里放放“地雷”了。

现在，他们五个人待在那里呼吸着潮湿的空气，好久都没动弹一下。中尉弗里茨终于发出一种不太响亮的笑声，说道：“那些姑娘们到这儿散步，恐怕是赶不到好天气啦。”接着便分头办公去了，只留下上尉忙忙碌碌，预备晚上的筵席。

等到他们傍晚时分重新集合时，已如同遇着大检阅的样子，全都打扮得整整齐齐、容光焕发，头上都擦了油，洒了香水，彼此笑望着对方。营长的头发像是没有早上那么花白了；上尉也刮过了脸，只在鼻子底下留着一小撮火焰般的髭须。

虽然雨还没停，他们却开着窗子，而且他们中间总有一个不时走到窗子跟前张望。大概六点十分光景，子爵报告说远处传来一阵隆隆声。大家都赶过去看，不久那辆大马车出现了，四匹马始终在路上飞驰，就连脊梁上也沾满了烂泥，浑身汗气蒸腾地喘着粗气。

五个妇人在台阶前下了车，那是上尉的一个伙伴——“义务”带着上尉的名片先去找了他——精心挑选出来的五个美貌姑娘。

找她们前来没有费事，因为她们确信自己能好好赚上几文，此外根据自己三个月来的亲身经验，她们对普鲁士人早就有了深切的认识——不过是个物件而已。“这是职业的需要。”她们在路上对自己说，以敷衍自己内心所剩不多的良知。

大家立刻走进了饭厅，饭厅里灯火通明，映照着损毁的情景，益发显

得门庭破落的凄惨。桌上堆满了各种肉食，华美的杯盘碗碟以及从墙洞子里搜出来的那些被古堡主人藏着的银质器具，让这饭厅看起来像是一所供匪帮抢劫一番之后同来聚餐的黑店。

笑容满面的上尉，他独占着那些女人，把她们当作一种熟识的事物看待，品评她们，亲吻她们，嗅她们，估量着她们卖笑时的身价。当那三个少年人想要各自留下一个时，上尉很权威地表示反对，并提出要按军阶来作公正的分配，以免损害阶级制度。

为了避免争执、偏私以及可能引起的怀疑，他把五个姑娘按身材高矮排成一行，以责询的口吻问那个身材最高的姑娘："你名叫什么？"

她高声答道："帕美拉。"

上尉喊道："第一名帕美拉，属于营长。"

然后，他摆出主人的架势，抱住了第二名白隆婷，把丰满的阿米达分给了中尉奥托，伊芙分给了中尉弗里茨。剩下那个最矮小的丽莎，是个很年轻的栗色头发的犹太女子，眼珠黑得像是一滴墨水，弯弯的鼻梁更加印证了"把鹰钩鼻子配给犹太民族"的规律。上尉把她分给了军官中的那个最年轻的、身体不算结实的威廉·艾力克侯爵。

她们都很漂亮而且丰满，脸蛋长得也差不多——大概是官办妓院里的共同生活和每天的卖笑生涯，同化了她们的仪态和肤质。

三个少年人都借口要用刷子和肥皂给她们清洁一下，说要立刻带走他们的女人；但是精明的上尉反对这样做，他很肯定地说，为了来吃晚餐她们一定早就洗干净了，而上楼下楼地换起女伴儿来也不方便。于是，饭厅里的活动就只不过是接吻——迫不及待的接吻，很多次的接吻。

丽莎忽然透不过气来，咳得连眼泪都挤出来了，鼻孔里冒出了一点儿烟，原来侯爵借口跟她接吻，往她嘴里吹进了一股烟。她并没有生气，也没有吭声，不过乌黑的眼珠子里却露出怒色，紧盯着她的这个主人。

大家聚拢到了餐桌旁边。营长本人仿佛也很高兴，他右手拉着帕美拉，左手拉着白隆婷，在展开餐巾的时候，他高声说："您的主意真是妙极了，上尉。"

奥托和弗里茨两个中尉都是彬彬有礼的，仿佛陪着上流社会的女宾，他们这个样子让同坐的女人都有点不好意思；而卡文斯汀子爵却得意忘形，喜笑颜开地说了许多村野粗话，仿佛他那圈红发让他着了火似的。他用带有莱茵河流域口音的法语大献殷勤，他那些从门牙的缺口喷出来的小酒店派头的颂扬，夹在一阵唾沫星儿中间溅到了姑娘们的脸上。

可姑娘们一句也没听懂他在说什么，她们的聪明仿佛只在他吐出一堆堆的猥亵言词的时候，吐出一堆堆被他的口音丑化了的刺耳的成语的时候才会显露出来。然后，她们更如同疯婆子似的一起大笑起来，倒在她们旁边的男人肚皮上，重述着那些被子爵为了逗她们说出淫词秽语而故意念错的成语。她们随意吐出那种语言，第一轮葡萄酒就把她们灌醉了，她们恢复了本来面目，卖弄起固有的风情，向右面又向左面吻着那些髭须，捏着旁人的胳膊，发出种种悦耳的叫唤，随意乱喝旁人的酒盅儿，唱了几首法国曲子和几段从与敌人打交道中学来的日耳曼曲子。

那些男人们受到这种陈列在鼻子和手掌下面的女人肉体的诱惑，不久也都颠狂起来，他们叫嚷着，敲碎了不少杯盘碗碟。他们的背后，几位神情木然的小兵正在伺候着他们。只有那位营长多多少少还保存了一点体统。

菲菲小姐早已把丽莎抱在膝头上，不动声色地兴奋起来，有时候，他会发疯似的吻着她脖子上的那些卷曲的黑发，从她的衣裳和皮肤之间体味着她美妙的体温和她身上的香气；有时候，他会从她的衣裳外面使劲捏她，她的叫声令他兽性大作，他是存心虐待她的，并在女人被虐的痛苦中感受着快乐。他频繁地用两只胳膊搂着她，紧得如同要把自己的身子和她的身子揉在一起，他长久地把自己的嘴唇压住那犹太女子的鲜润的小嘴巴上，亲吻着，让她不能够呼吸；他突然一下深深地咬住她的嘴唇，一线鲜血从年轻女子的下颏边流下了来，落到了她的胸襟上。

她用舌头清理着自己的伤口，面对面地瞧着他，低声慢气地说："这是需要付出代价的。"他笑了，无情地笑了："我一定会付出代价的。"

已经到了饭后甜点水果的时候了，有人斟上了香槟。营长站起来，举起杯子，俨然一副向他们的皇后奥古思姐恭祝圣安的腔调：

"为了我们席上的高贵女宾的健康，干杯！"

于是一大串举杯致贺的颂词开始了，那是一些兵油子式和醉汉式的殷勤献媚的颂词，其中掺杂了很多猥亵的诙谐，语言贫乏而粗鲁。

这个说完刚坐下去，另一个又站起来致词，每个人都搜断了枯肠，极力表现着自己的滑稽；姑娘们都快醉倒了，双眼模糊，嘴唇发腻，拼命地

鼓掌。

上尉为了在这大吃大喝的场面里营造出一种风流的氛围，他高声说道："为了我们赢得爱情，干杯！"

奥托中尉原是一只黑森林中的狗熊般的家伙，这时候，他兴致勃发、酒气熏人地站了起来，为醉意里忽然萌生的爱国主义，他嚷着："为我们在法国的胜利，干杯！"

她们大都醉了，没有发言，只有丽莎气得浑身发抖地偏过头来："要知道，我是很了解法国军队的，当着他们的面，你是不会说这种话的。"

矮个子的侯爵一直把她抱在膝头，现在又借着葡萄酒的力量，叫道："哈！哈！哈！我从没有见到过法国军队。我们还没出现，他们就全跑掉了！"

那姑娘很生气，对着他的脸嚷道："撒谎，你这肮脏玩意儿！"

他用如同先前盯视那幅被他用手枪射穿的油画似的眼光，睁着那双亮晶晶的眼睛，看了她一秒钟，随后笑道："哈！对呀，我们来谈他们吧，美人儿！他们若是勇敢的，我们能来到这儿吗？"说到这里，他兴奋起来了："我们是他们的主人，法国是属于我们的！"

丽莎一下子跳离他的膝头，滑到了自己的椅子上。

他站了起来，举着自己的酒杯，一直送到了桌子中央，口里反复说道："法国是属于我们的，法国的人民，山林，田地，房屋，都是属于我们的！"

其他的那些大醉了的人，也都调动起军人的兴奋情绪，一种野蛮的兴奋情绪，一齐举起杯子狂吼："普鲁士万岁！"一口气干光了杯中的酒。

姑娘们害怕得默然无声，忘记了抗议。丽莎也没气力再开口了。

这时，矮小的侯爵把手里的杯子重新斟满了香槟，搁在犹太女子的头上，嚷着："这也是属于我们的，所有的法国女人！"

犹太女子猛地站起身来，那杯子突然一歪，黄澄澄的酒如同施行洗礼似的全都倒在了她黑油油的头发上，杯子落下，在地上砸碎了。她颤着双唇，横着眼睛，望着那个始终嬉笑的军官，用一种被怒气咽着的声音含含糊糊说道："这话，这话，这话不对，这算什么，你们得不到真正的法国女人。"

侯爵为了笑得更自在些，就坐了下来，并用德国口音摹仿巴黎人的语调："她是很好的，很好的，你到这儿来究竟是干什么的，小娘子？"

她怔住了，刚开始，慌张之中的她还没有听明白，所以没有开口；随后，一下弄懂了他的言下之意，她恶狠狠地反驳他："我！我！我不是个女人，我是个妓女；普鲁士人要想得到的，只能是这个。"

她还没说完，他便啪地掴了她一个耳光；但是当他举起手准备再打她的时候，狂怒中的她从桌上抄起一把银质餐刀，以迅雷不及掩耳之势，把小刀直戳到了他的脖子里，而且恰巧是在喉头下面锁骨中间的空当。

他的那句话也被小刀截断在了喉管里，吃惊地睁大了一双怕人的眼睛，张开了嘴巴，愣在了当地。

在场的所有其他普鲁士人一声狂吼，慌乱地站了起来。

丽莎抓起自己的椅子，向奥托中尉双腿之间砸去，把中尉直挺挺地砸翻在地，趁着旁人还没反应过来，推开窗子，跳进了黑暗里，消失在那一直未曾停歇的雨幕之中。

菲菲小姐两分钟之后就死了。

弗里茨和奥托拔出军刀，要屠杀那些坐在他们膝头的妇人。少校好不容易才制止了这场屠杀，让人把那四个吓坏了的女人关在一间屋子里，派了两名小兵守在门外。随后，他又如同作战似的分派他的部下，组织人手追缉在逃的姑娘，并且相信一定可以拿获。

五十名小兵奉命扑向了古堡里的花园。另外两百名士兵则奉命搜索旁边河谷里的所有居所和所有的树林。

餐桌一下子撤空了，成了菲菲小姐的尸榻，那四个神色森冷的、酒醒了的军官，俨然一副执行任务的军人架势，站在窗口旁边，探测着窗外的夜色。

急流般的雨一直没有停。一片继续不断的波动充塞了黑暗世界，落下来的水，流着的水，滴着的水和迸射着的水，合成了一片漂荡的模糊声音。

忽然，远处传来一声枪响，接着又是一声更远的枪响。在随后的四小时里，不时有人听见许多或远或近的枪声和收拢集合军队的叫声——许多以硬颚音发出的如同召魂咒语般的古怪声音。

到了早上，派出去的人都回来了。其中死了两个，伤了三个，那都是他们自家人在黑夜追缉的慌乱和狂热追逐当中干出来的。

他们没有找着丽莎。

这样一来，河谷里的居民们受到恐吓了，房屋也被扰乱了，整个地方都被他们查看过，搜索过，翻检过。然而，那个犹太女子仿佛没有留下一丝一毫的痕迹。

师长得到消息后，吩咐严密封锁消息，以免这坏榜样在整个部队里造成恶劣的影响，同时也惩罚了军纪不严的营长，营长也处罚了他的下属。师长说："我们是来打仗的，而不是来找乐子玩妓女的。"

法勒斯倍伯爵羞怒之下，决定在当地展开报复。

为了给这次报复行动一个看起来不太牵强的借口，他让人找来教堂长老，命令他为艾力克侯爵的葬仪鸣钟致哀。

令人意外的是，那修士不仅表示了服从，而且言辞还很谦卑，似乎还怀着满腔的敬意。

菲菲小姐的出殡日子到了，士兵们抬着"她"的尸体从雨韦古堡朝公墓走去。在前引路的，在柩边守护的和跟在后面的全是荷枪实弹的士兵。同时，教堂的钟也第一次带着一种轻快的意味，发出它哀悼的声音，仿佛有一只友好的手正在爱抚着它。

傍晚时分，钟声又响了起来，第二天也一样，而且此后每天都是一样。它差强人意地奏出大钟小钟合奏的音乐，有时候甚至于夜间，它也会独自欣然地摇摇晃晃着身躯，在黑影里从容不迫地响那么两三声，就像是某种被莫名其妙的快乐感染了似的。是它醒了吧，谁也不知道那是为什么。地方上的农民们因此说它着了魔，以至于除了长老和管理祭器的执事二人以外，谁也不敢再到钟楼附近去。

实际上，钟楼上面住着一个可怜的女子，她在忧郁和孤寂中过着日子，而暗地里供给她饮食的正是那两个人。

她在钟楼上一直待到德意志部队离开为止。随后，在某一天傍晚，长老借了面包店里的敞篷马车，亲自把这个一直由他守护着的女子送到卢昂的城门口。到了那里，长老拥抱了她一下，她下了车，快步走回了妓院，那里的老鸨还以为她早就已经死了呢。

不久，一个不拘成见的爱国人士出于对她当日英勇行动的敬佩，把她从妓院里带了出来，爱上了她，和她结了婚，让她成为一位比起他人毫不逊色的主妇。

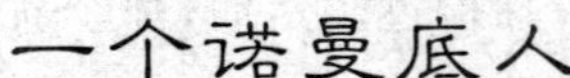

一个诺曼底人

我们刚出了卢昂市区，轻快的车子就在诺曼尔大道上飞驰，穿过许多草滩。随后，为了要爬甘忒勒坡，那匹马才踏着慢步前行。

那地方，应当是世界上绝美的景色之一，我们的背后有卢昂，市区里满是教堂，耸立着雕琢得如同象牙玩具一样的哥特式钟楼；前面，圣苏威，以工厂林立而著称的近郊区，成百上千百的冒着黑烟的烟囱直刺苍穹，正和古老市区里的成百上千的神圣钟楼遥相呼应。

这边，是圣保罗堂的尖塔，人工建筑物的最高峰；那一边，是"霹雳厂"的大水塔，它和尖塔——它的对手几乎同样高得不寻常，比埃及最高的金字塔还要高出一米。

塞纳河在我们前面蜿转流淌，河道里散布着许多洲岛，右岸是一座被森林掩盖着的白石悬岩，左岸是广袤的草滩，它们被另一片森林远远地、很远很远地拦住了去路。

很多大船分泊在两岸各处。三条大的轮船衔尾似的朝着勒阿弗尔驶去；一只三桅船，两只大的双桅船和一只小的双桅船连成一串，由一只吐着黑烟的小拖轮拖着从下游开向卢昂。

我的同伴是在这里长大的，对于这动人的风景自然是不屑一顾；但是他不断地微笑着，仿佛是在心里窃喜。突然间，他高声说："嗨！您马上就要看到一点儿滑稽的东西了——马克老爹的教堂。那东西，真是妙不可言，朋友。"

我很惊讶地看了他一眼。他接着又说：

"还是让我来教您品品这诺曼底的美妙风味吧，保证您一辈子也不会忘掉。马克老爹是本地区最有趣的诺曼底人，而他的教堂更是世界上最令人惊奇的教堂之一。不过，首先还是让我来做个简短的说明吧。

"马克老爹就是别人口中的'酒老爹'，原来是个退伍还乡的中士。他能巧妙地斟酌分量，把老兵油子哄骗人的手段和诺曼底人的小聪明恶作剧融合在一起，形成一套完美的把戏。回家以后，仗着各方面的保护和不可思议的手段，他变成了一个曾经显圣的小教堂的管理人，他那个小教堂

受着圣母的保护，而且还是未婚先孕的少女们的频繁朝拜的去处。他称呼他那个奇妙的偶像为‘大肚子圣母’，他用某种绝没有忘却敬意的嘲弄式的亲切姿态对待她。为了他这个‘仁慈圣母’，他亲自编印好了一种特别的祷告文。这篇祷告文是一种出自无心的讽刺杰作、诺曼底精神的杰作，在嘲讽的意味中掺杂着对圣徒的敬畏，对某些神秘事物迷信般的敬畏。虽然他不太信服他的守护女神，不过出于谨慎，而且出于某种策略上的考虑，他还是敷衍着她。

“这篇令人惊叹的祷告文是这样开始的：

‘啊，我们仁慈的太太，圣母玛利亚，本地区以及地球上所有未婚妈妈们的理所当然的守护女神，请您保佑您这个一时大意犯了错误的信女吧。’

“……”

“祷告文的结束语如下：

‘尤其请您在您的神圣丈夫身边不要忘却了我，并且请您在天父身边说情，请求他许给我一个像您的丈夫一样好的丈夫吧。’

“虽然这篇祷告文遭到了当地教会的禁止，可他还是秘密出售它，而那些抱着感激之情诵读它的信女们也都相信它有保佑的力量。

“总而言之，他谈到仁慈的圣母，竟像一个威名卓著的王公的贴身仆从谈到他的主人一般，凡是一切内心琐屑的秘密他都知之甚详。他知道一大串与她有关的趣味浓厚的故事，他经常在跟好朋友喝上几杯之后，用轻而又轻的声音把那些故事说出来。

“您马上就能亲眼见到他了。

“对于种种源自守护女神的收入，在他看来似乎并不满意。所以，除了侍奉圣母之外，他还附带经营着一桩小生意——发售圣像，所有的，或者说几乎所有的圣徒雕像，在他那里无一不备。小教堂里的位置不够安置那些圣像，他便把他们藏在柴房里，一旦遇着信徒问起他们，他便立刻从柴房把圣徒们请到外面来。那都是他亲自制作的木偶，都滑稽得令人意外，而且还把木偶全都漆成了绿色。您是知道的，圣徒们是可以医好各种病症的，只不过每个圣徒各有所长，像他那样把他们全都混淆在一起或者弄错是很不应该的。圣徒们之间互相嫉妒，跟江湖卖艺的小花脸们没什么两样。

“为了不至于出岔子，心地仁慈的信徒们只好全都前来请教马克。

“有人问：‘治耳朵，哪位圣徒最拿手？’

“他说：‘那个名叫奥修的圣徒是拿手；还有那个名叫伽斐尔的圣徒也不错。’

“然而，还远不止这些。

“马克在有点儿闲空的时候，就去喝酒；不过，他可不是像普通人那样喝酒，而是以艺术家的姿态，抱着心悦诚服者的态度喝酒的，所以他每天晚上一定要喝得半醉。他虽然喝得半醉，可自己心中却还是很明白；他心里清楚得很，甚至都可以把每天喝醉的程度准确地记下来。这对他来说，是最值得注意和最主要的事情，小教堂还在其次。

“他发明了——您认真听清了——发明了醉度表。

“事实上，那种器械并不存在，可谁让马克的观察力像数学家们的计算能力一样精准呢。

“您经常可以听见他说：‘从星期一起，我超过了四十五度。’

“或者：‘我当时是在五十二度和五十八度之间。’

“或者：‘我当时确实是在六六度到七十度之间。’

“或者：‘见鬼了，我本以为自己在五十度，现在才明白自己到了七十五度！’

“他从来没有弄错过。

“他肯定从来没有到过一百度，但是到了他自认为超过九十度而观察力变得不那么准确的时候，旁人就不能够绝对相信他不容置疑的语气了。

“他一承认超过九十度，那您就可以放心了，他已经很醉了。

“每当这个时候，他的妻子梅丽——也是一个令人惊奇的人——便会气得发疯。她在门口等到他进来的时候，便会嚷起来：

‘你可回来了，脏东西，猪猡，醉猫！’

“于是马克不笑了，稳稳地站在她的对面，语气严厉地说：‘闭嘴，梅丽，现在不是聊天的时候。你等到明天吧。’

“倘若她继续唠叨，他就再走近些，用颤抖的声音说：

‘别再嚷了，我已经到九十度了。我不再量度数了，要揍人了，你小心点！’

“于是梅丽只得且战且退。

“第二天，倘若她还提这件事情，他就当面嘲笑她道：‘哪儿的话，哪儿的话！已经谈够了，过去了。只要将来我不会升到一百度，那就不妨事。不过倘若我过了一百度，我允许你处罚我，一言为定！”

我们已经走到山坡顶上了。大道钻进了那座值得赞叹的卢马尔森林。秋天，绚烂的秋天，把它的金色和紫色掺杂在依然鲜明的最后的所剩无几的绿色里，仿佛是日光融成了点滴，从天上落到了茂密的树丛里。

我们穿过杜克莱，随后，不再沿着诺曼尔大道继续下坡，我的朋友向左转了，选了一条斜行的小路，钻进了那座轮伐的林场。

过了不久，从一个大坡的顶上，我们又看见了塞纳河的壮丽平川，蜿蜒的河道正在我们的脚底下延展。

在右边，有一所很小的建筑物，盖着石板瓦，顶上有个像阳伞一般高矮的钟楼，背靠着一所点缀着许多绿色百叶窗的漂亮房子，墙上爬满了金银花藤和蔷薇藤。

一个粗大的声音嚷着：“朋友们到了！”

马克从门里出来了。那是一个六十来岁的人，瘦瘦的，蓄着一撮短髯和两撇长长的髭须，全是白的。

我那个同伴跟他握过了手，向他介绍了我。马克把我们请进了一间客厅兼作厨房的干净屋子。他说：

“我呢，先生，房子很一般。我很喜欢坐在肉羹旁边。大大小小的锅子，您都看见了，全是给我做伴的。”

随后，他侧转身子，对着我的朋友：

“您二位怎么偏偏星期四到这儿来？您二位明明知道这一天是我的守护女神诊病的日子，今天午后我不能出去。”

他说完，跑到门口，迸出一阵骇人的牛哞一般的声音：“梅丽！”这叫唤声里的“丽”字的余音拉得很长，使得远处整个平川里，那些上上下下的船上的船员们都会抬起头来。

梅丽却不作答。

马克乖巧地眨了眨眼：

“跟我闹别扭，您看到了吗，我昨天过了九十度。”

我的同伴开始笑了起来：“过了九十度，马克！您是怎么搞的？”

马克回答道：

"我来告诉您。去年,我只收成了二十拉舍尔的苹果,再也没有多的了,不过,要做点苹果酒,还是够的。所以我用它做了一桶,昨天我打开了它,当它是甘露吧,那真的是甘露,您一定会说我称赞得不错。正好,波立特上我这儿来了,我和他喝了一口,后来又喝了一口,没有喝过瘾(大家可以一直喝到第二天),因此一口又一口。我觉得肚子里有一股凉气了,便对波立特说:'是不是需要喝点儿白兰地来暖暖身子!'他同意了。不过那点儿白兰地在身体里像一团火,因此不得不再喝点儿苹果酒。就是这样由冷到热又由热到冷,我明白自己到了九十度。波立特呢,跟一百度差不了多少。"

这时门开了,梅丽走了进来,还没有来得及问候我们,便立马冲她老公嚷道:"……猪猡,你们两个人昨天早就完全都到了一百度了。"

这下子,马克生气了:"别这么说,梅丽,别这么说,我从来没有到过一百度。"

他们为我们置办了一顿很好的午饭,坐在门外的两棵菩提树底下,"大肚子圣母"教堂旁边,正好面对着那幅一望无际的风景。马克用嘲弄的口吻跟我们说了许多有关圣母显灵的虚构故事,其中掺杂了许多令人意外的传言。

我们喝了好多值得赞美的苹果酒,既有劲儿又带甜味,又清凉又醉人,比什么饮料都好喝。当我们吃过饭跨坐在椅子上抽着烟斗时,来了两个信女。

她们年纪都很大了,又干又瘦,弯着脊梁。致敬之后,她们问起了圣徒白朗。马克向我们眨了眨眼睛,说道:"我这就拿给你们。"

他走到柴房里去了。

他在那里边逗留了足有五分钟,随后才皱着眉头走了回来,举起了两只胳膊说道:

"我不知道他在哪儿,找不着他了;不过我的确有那么一个。"

他用双手做出一个传声筒,再次嚷着:"梅丽!"

他妻子在天井尽头答道:"有什么事?"

"圣徒白朗在哪儿?柴房里找不着。"

梅丽迅速应道:

"是上星期你拿去塞养兔房里的窟窿的那个吗?"

马克的身体轻轻地抖动了一下:“活见鬼,像是真有这么回事!”

于是他向那两个妇人说:“你们跟我来。”

她们跟着去了。我们也照样跟着去了。要知道,忍着不让自己笑出来,真是很不好受。

果然,圣徒白朗像一根简单的木桩一般钉在地面上,满是烂泥和脏东西,在养兔房的一个角落里派上了用场。

那两个信女一看见他,立刻朝他跪下,画着十字,开始念起祷告文来。

马克赶忙跑过去:“你们等着吧,你们现在都在烂泥里,我去给你们找一束麦秸来。”

他找来麦秸,给她们做了一个祷告用的垫子。后来,仔细打量着他那个被泥污了的圣徒,很担心失去买卖信用似的说道:

“我给你们拾掇干净。”

他拿来一桶水,一只刷子,使劲地洗刷着那个木偶。在这过程当中,那两个老妇人始终没有停止祷告。

等他弄完之后,接着又说:“现在,再没什么不妥了。”

最后,他又请我们去再喝一杯。

刚把杯子举到自己的嘴边,他又停住了,略显不好意思地说道:

“这还不一样,从前我把圣徒白朗跟兔子搁在一块儿的时候,我还真以为他是不能卖钱的。两年以来,一直都没有人问过他。不过圣徒,您二位也知道,是从来不会过时的。”

他喝了一口酒,又说道:

“努力,大家再喝一杯。跟朋友们在一块儿,不应当低于五十度;而现在,我们都还只有三十八度。”

蛮子大妈

一

我有十五年没去过韦尔罗尼了。

今年秋末，为了到我的老友塞华尔的围场里打猎，我才重新去了一趟。那时候，他已经派人在韦尔罗尼重新盖好了他那座被普鲁士人破坏的古堡。

我非常喜欢那个地方，这世上确实有许多不起眼的美妙的角落，让人体味一见倾心、赏心悦目的快感，令我们情不自禁地想要亲身领略一下它的美。

对我们这些深深迷恋着大地的人来说，某一处泉水，某些树林，某些湖沼，某些丘陵，都会在我们的心底里留下许多难忘的记忆。这些固然是时常都看得见的，然而却总有许多有趣的令人意外的新的发现，让我们格外动心。

有时候，我们的思想竟可以回到某一座树林的角落里，或是一段河岸，或是一所正在开花的果园。虽然只不过是在从前的某一个高兴的日子里，只瞥过那一回，然而，它们却像春日晴朗的早晨上街遛达时，偶尔撞见的明媚女子的身影一般，留在我们心里。不仅在精神上和肉体上激起一种不可磨灭永难遗忘的欲望，而且还会由于失之交臂的缺憾而回味绵长。

在韦尔罗尼，我爱的是整个乡村：不大的树林子散布在四野，蜿蜒的小河像人身上的脉络一样四处奔流，给大地输送着血液，那里面可以捕得小虾、白鲈鱼和鳗鱼！到处都可以游泳，甚至可以在小溪边的深草里偶尔找着鹧鸪。

当日，我轻快得像山羊似的向前跑，瞅着我的两条猎狗在前面的草丛里搜索。塞华尔在我右手边百米左右的地方，穿过一片苜蓿田。我绕过那片与德尔森林相邻的灌木丛，望见了一座已成废墟的茅顶小屋。

这突然让我记起 1869 年最后见到过的一幕。

记得那时，这茅顶小屋还是干干净净的，包在许多葡萄藤当中，门前

有许多鸡。世上的东西，哪里还有比一座只剩下断壁残垣的废墟，更令人伤感的呢？

我记起来了，某一天在我很疲倦的时候，曾经有一位老妇人请我到那里喝过一杯葡萄酒，而且塞华尔当时还对我提起过那些住在里面的人的经历。

据说，老妇人的丈夫是个以私猎为生的人，很早以前被保安打死了。她的儿子，我从前也曾看见过，一个瘦高个子，像是一个打猎的好手。这一家子，便是大家口中的“蛮子”。

这究竟是一个姓，还是一个诨名？

想起这些事情，我远远地招呼了塞华尔一声。他迈着白鹭般长长的步子走了过来。

我问他：“那所房子里的人现在都怎么样了？”

他就给我讲了这样一个故事。

二

普法之间正式宣战的时候，小蛮子正好三十三岁。他从军去了，留下他母亲单独住在家里。当时大家并不很替她担忧，因为大家知道她很有钱。

她单独一个人留在了这所房子里。虽然房子座落在树林子边上，而且跟村子相隔甚远，但她并不害怕。她的性情跟那父子俩一般无二，端严正派，又长又瘦，不常露出笑容，人们也绝不敢跟她开玩笑。在乡下，农家妇女们通常是不苟言笑的。笑，是男人们的事情！而且，因为生活乏味单调，眼界心胸自然也都打不开。男人们在小酒店里，沾了一点儿快活热闹的爽朗，也就不会像他们家里的伙伴一般始终板起一副严肃的面孔——她们脸上的肌肉还没有学会或者习惯那种笑的动作。

这位蛮子大妈在她的茅顶房子里继续过着平常的生活。不久，茅顶已经盖上雪了。每周，她都会到村子里走一趟，买点面包和牛肉，然后仍旧回家。当时大家说是外面有狼，她出来的时候总背着枪——她儿子的枪，已经锈了，而且枪托也已被手磨坏了。这个身材高大的蛮子大妈看起来有些古怪，微微地伛偻着背，在雪里慢慢地迈着大步，头上戴着一顶黑帽子，紧紧地包住了一头从未被人见过的白发，枪杆子伸得比帽子还高。

某一天，普鲁士军队来到了这里。有人把他们分派给各家各户去供养，人数的多寡根据各家的贫富程度而定。既然大家都知道这个老太太有钱，也就给她家派了四个。

那是四个胖胖的少年人，有着金黄的头发和胡须，蓝色的眼珠。尽管他们已经经受了许多辛苦，却依旧长得胖胖的。他们虽然身在这个已被征服的国家，可他们的脾气都还不错。虽然无人管束，但在老太太家里，也都尽量表示了对她的关心，尽可能替她省钱，减轻她的负担。早上，有人看见他们四个穿着衬衣围在井边梳洗，也就是说，在冰雪未消的日子里用井水冲洗他们那种北欧汉子特有的白里透红的肌肉。而蛮子大妈这时候却在往来奔忙，准备去煮菜羹。后来，有人看见他们替她打扫厨房，擦玻璃，劈木柴，削马铃薯，洗衣衫，料理日常家务，俨然是四个好儿子守着他们的妈妈。尽管如此，这个老太太却还是记挂着她自己的那一个，这个老太太，记挂她自己的那一个瘦而且高的、弯钩鼻子、棕色眼睛、唇上盖着黑黑的两撇浓厚髭须的儿子。每天，她都会向每个住在她家里的士兵打问：

“你们知不知道法国第23边防镇守团开到哪里去了？我的儿子就在那个团里。”

他们用带有日耳曼口音说得不标准的法国话回答：“不知道，一点也不知道。”后来，他们终于弄明白她的担忧和牵挂了，他们家里也有妈妈，就给了她许多小小的照顾。她也很疼爱她这四个敌人——普通百姓人家哪里会有那么多的仇恨，这种仇恨仅只是属于上层人士的。至于生活在底层的人们，本来就很贫穷，再加上新的负担压迫，早就透不过气来了，而他们付出的代价是最高的。因为这一阶层人数最多，所以他们成群结队地做了炮灰而被人屠杀；因为他们都是最弱小和最没有抵抗力的，所以他们承受着最为悲惨的残酷战争的祸殃；而且正因为如此，他们才会不理解种种好战的狂热，不理解那激动人心的光荣以及那些号称具有政治眼光的策略——这些策略在半年之间，让交战的各方无论胜败，都变得同样的精疲力竭。

当时，地方上的人在谈到蛮子大妈家里那四个普鲁士兵时，总是会说道：

“那四个人算是找对安身之所了。”

谁知有一天早上，那老太太恰巧独自一个人待在家里的时候，远远望见平原上有一个人正向她家里走来。很快，她就认出了那个人，那是担负着分送信件的乡村邮差。他拿出一张折好了的纸头交给她。她从自己的眼镜盒子里，取出了那副为了缝纫而配备的老花眼镜，读了下去：

蛮子太太：

这封信给您带一个不好的消息。您的儿子威克多，昨天被一颗炮弹炸死了。差不多炸成了两段。我那时就在跟前，因为我们在连队里是紧挨在一起的。他从前对我谈起过您，意思是说倘若他遇了什么不幸，我最好当天告诉您。

我从他衣袋里取出了他的那只怀表，准备将来打完了仗的时候带给您。

现在我亲切地向您致敬！

第23边防镇守团二等兵　黎伏启

这封信是三星期以前写的。

她看了并没有哭，只是呆呆地坐着没有动弹，显然，在这突如其来的打击下，连感觉也都迟钝了，以至于一时间忘记了伤心。

过了好一阵子，她心里暗念着："威克多现在被人打死了。"这才感觉到痛彻心扉的悲伤，眼泪渐渐地涌进了眼眶。一下子，各种心事，难堪的，让人痛苦的，一件一件地回到了她的脑海里：

——啊，她以后再也抱不着他了，她的孩子，她那高个子孩子，永远也抱不着了！保安打死了他的老子，普鲁士人又打死了她的儿子……他被炮弹炸成了两截！她仿佛看见那个情景，令人战栗的情景——垂着脑袋，张着眼睛，咬着自己两大撇髭须的尖子，像他从前生气时一样。

——出了事以后，他的尸首是怎么收殓的？从前，她丈夫的尸首是连着额头中的那粒子弹被人送回来的，那么她儿子的，会不会也有人这么办？

就这时，她听到了一阵嘈杂的说话声。那几个普鲁士人从村子里走回来了。她迅速地把信件藏在了衣袋里，趁着时间还来得及，她又仔仔细细擦干了泪水，像平日一样安静稳妥地接待了他们。

他们四个人全是笑呵呵的，很高兴，因为他们带回了一只肥兔——这无疑是偷来的。他们对这个老太太做了个手势，表示大家可以吃点儿好东西了。

她立刻动手开始准备午饭，但是到了要宰兔子的时候，她却失去了勇气，尽管她已经不是第一次宰兔子了！那四个士兵中的一个，在兔子耳朵后猛打了一拳，打死了它。

那东西一死，她就从它的皮里剥出了鲜红的肉体。当她看到糊在自己手上的血，那渐渐冷却又渐渐凝住的温暖的血，竟从头到脚颤抖了起来。她的眼前仿佛出现了她那个被炸成两段的高个子孩子，他也是浑身血红的，正如那个依然微微抽搐的兔子一样。

她跟那四个士兵坐在同一张桌子上，可她却吃不下，一口也吃不下；而他们却狼吞虎咽地吃着兔子，连看都没有看她一眼。

她一声不响地从旁边瞅着他们，在心里打定了一个主意，而脸上还是那样镇定，让他们丝毫也没察觉到异样。

忽然，她问："我们在一起已经有一个月了，可我连你们的姓名都不知道。"

他们费了很大的劲才弄懂了她的意思，各自说出了自己的姓名。可这并未令她满意；她又让他们在一张纸上写了出来，还添上了他们的家庭通信地址。末了，她在自己的大鼻梁上面架起了眼镜，仔细看了一遍那篇并不认得的文字，然后把纸折好，搁在自己的衣袋里，搁在那封给她儿子报丧的信上。

饭吃完了，她跟那些士兵说："我来给你们收拾。"

说完，她搬了许多干草，搁在他们睡的那间阁楼上。

他们望见她不免有些诧异起来，而她却对他们说这样就不会那么冷了；他们也一起来帮她，把那些成束的干草堆得像房子的茅顶那样高，终于布置成了一间四面都围着草墙的卧室，又暖又香，他们可以很舒服地在那里睡觉了。

吃晚饭的时候，他们当中的一个看见蛮子大妈还是一点东西也不吃，心里觉得有些担忧。而她却托词说自己的胃有些痛。随后，她燃起一炉好火，自己烘着，而那四个普鲁士人都踏上那条每晚给他们使用的梯子，爬进他们的卧室里去了。

等那块做门用的四方木板落下来，盖好了以后，她就抽去了上楼的梯子，悄悄地打开了那扇通到户外的房门，搬进来很多束麦秸，塞在厨房里。

她赤着脚，在雪地里一来一回地走着，从容得让人无法察觉；她不时地侧耳细听着那四个睡熟了的士兵的鼾声，响亮而长短不齐。

等到她认为自己的各项准备已经充分以后，就拿起一束麦秸扔到了壁炉里。等它燃着以后，她又把它分开，放在另外无数束的麦秸上边，随后她重新走出门外，注视着屋里的情况。

不过几秒钟，一阵强烈的火光照亮了那所茅顶房子的内部，随后变成一大堆骇人的炭火，一座烧得绯红的巨大熔炉，熔炉里的光从那窄小的窗口里窜出来，在雪地里映射出一片耀眼的光亮。

随后，一阵狂叫从屋顶上传了出来，那简直是一阵由杂乱的人声汇集而成的喧嚷，一阵求救的刺耳呼号声构成的喧嚷。

随即，那块封住楼门的四方木板往下一塌，一阵旋风也似的火焰冲上了阁楼，烧穿了茅顶，如同一个巨大的火把，火焰升上了天空。最后，那所茅顶房子整个儿烧着。

终于，房子里面，除了火力的爆炸，墙壁的崩裂和栋梁的坠落以外，什么声音也没有了。屋顶陡然下陷，只剩下烧得通红的空架子，在那阵阵黑烟里向空中迸射出一大簇一大簇的火星。

雪白的原野被火光映照得像是一幅染上了红色的银布似的闪闪发光。

一阵钟声在远处敲响。

蛮子大妈站在她那所毁了的房子跟前，一动不动，手里握着她的枪——她儿子的那杆枪，以防那四个士兵中有人逃出火海。

等到她看到事情已经结束，她就把枪扔到了火里。枪声响了一下。

许多人都到了，有些是农民，有些是普鲁士军人。

他们看见这个妇人坐在一段锯平了的树桩上，安静而且满意。

一个一口法语说得像法国人一样好的普鲁士军官问她：

“您家里的那些士兵上哪儿去了？”

她伸出那条干瘦的胳膊，指向那堆渐渐熄灭的红灰，用一种洪亮的声音答道：

“在那里面！”

大家团团地围住了她。那个普鲁士人问：

“这火是怎么烧起来的？”

她回答："是我放的。"

大家都不敢置信地望着她，还以为她因这场大祸陡然发疯了呢。后来，在大家围着她希望做出解释时，她就把这件事情从头到尾说了一遍——从收到那封信起，一直说到茅顶房子烧着后她所听到的最后一声叫唤。凡是她所料到的以及她做过的事，她一点儿也没漏掉。

说完，她又从衣袋里取两张纸，而且为了在那余火的微光下看清这两张纸，她还戴起了她的眼镜。她从中抽出一张，说："这张是给威克多报丧的。"又拿起另外一张，侧过脑袋朝那堆残火一指："这一张，是他们的姓名，可以照着上面留下的地址，写信通知他们家里。"然后从从容容地把那张白纸交给了那个军官。

那个军官一把抓住了她的肩膀，可她却接着说道："您将来一定要写清楚这件事的由来，告诉他们的父母说这是我干的。我在娘家时的姓名是威克多娃·西蒙，到了夫家以后，别人都叫我蛮子大妈。请您不要忘了。"

这军官用德语发出了指令，立刻有人抓住了她，把她推到了那堵还很火热的墙边。随后，十二个士兵迅速在她对面排成一行，相距约莫二十米。她一动也不动地站着，她早就知道会有这样的结果，她等候着。

一道口令，接着便是一长串枪声，然后又是一声迟放的单响。

这个老太太并没有倒在地下。她弯着身躯，如同被斩了她的双腿。

那普鲁士军官走到她的跟前。她几乎被人斩成了两段，在她那只拘挛不住的手里，依然紧紧地握着那一页满是血迹的报丧信。

我们的朋友塞华尔接着又说：

"普鲁士人为了报复，就毁了当地的古堡，那是属于我的。"

我呢，我想到了那四个烧死在火里的善良的孩子的母亲们，后来又想起这另一个孩子的靠着火墙被人枪杀的母亲的悲壮。

最后，我从地上捡起一块小石头，从前那场大火在它上面留下来的烟痕依然没有褪去。

米勒老爹

一个月以来，烈日在田地上展开了炙人的火焰。喜笑颜开的生活都在这种火雨下面出现了，绿油油的田野一望无际，蔚蓝的天色和地平线相接。那些在平原上四处散布的诺曼底省的农庄，在远处看来像是一些围在又细又长的山毛榉树的圈子里的小树林子。然而走到跟前，等到有人打开了天井边的那扇被虫蛀坏的栅栏门，才确信自己看见的是一个广阔无边的花园，因为所有那些像农夫的躯体一样骨干嶙峋的古老苹果树正都开着花，乌黑钩曲的老树干在天井里排列成行，在天空之下展开它们那些雪白或粉红的光彩照人的圆顶。花的香气和敞开的马房里的浓厚气味以及正在发酵的畜肥的蒸气混在一块儿，畜肥的上面歇满了成群的母鸡。

已经是晌午了。那一家人正在门前梨树的阴影下面吃午饭：两个家长，四个孩子，两个女长工和三个男长工。他们几乎没有说话，吃着菜羹，随后又揭开了那盘马铃薯炖咸肉。

一个女长工不时立起身来，走进储藏饮食物品的房子里，将那只盛苹果酒的大罐子重新斟满了来。

男主人，年约四十的强健汉子，端详着他房屋边的一枝赤裸裸的没有结实的葡萄藤，它曲折得像一条蛇，在屋檐下面沿着墙伸展。

末了，他说："老爹这枝葡萄，今年发芽的时候并不晚，也许可以结果子了。"

妇人也回过头来端详了一阵，却一个字也没有说。

那枝葡萄，正种在老爹从前被人枪杀的地方。

那是1870年打仗时候的事。普鲁士人占领了整个地方。法国的皮特尔白将军正领着北路军阻击他们。

普军的参谋处驻扎在这个农庄里。庄主是个年老的农民，人们都称他米勒老爹。他竭力款待他们，安置他们。

一个月来，普军的先头部队留在这个村落里做侦察工作。法军却在相距十法里外的一带地方静伏不动；然而每天夜晚，普兵总有不少骑兵失踪。

凡是那些被分派到附近各处去巡逻的人，只要是两三个成为一组出发的，都没有再回来过。

到了早上，便会有人在一个地头，或者天井旁边，或者一条壕沟里，发现他们的尸首。他们的马也伸着腿倒在大路上，颈项被人一刀割开了。

这类的暗杀，似乎是同一群人干的，可普兵就是没办法破案。

地方上感到恐怖了。许多乡下人，经常因为一个简单的告发就被普兵枪决了，妇女们也被他们拘禁起来了，他们原来想用恐吓手段使儿童们透露一些情况，结果却一无所得。但是某一天早上，他们瞧见了米勒老爹躺在自己马房里，脸上有一道刀伤。

两个被刺穿了肚子的德国骑兵在一个和这庄子相距三公里远的地方被人寻着了。其中的一个，手里还握着他那把血迹模糊的马刀。可见他曾经格斗过的，自卫过的。

一场军事审判立刻在这庄子前面的露天空地里开庭了，那老头子被人带过来了。

他的年龄是六十八岁，身材矮瘦，脊梁略带弯曲，两只大手简直像一对蟹螯；一头稀疏得像是乳鸭羽绒样的乱发里，头皮随处可见；颈项上的枯黄而起皱的皮肤显出不少粗的静脉血管，一直延到腮骨边失踪，却又在鬓脚边出现。在本地，他是一个以难于妥协和吝啬出名的人。

他叫他站在一张由厨房搬到外面的小桌子跟前，前后左右有四个普兵看守。五个军官和团长坐在他的对面。

团长用法国话发言了：

"米勒老爹，自从到了这里以后，我们对于您，除了夸奖以外真没有什么可抱怨的。在我们看来，您对于我们始终是殷勤的，并且甚至可以说是很关心的。但是您今日却有一件很可怕的事被人告发了，自然非问个明白不成。您脸上带的那道伤是怎样来的呢？"

那个乡下人一个字也不回答。

团长接着又说：

"您现在不说话，这就等于认了您的罪，米勒老爹，但是我要您回答我，您听见没有？您知道今天早上在伽尔卫尔附近寻着的那两个骑兵是谁杀的吗？"

那老大爷干脆地答道：

“是我。”

团长吃了一惊，缄默了一会，双眼盯着这个被逮捕的人。米勒老爹用他那种乡下人发呆的神气安闲自在地待着，双眼如同向他那个教区的神父说话似的低着没有抬起来。唯一可以看出他心里慌张的，就是他如同喉管完全被人扼住了一般，显而易见地在那儿不断地咽口水。

这老大爷的一家人——儿子约翰，儿媳妇和两个孙子，都惊惶失措地立在他后面十步左右的地方。

团长接着又说：

“您可知道这一月来，每天早上，我们部队里那些被人在田里寻着的侦察兵是被谁杀死的吗？”

老大爷用同样的乡下式的安闲自在的态度回答：

“是我。”

“全都是您杀的吗？”

“全都是，对呀，都是我。”

“您一个人？”

“我一个人。”

“您是怎样动手干的，请告诉我。”

这一回，那汉子显出了心焦的样子，因为事情非得多说话不可，这显然使他为难。他吃着嘴说：

“我现在哪儿还知道？我该怎么干就怎么干。”

团长接着说：

“我通知您，您非全盘告诉我们不可。您可以立刻就打定主意。您从前怎样开始的呢？”

那汉子向着他那些立在后面的惊慌的家属不放心地瞧了一眼，又迟疑了一会儿，然后突然打定了主意：

“我记得那是某一天夜晚，你们到这里来的第二天夜晚，也许在十点钟光景。您和您的弟兄们，用过我两百五十多个金法郎的草料和一条牛、两只羊。我当时就想：他们就是接连再来拿我一百个，我一样要向他们讨回来。并且那时候我心上还有别样的盘算，等会儿我再对您说。我望见了你们有一个骑兵坐在我的仓库后面的壕沟边抽烟斗。我取下了我的镰刀，蹑着脚从后面走过去，使他听不见一点声音。蓦地一下，只有一下，我

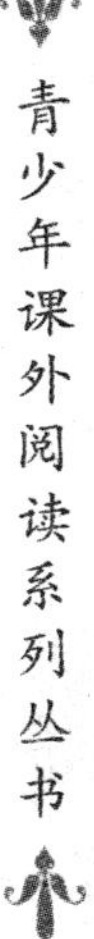

就如同割下一把小麦似的割下了他的脑袋，他当时连说一下‘喔’的工夫都没有。您只须在水沟里去寻：您就会发现他和一块顶住栅栏门的石头一齐装在一只装煤的口袋里。

“我那时就有了我的打算。我剥下了他全身的服装，从靴子剥到帽子，后来一齐送到了那个名叫马丁的树林子里的石灰窑的地道后面藏好。”

米勒老爹不做声了。那些感到惊惶的军官面面相觑。后来讯问又开始了，下文就是他们所得的口供：

米勒老爹干了这次谋杀敌兵的勾当后，心里就存着这个观念：“杀些普鲁士人吧！”他像所有热忱爱国而又智勇兼备的农民一样憎恨他们。正如他说的一样，他是有他的打算的。他等了几天。

普军听凭他自由来去，随意出入，因为他对于战胜者的退让是用很多的服从和殷勤态度表示的，并且由于他和普兵常有往来学会了几句必要的德语。现在，他每天傍晚总看见有些传令兵出发，他听明白那些骑兵要去的村落名称以后，就在当天夜晚出门了。

他从他的天井里走出来，溜到了树林里，进了石灰窑，再钻到了窑里那条长地道的末端，最后在地上找到那个死兵的服装，就把自己穿戴停当。

后来他在田里徘徊一阵，为了免得被人发觉，他沿着那些土坎子爬着走，他听见极小的声响，就像一个偷着打猎的人一样放心不下。

到他认为时间已经到了的时候，便向着大路前进，后来就躲在矮树丛里。他依然等着。末了，在夜半光景，一阵马蹄的“哒哒”声音在路面的硬土上响起来了。为了判断前面来的是否只有一个单独的骑兵，他先把耳朵贴在地上，随后他准备起来。

骑兵带着一些紧要文件走过来了。等到相隔不过十来步，米勒老爹装着横在大路上像受了伤似的爬着走，一面用德语喊着：“救命呀！救命呀！”骑兵勒住了马，认为那是一个失了坐骑的普鲁士兵，以为他受了伤，于是滚鞍下马，毫无疑虑的走上前来，他刚刚俯着身躯去看这个素不相识的人，肚皮当中却吃了米勒老爹弯弯的马刀。他倒下来了，立刻死了，最后仅仅颤抖着挣扎了几下。

于是这个诺曼底人感到一种老农式的无声快乐，因而心花怒放了，自

己站起来了，并且为了闹着玩儿又割断了那尸首的头颈。随后他把尸首拖到壕沟边，扔在那里面。

那匹安静的马等候着他的主人。米勒老爹骑了上去，然后穿过平原走开了。

一小时以后，他又看见两个归营的骑兵并辔而来。他一直对准他们赶过去，又用德语喊着："救命！救命"那两个普兵认明了军服，让他走近前来，没有一点疑忌。于是他，老大爷，像弹丸一般从他们两人之间溜过去，一刀一枪，同时干翻了他们两个人。

随后他又宰了那两匹马，那都是普鲁士马！然后从容地回到了石灰窑，把自己骑过的那匹马藏在那阴暗的地道中间。他在那里脱掉军服，重新披上了他自己那套破衣裳，末了回家爬到床上，一直睡到第二天早晨。

他有四天没有出门，等候那场业已开始侦查的公案的结束，但是，第五天，他又出去了，并且又用相同的计谋杀了两个普兵。从此他便不再住手了，每天夜晚，他总逛到外面去找机会，骑着马在月光下面驰过荒废无人的田地，时而在这里，时而在那里，如同一个迷路的普鲁士骑兵，一个专门猎取人头的猎人似的，杀了一个又一个普鲁士人。每次工作完了以后，这个年老的骑士任凭那些尸首横在大路上，自己却回到了石灰窑，藏起了自己的坐骑和军服。

第二天日中光景，他安闲地带些清水和草料去喂那匹藏在地道中间的马，为了要它担负重大的工作，他是不惜工本的。

但是，被审的前一天，那两个被他袭击的人，其中有一个有了戒备，并且在乡下老大爷的脸上割了一刀。

然而他把那两个人一齐杀死了！他依然又转回来来藏好了那匹马，换好了他的破衣裳，但是回到家的时候，他已经精疲力竭了，只能勉强拖着脚步走到了马房跟前，再也不能回到房子里。

有人在马房里发现了他浑身是血，躺在那些麦秸上面……

口供完了之后，他突然抬起头自负地瞧着那些普鲁士军官。

那团长抚弄着自己的髭须，向他问：

"您再没有旁的话要说吗？"

"没有。再也没有，帐算清了：我一共杀了十六个，一个不多，一个不少。"

“您可知道自己快要死了吗?”

“我没有向您要求赦免。”

“您当过兵吗?”

“当过,我从前打过仗。并且从前也就是你们杀了我的父亲,他老人家是拿破仑一世皇帝的部下。我还应该算到上一个月,你们又在艾弗勒附近杀了我的小儿子法朗索阿。从前你们欠了我的帐,现在我讨清楚了。我们现在是收支两讫。”

军官们彼此面面相觑了。

“八个算是替我的父亲讨还了账,八个算是替我儿子讨还的,我们是收支两讫了。我本不要找你们惹事!我不认识你们!我也不知道你们是从哪儿来的。现在你们已经在我家里,并且要这样,要那样,像在你们自己家里一般。我如今在那些人身上复了仇。我一点也不后悔。”老大爷接着又说。

老大爷挺起了弯曲的脊梁,并且用一种谦逊的英雄姿态在胸前叉起了两只胳膊。

那几个普鲁士人低声谈了好半天。其中有一个上尉,他也在上一个月有一个儿子阵亡,这时,他替这个志气高尚的穷汉辩护。

于是团长站起来走到米勒老爹身边,并且低声向他说:“听明白,老头儿,也许有个法子救您性命,就是要……”

但是那老大爷绝不肯听,向着战胜的军官瞪大了两只眼睛。这时候,一阵微风搅动了他头颅上的那些稀少的头发,他那副带着刀伤的瘦脸儿突然大幅收缩显出一副怕人的难看样子,他终于鼓起了他的胸膛,向那普鲁士人劈面唾了一口唾沫。

团长呆了,扬起一只手,而那汉子又向他脸上唾了第二次。

所有的军官都站起来了,并且同时喊出了不少道命令。

不到一分钟,那个始终安闲自在的老大爷被人推到了墙边,那时候他才朝着他的长子约翰,他的儿媳妇和他的两个孙子微微一笑,他们都惶惑万分地望着他,他被立刻执行了枪决。

一个真实的故事

一

一阵大风在外面吼着,这是一阵狂呼疾卷的秋风,一阵扫尽枝头枯叶、并送它们直到云边的秋风。

那些打猎的人吃完了他们的晚饭,却都没有脱掉他们的长筒皮靴,满面绯红,兴致勃勃。他们都是诺曼底省的一些半贵族半乡绅而又半务农的人,家境宽裕,身体壮健,气力可以击断那些在集市里蹲着的牛的双角。他们刚在艾巴乡的村长布伦特老板的山场里打了一整天的猎,现在他们正在那个别墅般的农庄里围着一张大桌子吃东西——农庄的主人就是他们的东道主。

他们像吼着一般说话,像兽嗥一般大笑,像蓄水池一般喝酒。他们伸长了腿,肘拐撑在桌布上面,眼睛在灯光下面显得大而有神,身体被一座向天花板吐出血色微光的大火炉烘得火热。

开始的时候,他们谈的都是打猎和猎狗,后来差不多喝得半醉的时候,兴趣便转到别的很男性的情绪上,全都用眼光去追逐一个女人——一个用发红的指尖托着那些满盛着食物的大盘子的强壮女人。

忽然,一个喜欢吵闹的姓塞菇尔的汉子——这个人原本研究那些做修士的学问,现在却成了兽医,给本地附近的农家诊治家畜——他高声说:“了不起,布伦特老板,您有一个完美的女佣人。”

饭厅里轰地一下子爆发出一阵哈哈大笑。这时候,一个因为被除名而沉缅酒中的贵族老爷威尔第先生清了清嗓子,提高了声音说:

“我从前跟这样一个女孩子有过一段奇异的故事,哈,我应当说给大家听听。每次我想到她,就会记起米尔嘉——那是一条雌狗,我从前卖给哈森纳子爵的,但是只要有人放开它,它总要回来,可见它不能离开我。后来我生气了,便要那位子爵用链子拴住它。后来你们可知道它怎样吗?那个畜生!唉,它竟因为悲伤送了命。”

“好了,现在不说它了,还是回到我那女佣人身上,给大家说说这个真实的故事吧。”

二

那时候，我二十五岁，没有成家，住在我自己那个在好乡的别墅里，你们知道，一个人年轻有钱而晚饭后又无事可做的时候，眼睛就要四处寻找东西了。

不久，我发现一个在戈乡的兑布多先生那里做事的叫做蔷薇的年轻女人。那个女人很让我发狂，以致某一天我跑去找她的东家，向他提出一笔交易。倘若他把他的女佣人让给我，我就把他想了两年的那匹黑马卖给他。他和我握手："一言为定！卫仓多先生。"交易做成了，那个小女人到我别墅里来了，我亲自牵了那匹马到戈乡去，作价三百法郎卖给了兑布多。

在初期，这件事顺利得像轮子一般。谁也没有疑虑到什么，仅仅从我的口味上说来，蔷薇有点过于爱我，你们知道，她不是那种不三不四的人。她在血脉里大概有些与众不同之处，而凡是和东家闹花样的女佣人总有点这样。

总而言之，她非常崇拜我，这就是那些小狗的称呼和种种温存亲热的字眼和事情给我的看法。

我自己盘算过："这件事顶好是不要维持太久，否则我要上当！"但是我不是容易上当的，我不是那种用两个吻便可以迷得住的人。末了，当她向我通知说她怀孕了的时候，我早已注意了。

这简直像是有人在我胸脯上啪啪放了两枪。她呢，对我吻了又吻，笑着，舞着，她发痴了，有什么话说！当天我什么话也没有说，但是到了夜晚，我便推敲起来。我想："事情发生了，但是应当拿出手段来，割断那根线，现在也正是时候。"你们可知道，那时候，我父母都住在巴仑乡，我姐姐伊士拔侯爵夫人住在罗贝克，离好乡不过十多里路，真是没有法儿开玩笑的。

但是我怎样给自己解围呢？倘若她离开我那里，便有人会动疑，就会有人会来饶舌；倘若我留下她，不久便会有人看见她的大肚子，并且我不能够就这样放掉她。

我和我舅舅克勒德邑侯爵谈起这件事，他是一个见多识广的老江湖，我向他征求意见。他神态自若地答复我：

“应当嫁掉她，好孩子。”

我一下跳起来：

“嫁掉她，舅舅，但嫁给谁呢？”

他从容地耸着双肩：

“你愿意把她嫁给谁，这是你的事，不是我的啊。一个人只要不笨，总可以找得着。”

我把这句话想了七八天之久，结果我自己对自己说道：

“他毕竟更有道理，我的舅舅。”

我开始挖空心思地思索起来。不久后的一天晚上，我和一个在本地做推事的人吃晚饭，他对我说：

“波梅尔老婆子的儿子，新近又闹了一个笑话，他的结局将来肯定不会好。这孩子！可见遗传的力量有多大。”

那个姓波梅尔的老婆子本是一个老恶棍，她在青年时代非常浪荡，一个法郎便可以卖掉自己的灵魂，她儿子的坏劲儿更可以想见。

我走去找她，并且从容地让她明白那件事。

我真窘于答复，因为她竟陡然问我：“您对于那个女孩子，能够给她一些什么东西？”

她真是狡猾，那个老婆子，但是我也不笨，我早就预备妥当了。

我刚好有三块丢在沙司乡附近的地，那些地本来属于我在好乡的一个庄子。那些庄稼人都嫌其太远，我就收回了那三块面积一共六亩的田，后来因为那些庄稼人又来啰嗦，我便在每个佃约里免了他们应缴的鸡鸭之类。这样一来简直算是丢心了。所以我那时候便在邻近买了一点儿地，在上面造了一所小房屋，两者共花了我一千五百法郎，这时我打算把这一桩没有花多少钱的小产业送给这女孩子做生活基金。

那老婆子说这产业是不够的，但是我也不让步，结果我们就不欢而散。

第二天一大早，她的儿子却来找我。说到他的面貌我真不大记得了。看见了他后，我便放心了，因为若是在乡下人之中看来他并不算坏，不过却真像一个很狡猾的人。

他随随便便地谈起那桩事，如同他新近买了一条母牛似的。等到我们谈好了之后，他要看看那份产业，于是我们便动身穿过田地去看。那恶棍竟让我在那里足足蹲了三个钟头，他量过宽窄，又拾些土块儿在手里打散，俨然像是害怕看错了货色。那房屋的顶还没有盖好，他坚持不要茅草做顶，非盖石板不行，因为这样可以少做一些修理！

随后他向我说："但是家具呢，那是要由您给的。"

我反驳道：

"不行，拿一座农庄给您，已经很不错了。"

他冷笑着说：

"我相信是不错了，一座农庄和一个孩子。"

我不由脸红起来，他说：

"想想吧，您可以给一张床，一张柜，三把椅子和一套吃饭用的东西，否则就什么也不必干。"

我答应了这一要求。

于是我们便又上了回家的道儿，他那时还没有一个字谈到那女孩子身上，但是忽然用一种狡猾而又不怀好意的神气问：

"但是，倘若她死了，这产业又归谁呢？"

我说："那么，自然归您。"

他从一大早就想知道的事都在这里了，立刻，他用一种满意的动作同我握手，我们算是谈妥当了。

唉！一提起我劝说蔷薇打定主意嫁人，可真让我头疼。她倒在我脚跟前呜咽起来，并且重复地说："您竟然来给我提议这件事！您！您！"经过了七八天，她还是不同意，无论我怎样苦劝和怎样哀求。女人真是笨，一旦产生了爱情，她们就什么也不明白了，世上没有可以自恃的聪明，爱情高于一切，一切为的是爱情！

结果，我终于生气了，并且以要推她出去来恐吓，她算是才慢慢地让步，条件就是要我允许可以不时来看我。那一天到了，我亲自引她到教堂里去，婚礼的种种费用都是我出的，总而言之，我漂亮地办了一切，随后我告别了，走到杜尔乃，在我哥哥家里住了半年。等我回来的时候，我才知道她每星期必来探听我的消息。到家不到一点钟，便看见她抱着一个孩子走进来了。看见那小家伙真让我难受，你们可以相信我的话啊！大概我还吻过那孩子。

至于蔷薇，简直就像一所破房子了，一副枯骨了，又老又瘦。婚姻于

她真没有好处！我机械地问她："你日子过得好吗？"

她的眼泪像泉水般涌出来，泣不成声地哭着，末了，她高声说：

"我不能够，我不能够丢开您，现在，我情愿死，也不愿活了！"

她发疯似的跟我闹了很长时间，我尽力安慰她，并且一直把她送到栅栏门外。

事实上，我听见有人说她的丈夫打她，她的婆婆虐待她，那个老鸱鸮。

两天之后，她又来了。她抱住了我，在地上打滚。

"请您杀了我吧，我死也不想回去。"

这样的弄法渐渐让我头疼了，我终于又躲了半年。等我回了家……等我回了家，我才知道她在三星期前死了，以前，她每逢星期日必定回来……始终像米尔嘉一样，那孩子在八天之后也死了……

三

那个做丈夫的，狡猾的恶棍，继承了遗产，交上了好运，现在做了村里的自保委员。

威尔第先生笑着说："其实也没什么，他的幸运是我造成的。"

最后，兽医塞茹尔先生端着一盅烧酒送到嘴边，郑重地下了个结论：

"这样的女人，无论如何都是惹不起的。"

一场决斗

战争结束了，普鲁士军队仍旧暂时驻扎在法国，整个法国都在惶恐不安，如同一场角力游戏中的失败者被压在得胜者的膝盖下面一样。

从那座精神错乱、饥饿不堪而百般令人失望的巴黎市内，头几列开向新定国界去的火车出发了，慢吞吞地穿过许多村落和田园。初次旅行的人都从列车窗口里注视着那些完全成了颓垣败瓦的平原和那些烧光了的小村子。好些普鲁士兵戴着黄铜尖顶的黑铁盔，骑在那些仅存的房子门外的椅子上吸着他们的烟斗，另外好些个正在那里做工或者交谈，俨然是门内那户人家中间的一员。每当列车在沿途各大城市经过的时候，大家就可以看见整团整团的普鲁士兵正在广场上操演，尽管有列车轮子的喧闹，但是他们那一阵阵的口令声，仍然可以传进列车里面。

杜布伊先生在整个巴黎被围期间，一直都在城里的国民卫队服役，现在他乘列车到瑞士去找他的妻子和女儿。在敌人未侵入以前，出于谨慎起见，她们母女俩早已到了国外。

杜布伊先生本有一个爱好和平的富商式的大肚子，围城中的饥馑和疲乏却始终没能让它缩小一点儿。从前对于种种骇人的变故，他都是用一片悲恸的忍耐心和许多批评人类野蛮行为的牢骚话去应对。虽然从前在寒冷的黑夜里，他也尽过守城和放哨的义务，可是直到现在战争已经结束，他到了边界上，才第一次看见了这许多普鲁士人。

他现在又生气又害怕地打量着这些留着胡子、带着兵器、把法国当老家似的住着不走的人，心里总算是感受到了一阵衰弱无力的爱国热情，同时，也感到了那种迫切的需要，那种从没有离开过我们的明哲保身的本能。

在客车的那个车厢里，还有两个来旅游的英国人，他们正在用一种宁静而好奇的眼光注视着周围。这两个人也都是胖子，在用他们的本国话谈天，有时候还会打开他们手中的旅游指南，高声地读着，尽力地认真地辨认那些记在书上的地名。

忽然，列车在一个小城市的车站上停住了，一个普鲁士军官，在佩刀和客车的两级踏脚板相互碰撞发出的巨大响声里，从车厢的门口上了车。他的高大的身材紧紧裹在军服里，胡子几乎连到了眼角。下颏的长髯红得像是着了火，上唇的长髭须的颜色略微淡些，分从嘴角两边斜着向上翘起，好像把脸分成了两截。

那两个英国人立刻带着好奇心已得到满足的微笑，打量起这个军官来。尽管坐在角落里的杜布伊先生假装是在看报，没去理会那个军官，可他心里还是觉得很不自在，仿佛是一个跟警察先生面对面坐着的小偷。

列车又开动了。两个英国人继续谈天，继续寻觅着当日打过仗的确实地点。后来，当他们中有一个忽然举起胳膊朝远处的一个小镇指指点点时，那个普鲁士军官伸长了他那双长腿，把身子在座位上向后仰着，用一种带有德语口音的法国话说：

“在那个小镇上，我杀死过十二个法国兵，还俘虏了两百多个。”

两个英国人一下子来了兴致，立刻问道：

“噢！它叫做什么，那个小镇？”

普鲁士军官答道：“法尔司堡。”

后来，他又意犹未尽地补了一句：

“那些法国小子，我狠狠地揪了他们的耳朵。”

当他看向杜布伊先生时，在他的胡子里不禁露出骄傲的笑容。

列车前进着，经过了许多至今仍被普鲁士兵占着的村子。沿着一条条大路或者田垅，站在栅栏拐角上的，在酒店门口说话的，一眼望去，几乎全是普鲁士兵。他们就像非洲的蝗虫一样盖住了地面。

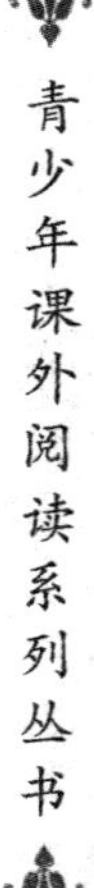

军官伸出一只手说：

“倘若我是总司令，我早就攻下巴黎，把那里的所有东西烧光，人都杀光。那么，就再也不会有什么法国了！”

那两个英国人出于礼貌，简单地用英国话应了一声：“Aoh！ yes！”

而他却继续滔滔不绝地往下说道：

“二十年后，整个欧洲，我是说整个，都将是属于我们的了。普鲁士，比任何国家都要强大。”

两个面露忧色的英国人再也不搭话了。他们那两张夹在长髯之间的脸一下变得像是蜡做的一样，再也没有表情了。

这时候，那普鲁士军官又开始大笑起来，一直不停地仰着脑袋靠在那里说起俏皮话来。他讥诮那个被人制伏的法国，侮辱那些已经倒在地下的敌人；他讥诮往日的战败者奥地利；讥诮法国各州的奋激而无效的抵抗；他讥诮法国那些被征调的国民卫队，那些无用的炮兵。他声言俾斯麦正打算用那些从法国夺来的火炮熔铸一座钢铁的城市。

末了，他忽然伸出那双长筒马靴，靠在了杜布伊先生的大腿上；而对方却只是把眼睛避开了，连耳根子也都红透了。

两个英国人仿佛对什么都漠不关心似的了，俨然是在这一刹那间已经回到了自己闭关自守的岛国，远离了世界上的种种喧闹。

军官又抽出了自己的烟斗，眼睁睁地瞅着这个法国人说：

"您身上没带烟吗?"

杜布伊先生答道：

"没有，先生!"

普鲁士人又说：

"等会儿车子停下来的时候，您下去给我买一点上来吧。"

然后，他又重新笑了起来：

"放心，我一定会给您小费的。"

列车呜呜地叫了，速度渐渐地慢了下来。当他们驶进一座被战火烧毁了的车站时，列车便完全停了下来。

普鲁士人打开了车厢的门，随即抓住杜布伊先生的胳膊，对他说：

"您去替我跑趟腿，快点，快点!"

车站月台上有一队普鲁士兵驻防。另外还有人正趴在月台边上的木栅栏外看着车站里的风景。车头已经呜呜地叫起来，预备开车了。

这个时候，杜布伊先生突然向月台上一跳，毫不理会站长的手势，连忙跳进这辆车上与他原来车厢邻近的车厢里了。他终于可独自一个人安静地待着了！他解开了坎肩的扣子，心脏跳得非常厉害，然后又喘着气，擦了擦额上的汗。

列车又在另一个站里停住了。忽然，那个军官再次出现在杜布伊先生的车厢门口，而且进来了。那两个英国人在好奇心驱使下，也跟他后面上来了。

那普鲁士人在法国人的对面坐下，并始终带着笑容：

"您刚才不肯替我去跑腿?"

杜布伊先生回答：

“当然，先生！”

列车又开动了。

军官明目张胆地挑衅说：

“那么，我只好剪下您的胡子，装我的烟斗了。”

说着，他便朝他面前这位的脸上伸过手来。

两个英国人始终镇静自若的，目不转睛地瞧着。

普鲁士人已经抓住了他唇边的一撮胡子，刚想拔下来，杜布伊先生突然反手一托普鲁士人的胳膊，一把抓住他的脖子，把他揿倒在座位上。他气得发疯了似的，鼓着腮帮子，圆睁着两只冒火的眼睛，一只手扼住对方的嗓子，另一只手握成拳头怒不可遏地在他脸上砸个不停。普鲁士人全力挣扎着，想要去拔自己的军刀，想要箍住这个压在自己身上的对手。可杜布伊先生却用自己的那个大肚子重重地压住了他，不停地打着，既不住手，也不换气，不顾一切不论轻重地打着。血出来了，那个嗓子被扼住的普鲁士人干喘着，咬牙切齿地，极力想要推开那个气得发狂对他乱打一气的汉子，可是却毫无用处。

两个英国人为了看得更清楚一些，全都站了起来，走到了他们的跟前。他们都直挺挺地站着，脸上写满了兴奋和惊奇，甚至还从这打架的两个人当中，各选了一个来赌胜负。

最后，杜布伊先生实在是打累了，就站了起来，一言不发地重新坐到了原来的座位上。

那个普鲁士人由于惊惶和疼痛，一直都没有反应过来，自然也就没有对杜布伊先生进行反扑，直到缓过气来之后，他才说：

“倘若您不肯用左轮手枪来和我决斗的话，我就要宰掉您！”

杜布伊先生回答：

“悉听尊便，乐意奉陪。”

普鲁士人接着说：

“我们马上就要到斯特拉斯堡了，我可以上那儿找两个军官作证，在这趟车子离开斯特拉斯堡以前，我想还来得及。”

呼吸像火车头一般呼啸着的杜布伊先生，对那两个英国人说：

“您两位愿不愿意替我做证？”

他们俩齐声用英国话回答：

“Aoh! yes!”

列车停了。

一分钟之内，这普鲁士人下车找来两个带着左轮手枪的同事。一干人证全都聚到了一段城墙底下。

两个英国人不停地掏出怀表，加快了脚步，匆匆地预备着一切，他们深怕耽误了时刻，赶不上原来的火车。

杜布伊先生从来没有用过手枪，现在却被公证人领到一个与对手相距二十步的地方。有人问他：

“您准备好了吗?”

他口中回答着：“准备好了，先生。”眼里却看见那两个英国人中间的一个已经撑开雨伞遮住了头上的阳光。

一个声音发出指令：“放!”

杜布伊先生不等瞄准，信手放了一枪，竟莫名其妙地望见那个站在他对面的普鲁士人摇晃了一下，接着伸出两只胳膊，直挺挺地扑倒在地下了。他竟然一枪打死了他!

一个英国人喊了一声“Aoh”，这声音因为喜悦，因为他的好奇心得到满足，还因为兴奋得沉不住气而发抖；而另一个一直握着自己怀表的英国人，一下子挽住杜布伊先生的胳膊，踩着舞步向火车站跑走。

那第一个英国人，紧握着双拳，双臂夹住身体，一边跑着，一边用法国话喊着号令。

他们三个人虽然都是大肚子，却要并作一排快步向前奔跑，简直就是漫画中的三个滑稽角色。

“一，二！一，二!”

列车开动了。他们跳到了车上。这时，两个英国人一齐摘下了他们头上的旅行小帽举到空中，大喊了三声：

“Hip，Hip，Hip，Hurrah!”

然后，他们又依次很庄重地向杜布伊先生伸出右手，握了握手，转过身子，仍然一个挨一个地坐在他们原来的角落里。

勋章到手了

许多人都有一种与生俱来的本能，癖好，或者欲望。

萨克曼先生自从孩童时代起，满脑子就只有一个念头——得到勋章。等到稍大一点，当其他孩子戴着一顶军帽的时候，他的身上就挂了许多锌质的荣誉军十字勋章，洋洋自得地牵着母亲的手，挺起他那个被红带子和金属的星型牌子所装饰的小小胸脯，走在大街上。

他马马虎虎地读了几年书，后来被中等教育考试委员会淘汰了，这让他一时之间不知所措。后来，因为他小有资财，娶到了一位漂亮的姑娘。

他俩住在巴黎，如同富裕的资产阶级一样，只在同阶级的交际场中来往，却又从不在交际场中鬼混。他俩不仅认识一位有望当上部长的国会议员，而且还和两位师长是朋友，因而也很得意。

当然，萨克曼一刻也没有忘记那与生俱来的想法，时常因为没有权利在礼服上佩带一条有颜色的勋表丝带而感到非常的痛苦。

他在城基大街上遇见过许多得了勋章的人，这让他的心灵每每受到沉重的打击。可是除了满怀嫉妒之火睨视他们一眼，又能怎么样呢？偶尔到了午后闲暇的时候，他就独坐在那里一个个地数着他们，自言自语道："从马德林教堂走到德罗特街，我要遇见多少佩勋章的啊。"

他慢慢走着，仔细观察每一件衣服，他那双老练的眼睛，隔着老远就可以分辨出那个小红点儿。散步到头的时候，他总是对总数如此之多感到惊讶："八个军官级，十七个骑士级。岂有此理！像这样乱发勋章，简直是愚蠢。让我们再瞧瞧回去的路上是不是还会有那么多。"

他迈着缓慢的步子往回走，来往的行人很多，十分拥挤，他直担心这会妨碍他的调查，会使他数漏。

他知道在哪些市区里可以遇到得最多。他们在老王宫一带多如过江之鲫；歌剧院大街就不如和平街；林荫大道的右边就比左边多。

仿佛他们也常在某几个咖啡馆某几个戏院出入。每次萨克曼看见一群白发苍苍的老先生站在人行道中间，妨碍交通，他心里就会说："这是一些军官级荣誉勋位获得者！"他恨不得脱帽向他们致敬。

他注意到,军官们的气派确实跟普通骑士不一样。他们头部的姿势就不同。让人感到他们享有更高的敬意,更广泛的权势。

有时候,萨克曼先生也会怒火中烧,对所有那些佩带勋章的人恨得咬牙切齿。他对他们怀有社会党人才会有的那种仇恨。

他遇着那么多的勋章的心情,正如一个挨饿的穷人路过大饮食店似的心里很不是滋味,所以一回到家里,就高声说道:“究竟要等到哪一天,才可以有人替我们扫除这污浊的政府?”

他的妻子吃惊地问道:“你今天是怎么了?”

他回答:“我对随处可见的不公,感到大为生气。哈!巴黎公社党人当初还真是有道理!”

晚饭后,他又上街去,专门考察了那些制造勋章的铺子。他仔细看过所有不同的图案,各种的颜色,恨不得把它们全都据为己有。在举行公共典礼时,在挤满来宾、挤满惊奇赞叹的观众的大厅里,带头走在一队人的前面,胸前闪闪发光,顺着他的肋骨挂着一排排勋章,腋下夹着折式礼帽,态度庄严地在一片热情赞赏的低语声中,在一片敬重的嘈杂声中走过去,那才会像明星一般光彩夺目啊!

可他一枚都没有,真是太糟糕了!他没有任何可以接受勋章的资格。他想:“一个从没有担任过公职的人想要弄一枚荣誉军勋章真是太困难了,或者我可以设法为自己搞到一枚科学研究院院士勋章。”

但是他又不知如何下手,只好去跟他的那个一直莫名其妙的妻子商量。她说:

“科学研究院院士勋章?为了这东西,你曾经做过了一些什么事?”

他气极了:“你要明白我的意思。我这不是正在寻找该做的事吗?有时候你可真笨。”

她微笑着说:“对呀,你说得很有道理。可是我怎么知道你能做什么呢?”

他脑海里立刻转过一个念头:“倘若你跟众议员罗士兰先生谈谈这件事情,他或者可以给我一个好主意。我本人,你懂得我差不多不敢跟他直接谈论这个问题。那太微妙,太困难,若是由你开口,那就自然得多了。”

萨克曼太太照他要求的话做了。罗士兰答应跟部长去谈。于是萨克曼三番五次地去打扰他。最后,众议员的答复是应该先做一次申请,并且

列举出他的头衔。

我的头衔？他知道自己麻烦大了，因为他连中等教育毕业的证书都没有。

但他还是非常用功，准备编一本名叫《人民受教育的权利》的小书。可是因为学识思想太过贫乏，没能编成。

他找了好些比较容易的选题，而且一接手就是好几个：最初的是《儿童的直观教育》。他主张应当在贫民区为儿童们专门设立一些不收费用的像戏院一样的场所。从很小的时候，父母就可以领着他们去看，院里利用幻灯使他们获得人生一切常识的大概。这可以算得是真正的学校。视觉是可以教育头脑的，图画是可以刻画在记忆里的，这样就能让知识都变成为可以看得见的了。

用这种方法去教授世界史、地理、自然科学、植物学、动物学、生理学等等，岂不是更直观易学？

他把这册子印好了，给每个众议员，他各赠一本；每个部长，各赠十本；法国总统，赠五十本；巴黎的报馆，每家赠十本；巴黎以外的报馆，每家赠五本。

以后他又研究《街头图书馆》的问题，主张国家置办许多像卖橘子的一样的小车，装满许多书籍，派人在街上往来推动。每个居民，有每月租阅十本书的权利，一共只收取一个铜元的租金。

他说："人民只为寻欢作乐才肯走动。他既然不肯主动去接受教育，那么就应当让教育来找他们……"

尽管这些论文在各方面并没有产生任何影响，可他还是提交了他的申请书。有人答复他说，他的申请已经被收入考察、研究之列了。他确信自己可以成功了。可是等了很久，仍旧一点消息也没有得到。

于是他决定亲自奔走，再多做做工作。接见他的是部长办公室的一位秘书，非常年轻，但是举止很庄重，甚至有点自高自大。他像弹钢琴似的，按动着一系列白色的小按钮，不停地分派着收发、勤杂人员，甚至低级公务之类。他向申请者保证，说他的事情进行得很顺利，并且建议他继续著书立说。

萨克曼先生于是又重新从事著述了。

现在，众议员罗士兰好像也很关心他的成绩了，以至于常常给他提出许多高明而切合实际的意见。值得一提的是，罗士兰本身就曾获得过勋章，虽然大家不大清楚他是如何得到这种特别荣誉的。

他向萨克曼指出了许多可以着手的新研究，还把他介绍给了许多专门学会，学会专注的是各种特别深奥的科学问题，目的就是为了得到荣誉。他还向内阁保举了他。

有一天，他到他朋友萨克曼家吃午饭（几个月以来，他经常在这个人家里吃饭），握着他朋友的手低声说："我刚为你争取到一个令人高兴的任务。历史著作委员会交给您一个任务，需要到法国各地图书馆进行一次调查研究。"

这可把萨克曼高兴坏了，连饮食都没有心思了。八天之后他就启程调研去了。

他从一个城市走到另一个城市，查考书目，走遍了每一座堆积着各种沾满灰尘的旧书的阁楼，招来了图书馆员们的极大憎恨。

一天晚上，他在卢昂动了回家的念头，毕竟他已经有一个星期没见着妻子了。他搭上了晚上九点的火车，预计半夜就可以到家。

他身上有钥匙，悄悄地开门进去，高兴得浑身上下直打哆嗦，想到可以给她来个出其不意，心里感到十分得意。她的房门关着，真可惜，于是他隔着房门喊道："让娜，是我！"

她一定是吓了一跳，因为他听见她从床上跳下来，好像是在梦里一样自言自语。接着她跑过去，打开盥洗室，然后又关上，赤着脚在房间里迅速地来回奔走了好几趟，震得桌子上的玻璃器皿都当当直响。最后她终于问道："亚历山大，真的是你吗？"

他回答道："是呀，是我呀，开门吧！"

房门开了，他妻子一下子扑到他怀里，结结巴巴地说："啊！真吓人！真没想到，真高兴！"

于是他像往常那样，开始有条不紊地脱下衣服，并且从椅背上，拿起那件向来挂在暗廊里的外套。忽然，他愣住了。那外套的钮孔上系着一条红色的小丝带，勋章！

他结结巴巴地说："这……这……这外套系了勋章！"

他妻子一下子扑了过来，想从他手里拿走那件外套，她说："不是……你弄错了……把它给我……"

可他却紧紧地抓住了外套的一只袖子不肯放手，疯疯癫癫地反复问道："呵？为什么？你给我说！这是谁的外套？它绝对不是我的，因为它挂着荣誉勋章呢！"

她惊慌失措地，拼命争夺着那件外套，支吾着说："听我说……听我说……把它给我……我不能对你说……这是一件秘密……听我说……"

他勃然大怒，铁青着脸说："我一定要查清楚这件外套，它怎么会在这里，这可不是我的。"

她突然对着他的脸大声嚷道："谁说不是，闭嘴，向我发个誓……听我说……好吧，你已经获得勋章了！"

他太激动了，不由得丢下了那件外套，倒在一把圈椅上了，喃喃着：

"我得到……你说……我得到勋章了！"

"是的……这是一个秘密，一个大秘密！"

她把那件光荣的衣服藏进了大橱里，回到她丈夫跟前。她哆嗦着，脸色苍白，接着说："是的，这是我替你做的一件新外套。但是我发誓不告诉你。在一个月或者一个半月之内还不会正式公布。要等到你的任务结束，等你回来的时候才让你知道。是罗士兰先生帮你的忙……"

萨克曼衰弱得没有气力了，吃着嘴说："罗士兰……勋章到手了……他让我得到了勋章……我……他……哈！……"

他不得不喝一杯凉水了。

一张小白纸片躺在地上，那是从口袋里掉出来的。萨克曼捡起来一看，原来是一张名片。他念道："罗士兰议员。"

他妻子说："你看见了吧！"

他高兴得哭了起来！

八天之后，《政府公报》登出一则公告：

为彰显萨克曼先生的特殊功绩，特颁授一级"荣誉骑士勋章"。

旅　途　上

一

从戛纳车站起，客车里已经满是人了，因为彼此全是互相认识的，大家都聊了起来。经过达拉司孔的时候，有一个人说："暗杀的地方就是这里。"于是大家开始议论起那个凶手，说他不仅神秘莫测，而且神出鬼没，两年来劫杀过好几回过往的旅客。每个人都做了许多的推测，每个人也都发表了自己的意见。车窗外面的夜色，让妇女们毛骨悚然，深怕自己突然看见一个脑袋从窗口边冒出来。然后，大家渐渐把话题引到了各种各样的恐怖故事上，有的人说着凶险的遭遇，有的人说着如何在特快车里与疯子共用一个包间，有的人说着如何跟可疑分子长时间对峙。

每一位男旅客似乎都有一件值得夸耀的轶闻，每个人都谈到自己曾经在如何惊险的情况下，如何保持着镇静，如何勇敢地威胁过、掀翻过或者捆住过什么匪徒。有一个每年必到法国南部过冬的医生，在轮到他说话的时候，谈起了他的一个奇遇，我现在把他的话记录如下——

二

我呢，从来没有机会在这类事件里头试验我的勇气，不过我认识过一个妇人，一个已经去世的女病人，她遇见了世上最罕见的也可以说是最神秘和最让人感动的事。

那是一个俄国妇人，玛丽·巴林诺夫伯爵夫人，一个姿容绝世而且富有的夫人。诸位大都知道，俄国妇人真是天生貌美，至少，她们那种笔直的鼻梁，细巧的嘴巴，略显蹙迫而色彩多变的青灰色的眼睛，以及略显严肃的娇矜，在我们看来是那样诱人！她们的气质里多少有些忧郁而又魅惑的韵味，高傲而又亲切，柔和而又严肃，在法国人看来是十分动人的。说到底，也许只是在种族上和类型上的些许差异，让我在她们身上看出了许多东西。

自从好几年前，巴林诺夫夫人的医生看出她受到肺病威胁时起，就一直极力让她打定主意到法国南部来，可她就是不肯离开彼得堡。到了去

年秋天，她的医生最终断定她再也没有康复的希望，便直接通知了她的丈夫，她的丈夫立刻吩咐她动身前往默东。

她乘的是火车，独自一人坐在客车的一个包厢里，她的随从却坐在另外一个包厢里。她怀着淡淡的忧愁，坐在窗口旁边，望着窗外掠过的田园和村庄，倍感孤单，像是在生活之中被人遗弃了一般，没有儿女，几乎没有亲属，只有一个早已把爱情埋进了坟墓的丈夫。而现在，丈夫竟好像是把得病的可有可无的仆人送进医院似的，就这样把她一个扔向了世界的尽头。

每当列车在一个车站停靠下来，她的男仆伊万总来询问女主人是否要点什么东西。那是一个忠心耿耿的老家人，对于她吩咐的从不违逆。

天黑了，列车正全速前进，她心里烦躁至极，无法入睡。忽然她记起她丈夫在她临行之际交给她的一些法国金币，打算数一数那笔钱的数目。于是打开了她那只小小的荷包，把那些金光灿灿如一泓泉水的东西倒在自己的裙子上。

陡然间，一道冰冷的空气拂过了她的面庞。她被吓了一跳，抬头一看，才发现包厢的门刚刚被人弄开了。伯爵夫人惊骇之下，匆忙抓起一条围巾盖住了那些摊在裙子上的金币，静静地候着。过了仅仅几秒钟，门口出现了一个男人，光着头，手上带着伤，呼呼地直喘着粗气，身上穿的却是一件地道的晚礼服。他重新关好了包厢的门，坐了下来，用那双目光灼灼的眼睛打量着这位同车的女乘客，随后用一条手帕裹好自己那只流血的手。

那位年轻的妇人感到自己快要吓晕过去了。这个汉子显然已经看到了她盘点金币的过程，他到这儿，是想抢劫她、杀死她吗？

他始终眼睁睁地望着她，呼吸急促，面部的肌肉抽搐个不停，看上去好像正准备向她身上扑过来。

但是，他突然开口跟她说：

"夫人，请您不用害怕！"

她一个字也没有回答，因为她早已没有能力开口，害怕得只能听见自己的耳鸣和心跳了。

他继续说：

"我不是坏人，夫人。"

她还是一个字也不说，但是，当她仓促地将自己的膝盖并拢时，那些金币便如同一道从自来水管子里流出的水似的向包厢里的地毯上直淌。

那个男人被这突如其来的声音吓了一跳，当他看到这一片金光灿灿的泉水时，立刻弯下身子去捡。

她惊慌失措地站了起来，将她衣襟上的钱通通翻倒在了地上，而她本人却扑向包厢的门边做了随时跳车的准备。

显然，那个汉子看出了她的打算，连忙扑了过去，伸出胳膊一下子抱住了她，使劲地把她按在座位上，抓着她的双手对她说："请您听我说，夫人，我不是个坏人，但是唯一可以证明我清白的，就是我会把这些钱拾起来还给您。不过，我现在已经彻底绝望，而且差不多是个死人了。要是您不肯帮我过关出境，那我也不能跟您再说更多的话了。一点钟以后，我们就要抵达俄国境内最后一个车站，一点二十分钟以后，我们就要越过俄罗斯帝国的边界了。若您一点儿也不想帮我，那我这一辈子也就彻底完蛋了。可是，夫人，我并没有杀害过谁，也没有抢劫过谁，更没有做过什么有辱名誉的事情。我可以向您发誓。"

他跪在地下去拾那些金币，连座位下面都搜了一遍，连那些滚得远远的也都寻了出来。随后，等到那只小小的皮荷包重新装满以后，他一言不发地把它交给了他这位同车厢的伯爵夫人，转身坐在包厢里的另一个角落里。

两个人就这样一动不动地坐着。她依然沉浸在刚才的恐怖里浑身发软，始终呆呆地不言不动，不过情绪却渐渐安定了下来。他呢，他也没有做过一个手势，没有一个动作，一直直挺挺地坐着，直挺挺地看着前面的虚空，脸色苍白，活像一个死人。她不时地向他投过来匆匆的一瞥，然后迅速地收回目光。那是一个三十来岁的男子，很英俊，身上有着一股世家子弟的气概。

列车继续在黑暗里奔跑着，从夜色里迸发着它种种震耳欲聋的声响，即使偶尔减低它的速度，随后也会很快地向前飞驰。后来，它的行动忽然慢了下来，鸣了几声汽笛，终于完全停住了。

伊万再次走到包厢门口来听候吩咐。

那位伯爵夫人最后又仔细打量了这个与她同车的神秘男人一阵子，随后用一道发抖的声音向她的仆从说：

“伊万，你还是回去伺候爵爷吧，我现在用不着你了。”

这个仆人茫然地睁大了那双大眼睛，低声地说：

“可是……伯爵夫人……”

她立刻打断了对方，说：

“不必了，你以后不用再赶过来了，我现在已经改变主意，要你好好待在俄国。拿去，这是你回去的盘缠，另外，把你的便帽和外套留给我。”

那个老家人愣了一会儿，终于脱下了帽子和外套，一言不发地表示服从，他两位主人的变幻无常的想法和不容抗拒的怪僻脾气，他早就已经习惯了。最终，他还是含着两眶热泪走了。

列车再次启动，朝着边界进发。伯爵夫人对与她同车的那个人说道：

“这些东西是留给您的，先生。您现在是伊万，我的仆人。作为交换，您必须答应我一个条件：您永远也不要跟我说话，您不必跟我说一个字，也用不着谢我，无论什么话都用不着说。”

这个不知姓名的人朝她鞠了一躬，没有说一句话。

不久，列车又停住了，好几个身着制服的官吏过来查车。伯爵夫人拿出好几张证件交给他们，并且指着车厢那一头角落里的汉子说：

“那是我的仆人伊万，护照在这里。”

列车终于重新开走了。

这一整夜，他们就这样面对面待着，谁也没有说话。

天亮了，列车在德国境内某个车站停住的时候，那个不知姓名的人下车了。临走前站在包厢门边说：

“请您原谅，夫人，我现在不得不打破我以前的承诺，您为了帮助我，没有了随从的照看，如果您不介意，我愿意留下来代替他。您说呢？”

她冷淡地应道：“那您就去给我找个贴身女佣来吧。”

他走了，就这样再没有说过一字地走了，此后再没看见他的身影出现。

可是等到她下车走进车站餐室的时候，她却看见他正在远处注视着她，然后他们一起到了默东。

三

医生说到这里，沉默了一会儿，随后才接着说：

有一天，我正在诊所里接待病人。忽然，一个身材高大的青年走了进来，对我说：

“医生，我特地前来向您打听一下巴林诺夫伯爵夫人的健康情况，她本人虽然不认识我，可我却是她丈夫的一个朋友。”

我说：

“她已经没有康复的希望，已经没有时间回俄国了。”

这青年人突然呜咽着，站了起来，踉踉跄跄像个醉汉似的走了。

当天晚上，我通知这位伯爵夫人，说到有个不知姓名的人问起过她的健康。她像是很受感动，就跟我谈起了我刚才已经对各位讲过的那个故事。末了，她还说道：

“我与这个人素不相识，现在他竟然像是我的影子似的跟着我，我每次出门总能碰见他；他也总是用一种很古怪的眼光望着我，却又从不跟我说话。”

想了好一会儿，她接着又说道：

“对了，我可以跟您打赌，他现在就在我的窗子下边。”她离开了她那张躺椅，走去揭开她的窗帏，果然，在她手指的方向，我看到了那个白天里找过我的青年人，他正坐在人行道上的一条长凳上抬头望着这座房子。他一望见我们就站了起来，头也不回地走了。

这让我亲眼见证了一个令人吃惊和伤心的事实——那种属于两个素昧平生的人之间无言的爱的牵绊。

他用一颗感恩之心始终不渝地关爱着她。他知道我猜出了他的心事，每天都会过来问我：“她的病体怎样？”后来，他看到她日渐衰弱、面无血色的样子，竟失声痛哭起来。

她对我说道：“这个怪人，我只跟他说过一次话，感觉却好像已经认识他二十年了。”

后来，在他们相遇的时候，对于他的问候，她总是报之以庄重而又妩媚的微笑。虽然她是如此的寂寞而且自知生机已绝，可是在我看来，她终究还是幸福的。因为被人这样用尊敬而且永恒不变的态度关爱着，被人这样用充满诗意的激情关爱着，被人这样用奋不顾身的忠诚态度关爱着，我认为她终究竟还是幸福的。可她却一直不肯抛弃她的固执，坚决不愿接见他，不愿知道他的姓名，不愿和他交谈。她一直坚持说：“不行，不行，

那样一来，就会打破原来的平衡，让这异乎寻常的友谊变质变味。我和他都应该恪守原先的约定，保持彼此之间的距离。”

至于他，他当然也是一个唐·吉诃德[①]先生样的人，因为他从不打算跟她接近。他一直坚持着彼此之间的一个约定——在车厢里的那个约定——永远也不跟她说话。

在长期的衰弱状态里，她时不时地从躺椅上站起来，走到窗子跟前，揭开一点窗帏看他是否还在那儿，是否还在窗子下面。等到她看见他一直安安静静地坐在长凳上之后，嘴唇上便会挂着微笑，走回去重新躺下。

后来，某一天早上十点钟光景，她死了。我刚好走出她的居所，就看到他哭丧着脸儿朝我走来，他已经知道她的消息了。

“我想当着您的面，再看她一眼。”他说。

我挽着他的胳膊，把他领了进去。

他走到灵床前，一把握住她的手，紧紧地贴在自己的唇上，一直也不肯放手。末了，他才像个傻子似的走了。

医生说到这里，沉默了好一会，后来他才接着说：

“在我所知道的铁路旅行的遭遇当中，这确实是最罕见的。甚至可以说那两个人，全都疯狂得令人叹为观止。”

一个女乘客低声慢气地说：“那两个人并不像您想象的那般疯癫……他们都是……他们都是……”

但是她没有再往下说。她已经泪流满面了。于是，为让她平静下来，大家只好换了一个轻松的话题，以至于无由得知她究竟想说些什么。

① 唐·吉诃德：西班牙作家塞万提斯的传世名作《唐·吉诃德》中的主人公，一个执着而深情地为着自己不切实际的梦想奋斗不息的人。

床边协定

壁炉里火烧得很旺。在日本式的小矮桌上，两只茶杯相对放着，旁边是一只热气腾腾的茶壶，正对着郎姆酒小高颈瓶一旁的糖罐子。

撒勒公爵将他的帽子、手套和皮衣扔到了椅子上，而那位公爵夫人脱下晚礼服，对着镜子稍稍整理一下头发，她一边甜甜地对着自己微笑，一边用纤纤十指的指尖和晶莹的戒指轻轻拍着自己鬓边的鬈发。尔后她转身对着丈夫，他看了她几秒钟，好像有什么不便说的想法令他有点烦，有点犹豫。

不过最后他还是说了：

“今天晚上你让人捧够了吧。”

她用眼睛审视着他，眼睛里闪耀着一种胜利的挑衅的火焰，回答说：

“但愿如此。”

然后她坐到了自己的座位上。他坐在她对面，一面撕开一个黄油小面包，一边接着说：

“这简直有点可笑……这是我的感觉。”

她反问道：“不就是一场戏吗？您是不是打算责备我？”

“不，我亲爱的朋友，我只是说培里先生在您身边几乎闹出了笑话，要是……要是……要是我有权利……我就会生气。”

“我亲爱的朋友，有话就直说吧。您今天的想法跟去年不同了，就这么回事。我知道在有了一个情妇，一个您爱的情妇情况下，您是几乎不关心人家是不是在追求我的。我跟您说过我的悲伤，我说过，就像您今天晚上，但是理由更充分。我的朋友，您搞上赛尔维太太，您让我心痛，您让我成了笑柄。您答复了什么没有呢？唉！您让我清清楚楚体会到我是自由的，在文化人之间，婚姻只是一种利益的结合，一种社会联系，而不是一种道义责任。这是真的吧？您曾让我了解您的情妇比我要强上无限倍，更有魅力，更有女人味。您说过：‘更有女人味些！’所有这些，无疑都是由一个教养良好、备受赞扬的男人在小心谨慎的方式的制约下，以一种令我十分尊敬的文雅方式表达出来的。对于这些，我是再清楚不过的了。

“为此，我们订了协议：共同生活，互不干涉。我们有一个孩子，他是

我们之间的唯一纽带。

“差不多是您有意识地让我看穿了您的意图，您在乎的只是面子，所以只要我高兴，我可以找一个秘密情人，只要这种关系保持。您曾冗长地论说妇女们如何精明细致，她们如何巧妙保持礼仪等等，而且讲得很好。

“我明白了，朋友，完全明白了。您那时在恋爱，深深地爱上了赛尔维太太；而我合法妻子的柔情，法定的柔情却让您感到很烦。很可能，我偷学了您的某些办法。我们从此互不干涉。我们一起前往社交场合，然后各自回自己的房间里。

“然而，一两个月以来，您却摆出一付妒火中烧的丈夫的架势，这有什么意思呢？”

“我亲爱的朋友，我一点也不妒嫉，我只担心您会连累到自己。您年轻、活泼、胆子大……”

“对不起，如果说到胆量，我要求在我们之间衡量一下。”

“瞧，不要开玩笑，我求您。我作为朋友给您说话，作为一个诤友。至于您方才说的那些，那也过分夸张了。”

“完全没有。您承认过，您对我承认了你们的关系！这就等于给了我权利模仿您。我还没有做到……”

“请允许我……”

“请让我说下去。我还没有办成。我还没有一个情夫，我还没有……直到现在。我在等待……我在，我……我没有找到。这人应该是个不错的……比您好一点。这是我对您说的恭维话，而您好像还没有注意到。”

“我亲爱的，所有这些玩笑话都是完全不合适的。”

“可我完全不是在开玩笑。您给我说过18世纪，您曾让我会意您曾是个‘摄政’者。我一点没有忘记。一旦我与别人发生瓜葛，我就不会是现在的我了，我也会给您点儿颜色看看的，您听清楚了，会的，甚至于在您自己还没觉察到的情况下……就已经像别人一样做了乌龟。”

“啊！……您怎能说出这样的字眼来？”

“这样的字眼！……可是听到姬尔太太说起赛尔维先生活像个在找绿帽子的大乌龟时，您都笑疯了。”

“在姬尔太太嘴里显得好笑的话，到了您嘴里就不合适了。”

“全不是那么回事。而是您对把乌龟这个字眼用在赛尔维先生身上感到十分有趣，可是用在您身上，您就觉得刺耳了。只是角度不同罢了。

此外，我并不坚持用上这个字，我之所以说起它，只是想看看您是否成熟了。”

“成熟……作为什么？”

“只是作为一个人。一个人听到这句话之所以发怒，那是因为他……被烫痛了。在两个月以后，如果我说起……一顶帽子，您一定会第一个发笑的。就是……是的……身在其中，就会习以为常了。”

“您今天晚上太失礼了。我从没有见过您这样。”

“啊！瞧着吧……我变了……变坏了。这是您的错。”

“瞧，亲爱的，我们认真谈谈。我求您，我恳求您不要再像今天晚上这样，让培里先生那样不像话地追求您。”

“您妒忌了。我说得对。”

“那不是，不是。我只是希望不要闹笑话。我不愿成为别人的笑柄。要是再让我看见这位先生把头埋进您……心窝子里……或者喁喁私语的话……”

“他只不过是在找一个传声筒。”

“我……我会揪他耳朵的。”

“您可能偶尔成为我的情人吗？”

“我只配得上不那么漂亮的女人。”

“瞧，您不就是这样吗！可见我已不是您所钟爱的女人了！”

这位公爵站起来。他绕着小桌子转着圈子，在经过他妻子后面的时候，在她的颈后迅速地吻了一下。她一下子站了起来，向他的眼睛深处看进去：

“别再开这种玩笑，在我们之间，请您注意。我们是各过各的。这结束了。”

“瞧，您别生气。有不少时候，我已经发现您真的很迷人。”

“好啦……好啦……这是我赢了。您也……您发现我……成熟了。”

“我发现您是迷人的，亲爱的，您的一双胳膊、脸色、双肩……”

“令培里先生着迷……”

“您真厉害。但是……千真万确……我不知道哪个女人像您这样迷人。”

“您肚皮空了？”

“嗯？”

“我说，您肚皮空了。”

“怎么说？”

“当肚皮空了的时候人就饿了；在饿了的时候，就能吃得下在别的时候决不想吃的东西，我是那盘子菜……一直被忽视了，直到您不再因为它不可口而大发雷霆的时候……今天晚上。”

“噢！玛格丽特，您从哪儿学来这么说话的？”

“您！瞧！自从您和赛尔维太太断了关系以后，据我所知您有过四个情妇，一些浪荡货，她们是这一行里的艺术家。那么，您要我如何用……一时肚子空了之外的其他方式来解释……您今晚的一时兴起呢？”

“我要干脆利落，不讲礼节了。我恢复了对您的一片钟情了。说真话，十分强烈。就是这么回事。”

“瞧，瞧！那么您想……重新开始？”

“是的，太太。”

“今晚上？”

“啊！玛格丽特！”

“好。您现在还在憋着口气。我亲爱的，我们商量一下吧。我们现在谁跟谁什么也不是，对吧？我虽然是您的妻子，但是是个自由的妻子。您希望我的优惠照顾，我将就此作为另一方定一个契约。我将满足您……在同等价格下。”

“我不明白。”

“我来解释。我是不是和您的那些荡妇一样好？坦白说。”

“好一千倍。”

“比最好的还好？”

“好一千倍。”

“好吧，那您在三个月里给在那最好的身上花了多少？”

“我不再去那里了。”

“我说：您最动人的情妇在三个月里共花了您多少，包括钱、首饰、午晚饭、剧院等等全部款待，总共？”

“我怎么会知道，我？”

“您应当知道。看吧，一个平均值，节俭的。每月五千：这该差不多吧。”

“嗯，是……差不多。”

“好吧。我的朋友，立刻给我五千法郎，那我在这一个月里就归您所有，从今晚算起。”

“您疯了？”

“您这么看？那么晚安。”

那位公爵夫人出去了，回到了她的卧室里。

床刚铺了一半，一阵淡淡的芬芳浮在空中，渗进了壁毯。

公爵在门口出现了。他说：

“这儿很好闻。”

“真的？不过这里从没变过。我总是用的西班牙树皮香末。”

“瞧，真是不同一般……这很好闻。”

“可能吧，但是您，请您给我离开，因为我要睡了。”

“玛格丽特！”

“您走开！”

他干脆走进来坐在一张围椅上。

公爵夫人：“噢！这么样。好吧，那算您活该。”

她慢慢脱去了上衣，露出了白皙的胳膊，她举起手来在镜子前面解开发饰。

那位公爵迅速站起身来，朝她走了过去。

公爵夫人说：“别靠近我，否则我会生气！……”

他一把抓住她的整个胳膊，设法去亲她的嘴唇。她迅速地一弯身，在她的梳妆台上抓了一杯漱口用的香水，朝她丈夫的脸泼了过去。

他站起来，脸上直淌水，生着气，叽叽咕咕说：

“这么做太低级了。”

“可能是……但是您知道我的条件：五千法郎。”

“痴人说……”

“为什么……”

“什么为什么？丈夫和妻子睡觉还要付钱?!……”

“啊……您用的字眼真让我齿冷！”

“可能是。我再说一遍，付钱给他妻子，给他的合法妻子，那是白痴！”

“但是，有了一个合法妻子还要付钱给荡妇，那就更笨了！”

“也许，可是我不愿成为笑柄！”

这位公爵夫人坐在一张长椅上，她慢慢地将袜子翻转褪下去，像蛇蜕皮一样。她粉红色的腿从淡紫色的丝套子里蜕了出来，把娇小可爱的脚放在地毯上。

公爵略凑近一点，柔声问道：

“你从哪儿得来的那个怪想法？”

“什么想法？”

“向我要五千法郎。”

“再自然不过了。我们是互不相干的外人，不是吗？现在您想要我，可又不能娶我，因为我们都已结过婚了，那您就得来买我，可能比别的女人少花一点。

“您再想想。这钱又不是交到另一个无赖女家里被用来干什么我们所不知道的勾当，而是仍然留在您的家里，在您的家产里。而且，对于一个受过良好教育的人，难道付钱给他的合法妻子不是更有趣而且更有创造性的吗？对于非法爱情，大家只喜欢高价货，很费钱的。您作为爱情的一方，在付钱时就给了我们的……合法的爱情，一种新的价值，一种放荡的味道，一种……一种……一种浪荡行为的兴奋剂，难道这有什么不对吗？”

说到这里，她站了起来，几乎全裸着往盥洗室里走过去，并下了最后的通牒：

“先生，现在请您走开，不然的话，我可要打铃叫贴身女佣了。”

这位公爵站了起来，很矛盾，很不高兴地看着她，突然把他的皮夹子扔给了她：

“瞧，淘气鬼，这是六千……可是你要知道……”

那位公爵夫人捡起钱包，数了一遍，慢吞吞地问道：

“知道什么？”

“下不为例。”

她哈哈一笑，朝他走去：

“每月五千，先生，或者我把您送回荡妇那里去，同样……如果你认为满意……我还可以请您加价。”

皮 埃 尔

乐斐佛太太是个守寡的村妇，是那种土不土洋不洋的太太中的一个。这种太太们的衣裳和帽子都点缀着许多花边和波浪纹滚边，说起话来老爱把字的尾音随意乱拼；喜欢在公共场所显摆，自以为很了不起似的；滑稽可笑不伦不类的妆扮下裹着的是俗不可耐的市侩，正如她们那双生丝手套下面粗糙发红的手。

乐斐佛太太有一个名叫罗丝的女佣，是个头脑简单的纯朴农妇。主仆二人住在一所不大的房子里，房子的绿色百叶窗正对着诺曼底省区里的一条大路，正是下塞纳州的中心。她们的房子前面有一个窄窄的园子，里面种了一些蔬菜。谁知一天夜里，有人偷了她们十几个洋葱头。

罗丝一发现被盗之事，就跑去通知了太太，太太只系了一条羊毛短裙就跑下楼来。那简直是一件令人伤心又令人恐怖的事情。有人偷了东西，偷了乐斐佛太太的东西，地方上有了贼，而且这个贼很可能还会再来。

于是那两个惊惶失措的妇人一面仔细观察着那些脚印，一面开动脑筋发挥想象，推测着，发表着看法："瞧啊，他们是从那里过来的。先是踩着那堵墙，然后跳进了菜畦。"

联想到将来可能发生的事情，她们不禁害怕起来。天哪，现在哪里还能安安稳稳地睡觉！

被盗消息传开以后，邻居们纷纷跑来实地勘察，再次展开热烈的讨论；只要一遇着新客人上门，两个妇人便会把她们观察的结果和见解说明一番。为此，一位住在附边的农庄主人给她们出了一个主意："您两位应当养一条狗。"

这话说得不错，她们应当养一条狗，可仅仅为了守夜，有必要养一条大狗吗？上帝！她们要这大狗有什么用呢？它会吃穷她们的。若是一条小狗，一条蹦蹦跳跳爱叫的小狗，那倒是用得着的。大家走了以后，乐斐佛太太花了很长的时间来讨论养狗的问题。经过一番考虑，她又被想象中的一只满盛狗食的盆子弄得心慌意乱起来，所以想方设法地反对。因为她吝啬的秉性在乡下太太们中间是排得上号的，尽管为了积善行德，她

们也会当众施舍路旁的乞丐，也会在礼拜日里向修士捐赠香火，可在她们衣袋里装着的总是几个生丁[①]的小钱。然而，喜欢动物的罗丝却摆明了她的道理，甚至为了维护这些道理不惜狡辩。最后，她们好不容易达成共识，决定养一条狗，一条很小的狗。她们开始找狗了，可是只找到一些大的，一些食量大得惊人的。罗尔村的杂货店老板有一条很小的狗可以出让，但他非得让人出两个金法郎的饲养费不可。而乐斐佛太太一再声明她固然很想养一条狗，却不愿意花钱来买。

面包店老板知道了这件事情，某天早上，他的货车里带来了一条与众不同的黄毛小畜生：它四肢短小得几乎可以忽略不计，身子像小鳄鱼，脑袋像狐狸，以及一条大得与它的肢体极不相称的尾巴——与其说似喇叭，还不如说似一簇鸵鸟羽毛。一个顾客正想将它拨开，可乐斐佛太太却认为这条怪狗很好看，而且不用花钱。罗丝抱着它，问它名叫什么。面包店老板说它名叫“皮埃尔”。

它被人放入一只旧的肥皂箱子。别人给它喂水，它喝了；别人又给它一块面包，它也吃了。此情此景虽然很让乐斐佛太太担心，可她一想：“等它养熟了以后，我们不妨任其自便。它可以到周围随便转悠，自己去寻食物。”

现在，它是很自由了，可是却免不了挨饿。而且，它向来是只为讨要口粮而叫唤——叫起来却很激烈。此外，无论是谁，都可以进她们的园子。皮埃尔一看见陌生人进来，就会跟他亲热一次，而且自始至终从不叫唤一声。然而，乐斐佛太太总归是和这畜生混熟了，以至于喜欢上了它，时不时地跟它握握手，偶尔还会给它几小片在肉汤里浸过的面包。

但是令她绝对意想不到的，养狗也是要纳税的。终于，有人为了这条不叫的狗上门来向她讨税金了，而且一开口就是：“八个金法郎，太太！”这让她几乎心疼得晕了过去。

于是她立刻打定主意要抛弃皮埃尔了，可是谁也不肯要它。十多法里范围之内的居民都表示了拒绝。她实在没法子了，只好决定让它“去吃

① 生丁：法国最小的货币单位，相当于人民币中的"分"。当时法国货币的换算关系是这样的：一个最小面值的金法郎＝五个银法郎；一个银法郎＝十个苏＝一百个生丁。

石灰质粘土”。

那地方的人每逢淘汰一切不想再留下的狗，用的都是让它“去吃石灰质粘土”的办法。在一片广大的平原中央，我们可以看得到一种茅草棚子，或者还不如说是看得见一个架在地面上的很小的茅草屋顶；那就是石灰质粘土坑道的竖井入口，竖井的垂直深度差不多将近二十多米，井底和一组长长的横向坑道相通，那里面便是石灰质粘土。

每年到了给农田施肥的季节，就有人下到井底去取石灰质粘土做肥料，其余的月份，它便是所有被人判处死刑的狗的坟墓；但凡有人从井口边经过，经常可以听见一些从深井里传出来的悲怨叫声，忿怒而绝望的狂吠和求救的哀号。猎犬和牧羊犬，一走近这个发出哀号的窟窿边总是被吓得飞跑；我们若是伏在这个窟窿口边往下窥探，总能嗅到一阵刺鼻的腐臭气味。

许多令人心悸的惨剧，便是在那个黑暗世界里完成的。

每条狗到了那里面，靠它那些先到者的恶臭遗体做食物可以挣扎十一二天光景，以后就有一条格外肥的当然也格外强壮的狗忽然被人扔下去。它们在那里大眼瞪小眼地一起挨着饿，然后互相觊觎着，互相追逐着，为自己的命运忧愁迟疑着。不过很快在饥饿逼迫之下，它们便开始相互厮咬肉搏，进行决斗。末了，那条强壮一些的便会打败那条弱小一些的，活活地吃了它。

把皮埃尔送去吃肥料的主意既然已经决定，她们就开始忙着寻找一位执行人了。那个修理驿路的工人要半个金法郎的工钱才肯走这么一趟。这件事在乐斐佛太太看来简直是太过分了。那个住在隔壁的泥瓦匠学徒虽然只讨五个苏，却还是贵了一点。最后，罗丝认为最好是她们自己去送，因为如此一来，它在路上不会受虐，并且也不会预知它的命运。所以，她们决定当天傍晚两个人一同前往。

吃晚饭时，她们给了它一盆好汤和一点奶油。它把这些吃了个精光，后来趁着它快活得摇起尾巴的时候，罗丝就捉住它放在了自己的围裙里。

她们如同那个偷蔬菜的人一样迈开大步从平原上穿了过去，不久，她们望见了那个肥料坑，走到了坑口边。乐斐佛太太俯下身子，去窥听是否有狗在坑里叫唤——没有——一只也没有。皮埃尔总算可以很幸运地单独待在坑里了。于是那个流着眼泪的罗丝抱住它亲吻了一下，随后便把它丢到了坑里。事后，她们还一起伏下身躯，侧耳静听起来。

首先，她们听见一声弱弱的闷响，接着，是一阵不平的叫声，尖锐得令人伤心，显然那是一条受了伤的狗发出来的，随后，又是一阵连续不断的短促的哀鸣，最后，是一阵失望的长号，可以想象那是它在对着坑口伸长了脑袋求救。

它叫着，唉！它叫着！

她们后悔了，害怕了，感到一阵令人发疯的无法形容的恐惧攫住了她们的心，于是她们都跑着逃走了。因为罗丝走得快一些，乐斐佛太太便嚷道："您等等我，罗丝，您等等我！"

她们这一晚做了许多噩梦。

乐斐佛太太梦见自己坐在餐桌前预备吃汤，但是揭开了汤盂的盖子，却发现皮埃尔在汤盂里。它腾起身子扑过来，咬住她的鼻子。

她惊醒了，觉得还听见它叫。仔细一听，她才知道自己弄错了。她重新又睡着了，于是又觉得自己在一条大路上走，一条没有尽头的大路上走。忽然，她瞧见路当中有一只被人丢下的篮子，一只农人用的大篮子。这篮子使她害怕起来，然而她最终揭开了它的盖子，于是伏在篮子里的皮埃尔咬住她的手不肯放松。最后她张惶失措地逃走了，那只不肯松口的狗却一直悬在胳膊上。

黎明的时候，她醒来了，几乎发疯了，最后再跑到那个肥泥坑的边儿上去。

它叫着，它依然叫着，它叫过了一整夜。她开始呜咽了，并且用许多温存的名字叫它。它也用狗的种种抑扬顿挫的柔和声音答复她。

这样一来，她想和它再会面了，向它许了一个心愿，暗自答应使它到死为止都是快快活活的。

她跑到了那个以取肥泥为业的掏井工人的家里对他说起情形。那汉子一言不发地静听着。到了她说完的时候，他就说："您想找回您的狗？这要四个金法郎。"

她心中的痛苦一下子全被这要价吓跑了："四个金法郎！您会撑死的！四个金法郎！"

他答道：

"做这件事，我必须得带上绳子和手摇轮盘架子，为了在那里布置妥

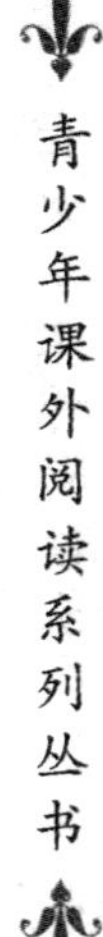

当，还得带我的孩子一同前往，下去之后，我还要招您那条倒霉的狗来咬我，您以为我这样费心尽力，为了讨您声好就把它还给您？早知如此，就不该扔它下去了。”

她生气地走开了。哼，四个金法郎！

她一口气跑回家，把罗丝叫了过来，将那个掘井工人的奢望告诉了她。就连一向很能忍的罗丝，这回也不停地说：“四个金法郎！这可太多了，太太！”

随后，她想了一想，说道：“要是给这条可怜的狗丢进去一些食物，它该不会这样的死掉吧？您觉得行吗？”

乐斐佛太太愉快地接受了这个办法。她们带了一大块抹了奶油的面包，又去了那里。

她们一面把面包切成很小的片儿，一片一片扔到坑里，一面轮流安慰着皮埃尔。那只狗一下吃完了一片，便又叫着来讨另一片。

傍晚，她们回家了。第二天又去，以后每天如此。可她们每天只来得及走这么一趟。

谁知某一天早上，她们刚把第一片面包扔下去，却听见坑里传来一声洪亮的狗叫。它们已经是两条了！有人另外又扔进了一条狗，一条大狗！

罗丝大喊着：“皮埃尔！”

皮埃尔叫起来了，叫起来了。她们开始往下扔食物了。不过每一回，她们都清清楚楚听见了一阵可怕的扰乱，接着就是皮埃尔的连声哀鸣，它被它的伙伴咬了，那位伙伴力气大，把什么都吃掉了。

尽管她们费尽气力作了说明：“这是给你的，皮埃尔！”可皮埃尔显然是一点食物也没能得到。两个没了主意的妇人面面相觑起来，最后，乐斐佛太太用不高兴的声音说道：“可我总不能喂养所有被人扔进里面的狗啊，不能再这样下去了。”

一想到所有的狗都得由她来负担，她心疼得都快说不出话来了。于是，她把剩下的面包带在身边，走开了，还且还边走边吃。罗丝跟在后面，不停地拿自己的蓝布围裙擦着眼角。

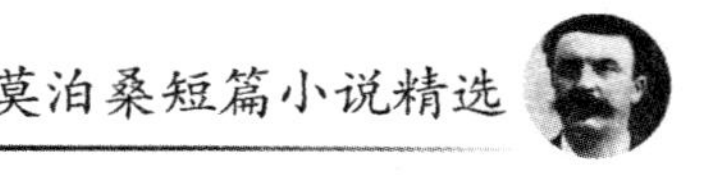

钓　　鱼

巴黎被包围了,挨饿了,并且已经在苟延残喘了。不仅各处的屋顶上再也看不到什么鸟雀,就连水沟里的老鼠也少了。在这座围城当中,还有什么不能吃的?

莫利斯先生,一个素以修理钟表为业而因为时局的关系才闲住在家的人,在一月里的某个晴天的早上,正空着肚子,把双手插在自己军装的裤子口袋里,愁闷地沿着环城大街闲荡,走到一个被他认做朋友的同志跟前,他立刻就停下了脚步。那是萨瓦热哀先生,一个常在河边会面的熟人。在打仗以前,每逢星期日,一到黎明,莫利斯就会离开家,一只手拿着一根钓鱼的竹竿,背上背着一只白铁盒子,从阿兰迪镇乘火车,在哥伦布村跳下,随后再步行到马里兰洲。一口气走到这个他梦寐不忘的地方,开始钓鱼,一直钓到黑夜为止。

每逢星期日,他总在这个地方遇见一个很胖又很快活的矮子——萨瓦热哀先生,罗利圣母院街的针线杂货店老板,也是一个醉心钓鱼的人。他们时常挨得近近地坐着消磨上半天的工夫,手握着钓竿,双脚悬在水面上。时间一长,他们彼此之间产生了交谊。

有时候他们并不说话,有时候他们又无所不谈。不过既然有相类似的嗜好和相同的趣味,即便一句话不谈,也是能够很好地相处的。

在春天,早上十点钟光景,在恢复了青春热力的阳光下,河面上浮动着一片随水而逝的薄雾,两个钓鱼迷的背上也感到暖烘烘的。这时候,莫利斯偶尔也对他身边的那个人说:“嘿!多么暖和!”萨瓦热哀先生的回答是:“再没有比这更好的了。”于是这种对话就够让他们愉快地开始一天的工作了。

在秋天,傍晚的时候,那片被落日染得血红的天空,在水里扔下了绯霞的倒影,染红了河身,地平线上像是着了火,两个朋友的脸也红得像火一样,那些在寒风里微动的黄叶更像是镀了金。于是萨瓦热哀先生在微笑中望着莫利斯说道:“多好的景致!”那位同样讶异不已的莫利斯专注地回答道:“嗯,这比在环城马路上好多了。”

这一天，他们彼此认出之后，就使劲地互相握了手，在这种异样的环境里相逢，大家都很感慨。萨瓦热哀先生叹了一口气低声说："变故真不少哟！"莫利斯非常抑郁，哼着气说："天气倒真好！今儿是今年第一个好天气！"

天空的确是蔚蓝的和非常晴朗的。

他们开始肩并肩地走起来，大家都在那里转念头，并且都愁闷不已。莫利斯接着说："钓鱼的事呢？嗯！想起来真有意思！"

萨瓦热哀先生问："我们什么时候再到那儿去？"

他们进了一家小咖啡馆一块儿喝了一杯苦艾酒。后来，他们又在人行道上散步了。

莫利斯忽然停下了脚步："再来一杯吧，嗯？"萨瓦热哀先生赞同这个意见："好吧。"他们又钻到另一家卖酒的人家去了。

出来的时候，他们都很有醉意了，头脑恍惚得如同饿了的人装了满肚子一样。天气是暖暖的。一阵和风拂得他们脸有点儿痒。

那位被暖风陶醉了的萨瓦热哀先生停下脚步了："到哪儿去？"

"当然是钓鱼去啊。"

"不过到什么地方去钓？"

"就是到我们那个沙洲上去。法国兵的前哨在哥伦布村附近。我认识杜木兰团长，他一定会不费事地让我们过去的。"

莫利斯高兴得发抖了："说定了，我来一个。"

于是他们分了手，各自回家去取他们的器具。

一小时以后，他们已经在城外的大路上肩并肩地走着了。随后，他们到了那位团长办公的别墅里。他因为他们的要求而微笑了，并且同意他们的新鲜花样。他们带着一张通行证又上路了。

不久，他们穿过了前哨，穿过了那个荒芜了的哥伦布村，后来就到了很多沿着塞纳河往下展开的小葡萄园的边上。时候大约是十一点钟。

对面，阿兰迪镇像是死了一样。麦芽山和沙诺山的高峰俯临着四周的一切。那片直达南德尔县的平原是空旷的，全然空旷的，有的只是那些没有叶子的樱桃树和灰色的荒田。萨瓦热哀先生指着那些山顶低声说："普鲁士人就在那上面！"于是一阵疑虑让这两个朋友对着这块荒原不敢提步了。

普鲁士人！他们却从来没有瞧见过，不过好几个月以来，他们觉得普

鲁士人围住了巴黎，蹂躏了法国，抢劫杀戮，造成饥馑，这些人是看不见的和无所不能的。他们对于这个素不相识却又打了胜仗的民族本来非常憎恨，现在又加上一种带迷信意味的恐怖了。

莫利斯担心地说："哎呀！倘若我们撞见了他们怎么办？"

萨瓦热哀先生带着巴黎人惯有的嘲谑态度回答道："我们可以送一份煎鱼给他们吧。"

不过，由于整个视界全是沉寂的，他们因此感到胆怯，有点不敢在田地里乱撞了。末了，萨瓦热哀先生打定了主意："快点向前走吧！不过要小心。"

于是他们就从下坡道儿到了一个葡萄园里面，弯着腰，张着眼睛，侧着耳朵，在地上爬着走，利用一些矮树掩护自己。

现在，要走到河岸，只须穿过一段没有遮掩的地面就行了。他们开始奔跑起来，一到岸边，他们就躲到了那些枯了的芦苇里。

莫利斯把脸贴在地面上，去细听附近是否有人行走。他什么也没有听见。显然他们的确是单独的，完全单独的。

他们觉得放心了，后来就动手钓鱼。

在他们对面是荒凉的马里兰洲，在另一边河岸上遮住了他们。从前在洲上开饭馆的那所小房子现在关闭了，像是已经许多年无人理睬了。

萨瓦热哀先生得到第一条鲈鱼，莫利斯钓着了第二条，随后他们时不时地举起钓竿，就在钓丝的头子上带出一条泼刺活跃的银光闪耀的小动物，若有神助似的。他们郑重地把这些鱼放在一个浸在他们脚底下水里的很细密的网袋里。一阵甜美的快乐透过他们的心上，世上人每逢找到了一件久已被人剥夺的嗜好，这种快乐就抓住了他们。

晴朗的日光，在他们的背上洒下了它的暖气。他们不去细听什么了，不去思虑什么了。不知道世上其他的事了，他们只知道钓鱼。

但是突然间，一阵像是从地底下发出来的沉闷声音让地面发抖了。大炮开始像在远处打雷似的响了起来。

莫利斯回过头来，他从河岸上望见了左边远远的地方，那座瓦勒良山的侧影正披着一簇白的鸟羽样的东西，那是刚刚从炮口喷出来的硝烟。

立刻第二道烟又从这炮台的顶上喷了出来，几秒钟之后，又是一声爆炸的怒吼。

随后很多爆炸声接续而来，那座高山一阵一阵散发出它那种死亡的气息。吐出它那些乳白色的蒸气——这些蒸气从从容容地在宁静的天空里上升,在山顶之上堆成了一层云雾。萨瓦热哀先生耸着双肩说:“他们现在又动手了。”

莫利斯正闷闷地瞧着他钓丝上的浮子不停地往下沉,忽然,他这个性子温和的人,对着这帮如此嗜杀的疯子发起火来了,他愤愤地说:“像这样自相残杀,真是太蠢了。”

萨瓦热哀先生回答道:“简直禽兽不如。”

莫利斯正好钓着了一条鲤鱼,高声说道:“可以说只要有政府,就一定会这样干。”

萨瓦热哀先生打断了他的话:“若是共和国,就不会宣战了……”

莫利斯不以为然道:“有帝王,跟外国打仗;有共和国,就打内战。”

后来他们开始安安静静讨论起来,用和平而智慧有限的人的一种稳健理由,辩明政治上的大问题,结果彼此都承认人是永远不会自由的。然而瓦勒良山的炮声却没有停息,炮弹摧毁了很多法国房子,捣毁了很多生活,压碎了很多生命,结束了许多梦想、许多在期待中的快乐、许多在希望中的幸福,并且在远处,其他的地方,贤母的心上、良妻的心上、爱女的心上,制造很多再也不会了结的苦痛。

“这就是人生!”萨瓦热哀先生高声喊着。

“您还不如说这就是死亡呢。”莫利斯带着笑容回答。

不过他们都很慌张,因为明显地觉得他们后面有人走动,等转过眼来一望,看见贴着他们的肩站着四个人。四个带着兵器,留着胡子,穿着仆人制服般的长襟军装,戴着平顶军帽的大个子,用枪口瞄着他们的脸。

两根钓竿从他们手里滑下来,落到河里去了。

几秒钟之后,他们都被捉住绑好了,然后被抬着扔进一只小船里,末了被带到了那个沙洲上。

在当初那所被他们当做无人理会的房子后面,他们看见了二十来个普鲁士兵。

一个浑身长毛的巨灵样的人骑在一把椅子上面,吸着一支长而大的瓷烟斗,用地道的法国话问他们:“喂,先生们,你们很好地钓了一回鱼吧?”

于是一个小兵在军官的脚跟前,放下了那只由他小心翼翼地带回来的满是鲜鱼的网袋。那个普鲁士人微笑地说:

“嘿！嘿！我明白这件事的成绩并不坏。不过另外有一件事。你们好好地听我说，不要慌张。

“我想你们两个人都是被人派来侦探我们的奸细。我现在捉了你们，就要枪毙你们。你们假装钓鱼，为的是可以好好地掩护你们的计划。你们现在已经落到我手里了，活该你们倒霉，现在是打仗呀。

“不过你们既然从前哨走得出来，自然知道回去的口令，把这口令给我吧，我赦免你们。”

两个面无人色的朋友靠着站在一处，四只手因为一阵轻微的神经震动都在那里发抖，他们一声也不响。

那军官接着说：“谁也不会知道这件事，你们可以太太平平地走回去。这桩秘密就随着你们失踪了。倘若你们不答应，那就非死不可，并且立刻就死。你们去选择吧。”

他们依然一动不动，没有开口。

那普鲁士人始终是宁静的，伸手指着河里继续又说：“你们想想吧，五分钟之后你们就要到水底下去了。五分钟之后！你们应当都有父母妻小吧！”

瓦勒良山的炮声始终没有停止。

两个钓鱼的人依然站着没有说话。那个普鲁士人用他的本国语言发了命令。随后他挪动了自己的椅子，免得和这两个俘虏过于接近；随后来了十二个兵士，立在相距二十来步远近的地方，他们的枪都是靠脚放下的。

军官接着说：“我限你们一分钟，多一秒钟都不行。”

随后，他突然站起来，走到那两个法国人身边，伸出了胳膊挽着莫利斯，把他引到了远一点的地方，低声向他说：

“快点，那个口令呢？你那个伙伴什么也不会知道的，我可以装作不忍心的样子。”

莫利斯一个字也不回答。

那普鲁士人随后又引开了萨瓦热哀先生，并且对他提出了同样的问题。

萨瓦热哀先生没有回答。

他们又靠紧着站在一处了。

军官发了命令。兵士们都托起了他们的枪。

这时候，莫利斯的眼光偶然落在那只盛满了鲈鱼的网袋上面，那东西依然放在野草里，离他不过几步儿。

一道日光使得那一堆还能够跳动的鱼闪出反光。于是一阵悲伤让他心酸了，尽管极力镇定自己，眼眶里已经满是眼泪。

他口吃地说："永别了，萨瓦热哀先生。"

萨瓦热哀先生回答道："永别了，莫利斯先生。"

他们互相握过了手，不由自主地浑身发抖了。

军官喊道："放！"

十二支枪一起响了。

萨瓦热哀先生一下就向前扑倒了，莫利斯个子高些，摇摆了一两下，才侧着倒在他伙伴身上，脸朝着天，很多沸腾的鲜血，从他那件在胸部打穿了的短襟军装里面向外迸出来。

普鲁士人又发了很多新的命令。

他的那些士兵都散了，随后又带了些绳子和石头过来，把石头系在这两个死人的脚上，随后，他们把他们抬到了河边。瓦勒良山上的炮声并没有停息，现在，山顶又罩上了一座"烟山"。

两个兵士抬着莫利斯的头和脚。另外两个，用同样的法子抬着萨瓦热哀先生。这两具尸身来回摇摆了一会儿，就被远远地扔出去了，先在空中画出一条曲线，随后如同站着似的往水里沉，石头拖着他们的脚先落进了水里。

河里的水溅起了，翻腾着起了波纹，随后，又归于平静，无数很细的涟漪都达到了岸边。

一点儿血浮了起来。

那位神色始终泰然的军官低声说："现在要轮到鱼了。"随后他重新朝着房子那面走去。

忽然他望见了野草里面那只盛满了鲈鱼的网袋，于是拾起它仔细看了一会，他微笑了，高声喊道："威廉，过来！"

一个系着白布围腰的兵士跑了过来。这个普鲁士人把这两个被枪毙了的人钓来的东西扔给他，一面吩咐："趁这些鱼还活着，赶快给我煎一煎，味道一定很鲜。"

随后，他又抽起他的烟斗来。

一场政变

巴黎一听到色当前线的败绩，就立刻宣布成立了共和国政府。然而从这个乱糟糟的时刻起，一直到公社成立以后，整个法国都在忙得喘不过气来。全国上下从头到尾都在拿军人开玩笑。

有些帽子店的老板成了上校，却起着将军的作用。在围着红布的富态的大肚子上，插上一圈手枪和匕首。一些小商人靠着偶然的机遇成了军人，指挥着成营的吵吵嚷嚷的志愿兵，像车夫一样地咒骂着以示威风。

单是拿着枪并按制式端着武器这一件事情，就足以让这些迄今只拿过秤杆子的人发疯，而且毫无理由地让第一个碰到他的人倒霉。为了证实会杀人而去杀死一些无辜的人，并且在还没有遭到普鲁士人蹂躏的乡村里溜达时，用枪打死一些游荡的狗、安安静静在反刍的牛和在草场上放牧的病马。

人人都认为自己是响应号召成为军人的，就连很小的村庄里的咖啡馆都似乎成了兵营或者急救站，挤满了穿着军装的商人。

加纳这个小镇还不知道那些有关军队和首都的令人糊涂的消息，但是一个月来已经被搅得乱成了一锅粥，敌对的派别也已处在对峙状态。镇长是子爵韦纳德先生，他是个瘦小且上了年纪的男人，由于野心而在不久前归顺了帝国的正统派。他发现突然冒出来了一个死敌马萨利医生，这是个红脸胖子，他是这个区域的共和派首领、县里的共济会头目、农业协会会长、救火协作队主席、保卫地方的民团组织者。

他花了半个月的时间，设法找到了三十六名决心保卫乡土的谨慎农民和镇上的商人，而且每天都在乡政府前的广场上操练他们。

当镇长偶然间来到镇公所所在的房子时，这位司令官马萨利腰挎手枪，手持军刀，傲然地走在他的队伍前面，对他的这些人拉起架势叫道："共和国万岁！"大家都知道这一声吆喝铁定会让那个小个子子爵冒火，他无疑把这当成是一种示威，一种挑战，一种对大革命的令人难以忍受的纪念。

9月5日的早晨，这位医生穿上了制服，手枪放在桌子上面，正在为一对乡下老夫妻看病。那位丈夫得静脉曲张已经七年了，一直忍着，直到他的妻子也得了病才来找医生。正在这时，邮差送报纸来了。

马萨利先生打开来一看，脸色一下子变得煞白，猛地站了起来，用兴奋之极的姿势，朝天举起了双手，在这两个吓呆了的乡下人面前，放开了嗓门叫道：

“共和国万岁！共和国万岁！共和国万岁！”

尔后一屁股坐进了围椅里，激动得快晕倒了。

当这个乡下人接着往下说：“开始时，像一些蚂蚁沿着我的腿爬……”

这位医生却打断了他：“让我安静会儿，我哪有时间来听您的傻话。共和国已经宣布成立，国王已经被俘，法兰西得救了。共和国万岁！”

然后他跑到门口，大声吆喝道：“萧斯特，快，萧斯特。”

吃惊的女仆跑来了，他口齿不清地说：“我的靴子，我的军刀，我的子弹袋，还有我的西班牙匕首，它们都在我的床头柜上，你快去拿来。”

那个乡下人趁着这个短暂的安静，固执地续继往下说道：“……它已经变成了一个个鼓包，走路时很疼。”

这下可惹火了医生，他大声吼道：

“让我安静一会儿，真见鬼，要是您常洗脚的话，就不会得这种病了。”

尔后又抓住他的领口，冲着他的脸叫道：

“你竟没有体会到我们的国家现在已经是共和国了吗？大傻瓜！”

可是他的职业感觉很快让他平静下来，他一面将惊愕中的这家人推了出去，一面反复说道：

“明天再来，明天再来，朋友。今天我没时间了！”

他一面紧张地将自己武装起来，一面重新给他的女仆下达了一整套的命令：

“快跑到中尉皮克特和少尉鲍曼家去，告诉他们快来，我在这儿等着他们。也叫杜克布把鼓带来！快！快！”

萧斯特出去了之后，他凝神打算如何应付形势中的困难。

这三个人穿着工作服来了。这让期待着他们穿着军装来的司令官大为不满：

“你们难道什么也不知道？上帝呀！国王被关起来了，共和国已经宣布成立了。轮到我们行动的时候来了。我的地位很微妙，甚至可以说十

分危险。”

在他这些满脸惊容的下属前面，他考虑了几秒钟，尔后说道：

“应该行动了，不能犹豫，在关键时刻，几分钟能顶上好几个小时，一切取于迅速果断。皮克特，您去找神父并责令他敲钟召集群众，我要去动员他们。您，杜克布到村子里去敲鼓集合队伍，一直敲到吉尔萨和萨利曼的庄子上。让民团到广场上去。您，鲍曼，赶快去穿上军装，只要军衣军帽就行了。我们要去占领镇公所，还要责令韦纳德先生向我们交权，都听懂了吧？”

“是。”

“立即执行。我陪着您到您家去，鲍曼。然后我们一同去执行。”

五分钟后，这位司令官和他的下属全副武装，来到了广场上。也正是这时候，小个儿子爵韦纳德像去打猎似的上了绑腿，肩上是福勒寿式的猎枪，从另外一条路走过来，后面跟着三个穿着绿军装的卫士，屁股上挂着刀，斜挎着枪。

在那个医生停下来发愣的时候，这四个人走进了镇公所，关上了那扇大门。医生嘟嘟囔囔地说：

“我们让人抢先了，现在得固守待援。可这一刻钟里什么也干不了呀。”

偏偏这时，中尉皮克特又走了进来说：

“神父拒绝服从，他把自己、杂役和看门人一起关在了教堂里。”

在广场另一边，面对着大门紧闭的镇公所白色房子的就是沉寂的黑色教堂，它露出了镶着铁条的橡木大门。

这时，突然响起了一阵鼓声，好奇的居民们或是在窗户后面贴着鼻子，或是站到了房前门槛上。这是杜克布的鼓声，他一边使劲敲着集合鼓点，一边用操练的步伐穿过广场，然后消失在了田间小路上。

这位司令官拔出他的军刀独自走到大致位于两幢房子中间的地方，这两幢房子都被敌对的人盘踞着。他在头上挥舞着军刀，使尽了全部的力量吼叫着说：

“共和国万岁！叛逆者死！”

然后，他又朝着他的军官们所在之处撤了回来。

那些不放心的肉店老板、面包店老板和药剂师都上好了他们的排板门,关了店铺。还开着的只有杂货店了。

民团的成员慢慢起来了,他们真是像一队乡下的看林人。虽然穿着各式各样衣服,头上却统一戴着带红道的军帽,这军帽正是民团里唯一的统一的标志。他们是用自己又老又锈的枪武装起来的,这些老枪三十年来一直挂在厨房的壁炉上。

等他周围聚集了约莫三十来人时,这位司令用几句话给他们交待了事变的情况,然后回过头来对他的参谋和部下说:"现在行动。"

居民们聚集在一旁,一面看一面议论。

这位医生很快确定了他的作战计划:

"中尉皮克特,您前进到乡政府的窗户下面,以共和国的名义要求韦纳德先生先将镇里的那栋房子交给我。"

可是这位泥水匠中尉却不肯接受这个命令,他说:

"您太滑头了,先生。您想让我去挨上一枪吗?对不起,里边那些人的枪法很好,这您也清楚。您自己去完成这差使吧。"

司令官的脸红了:

"我以军纪的名义命令你!"

这中尉十分气愤地说:

"我可不会为了这种莫名其妙的事情去送命。"

围在一旁的那些有身份的人也都笑了起来,其中一个还嚷道:

"你说得有理,皮克特,这不是好时机!"

这位医生叽叽咕咕了一声:

"一群胆小鬼!"

接着,他便把军刀和手枪交给一名士兵,一边慢慢往前跨步,一边提防着有人从里面伸出枪来瞄准他。他紧盯着那些窗户。当他走到距离那房子不过几步远的时候,两边的学校的大门打开了,一大群小孩子涌了出来,这儿是男孩,那儿是女孩,聚在广阔的空场子上吵闹不休,好像是一大群鹅围在了医生周围。没有人能听见他在说什么。

那些学生出来之后,那两扇门就立刻关上了。

直到大部分孩子终于散开了以后,这位司令官才鼓足了劲喊道:

"韦纳德先生?"

二层楼的一扇窗开了,韦纳德先生出现了。

这位司令官开口道：

“先生，您知道不久前已经发生了一场改变政府体制的重大事件。您要知道，您所代表的政府已经不存在了。我所代表的现行政府已经掌权。在这决定性的艰难时刻，我以共和国的名义要求您，请您向我交出以前的权力机构授予您的职权。”

韦纳德先生回答道：

“医生先生，我是加纳镇的镇长，是由合法政府任命的，在我接到撤职并被取代的命令之前，我将仍然是加纳镇的镇长。作为镇长，镇政府是我所应在的地方，我将继续待下去。您不妨试试，看看是不是能将我赶走。”

然后他关上了窗。

这位司令官回到了他的队伍里，但是在向大家说明情况之前，先从上到下打量了皮克特一番之后说：

“您白长了个脑袋。您，您是只地道的兔子，全军的耻辱，我要降您的级。”

这位中尉回答说：

“我不在乎。”

说完，他便走出大门，混到交头接耳的老百姓堆里去了。

这时这位医生打不定主意了。怎么办？发动进攻？可是这些人愿意吗？还有，他有这权力吗？

很快，他想出了一个主意，跑到在镇政府对面广场另一边的电报局去，发出了三份电报。

一份致在巴黎的共和国政府的诸官员。

一份致在卢昂的下塞纳州的共和国新任州长。

一份致共和国新任的迪耶普新县长。

他说明了形势，说当前的危险是这个镇还掌握在老的贵族镇长手里，还说愿意贡献他的忠诚，请求给予任命，并且在签名后加上了他所有的头衔。

此后他就回到了他的队伍里，并且从口袋里掏出十个法郎，说：“拿着，去吃点儿喝点儿，这儿只要留下十个人的一小队，以防止任何人从镇政府出来。”

可是在和钟表商聊天的中尉皮克特发话嘲笑道：“上帝，他们出来多

好，那才是进去的好机会。否则的话，我想恐怕不会有机会看到您在里面了！”

这医生没有搭理他，径自吃饭去了。

到了下午，他在镇子四周布下了岗哨，好像这镇子会有遭到意外袭击的危险似的。

他好几次走过了那幢镇政府房子和教堂的门前，丝毫没有发现有什么可疑现象，也几乎可以认定这两幢房子里已经没有人了。肉店、面包店和药店又重新开了门。

天色已晚，大家在家里议论纷纷。如果国王成了阶下囚，那就说明底下有人变节了。大家也说不准为什么共和政体又回来了。

快到九点钟的时候，这位医生独自不声不响地靠近了公共建筑的进口，认为他的对手已经走开去睡觉了，可正当他准备用十字镐砸开大门时，立刻传来一声粗大的喝问：

“谁在那里？”

马萨利先生只好撒开腿，尽可能快地撤了回去。

天亮了，形势仍旧没有一点变化。

武装民团占据了广场，所有的老百姓围在这个队伍四周想要看个究竟，就连邻村的人也跑来参观了。

医生明白他正在以他的荣誉赌博，所以下定了决心，要采取措施来结束这一局面。正当他要采取任何切实有力的措施时，电报局的门开了，那位局长的小女佣走出来，手里拿着两张纸。

她先走到这位司令官跟前递给他一张电报，然后穿过那空荡荡没有人的广场，被到处盯着她的那些眼睛吓坏了，低着头用碎步小跑过去，轻轻地敲了敲那扇闭着的门，好像她并不知道里面藏着一支军队。

门呀地开了一点点，一只手接住了那张电报，那个女孩子因为被全镇子的人这样盯着看而满脸通红，回来时几乎要哭了。

这位医生嗓门发抖地要求道：

“请大家安静点儿。”

于是所有的群众都静下来了，他得意洋洋地接着说：“这是我从政府接到的通知。”

接着又举起电报读道：

“原镇长免职。请电告须立即办理之事，后续指示即到。代理县长沙班参议员。”

他胜利了，高兴得心里呯呯跳，双手发抖。可是他的旧下属却从旁边的一群人中间叫道：

“真是太好了，一切如意，可是如果那些人不出来，那么，这张纸所带给您的也只能是空欢喜！”

马萨利的脸色立刻发白了。确实，那些人不出来，他就该发动进攻，因为这不仅是他的权利，也是他的义务。

他焦急地看着乡政府，盼着那扇门打开，他的对手撤出去。

可那扇门仍然闭着。怎么办？人越聚越多，团团围住了民团。大家在看笑话。

然而令医生特别为难的是，假使他进攻，他就得走在他的队伍前面；如果他死了，那么所有的较量就算完了。韦纳德先生和他的三个卫兵要是开枪，那就是对着他的，对着他一个人的。而且他们的射击很出色，很准，皮克特刚才还对他重新提起过。可是忽然灵机一动，他转过身对鲍曼说：“快去找那位药剂师，让他借给我一块餐巾和一根棍子。”

这中尉赶快跑了过去。

他打算做一面谈判的旗帜，做一面白旗，看到白旗也许会让那位正统派旧镇长的心里觉得高兴。

鲍曼带来了医生所要的布和一根扫帚柄。把白布往扫帚柄用绳子一绑，就组成了一面由马萨利先生双手持着的白旗。他一边走到门前，一边叫着：“韦纳德先生！”

那扇门忽然打开了，韦纳德先生和他的三个卫兵出现在门口。

这位医生本能地往后退了一步，然后彬彬有礼地向他的对手敬了一个礼，用激动而发哽的声音致辞说：“先生，我到这里来是为了向您传达我所接到的指示。”

这位绅士没有对他还礼，对他回答说：“我表示即刻引退，先生，但是请您理解，我这么做并不是因为害怕，也不是为了服从这个篡权的丑恶政府。”他一字一顿地着重说：“我只是不愿让人觉得我愿意为共和国服务，一天也不愿意，就是我的动机。”

吃惊的马萨利什么也没来得及说，韦纳德先生就快步走开了，他的随从也一直跟着他,从广场的那个角落里消失了。

这时这位医生得意忘形地朝那群人走过去,一走到可以让大家听见他的声音的地方,他就叫道:"万岁!共和国全线胜利了!"

可是谁也没有表示态度。

这位医生接着叫道:"人民自由了,你们自由了,独立了,挺起胸膛来!"

镇上的人麻木地看着他,眼睛里没有闪现出一点光荣的火花。

这回轮到他来端详他们了。他对他们的麻木不仁感到了愤慨,很辛苦地在肚子里搜索着那可以起到猛击一掌作用的话,刺激一下这些人,以完成他的鼓动任务。

突然,他的脑子里灵光一现,他转过头去对鲍曼说:"少尉,去把那一个下了台的国王的胸像找来,它在市议员的议事室里,弄张椅子把它抬到这儿来。"

这一位马上扛来了那个石膏似的拿破仑三世像,左手还提着一张革垫椅子。

马萨利先生走到他前面,接过椅子放到地上,再往上面安好白胸像。然后退回几步,用响亮的声音吆喝道:

"暴君,暴君,你现在倒台了,倒到臭泥巴里,倒到了烂泥浆里了。祖国曾在你的皮靴下喘息呻吟,而今复仇的命运之神把你打倒了。失败和受耻辱的是你,普鲁士人的俘虏,你被战败了,你倒台了,并且在你那业已崩溃的帝国废墟上,年轻辉煌的共和国站起来了,拾起了你被折断的剑……"

他等待着喝采,可是哪里会有一点呼声和掌声呢?那些惊惶的乡下人仍然一语不发。而那座胡须两边翘得老高,超过了两鬓,头发梳得像理发店广告一样的胸像却在凝视着马萨利先生,它脸上石膏抹成的微笑像是一种无法抹杀的讥笑。

他们俩就是这样一动不动地面面相觑着——拿破仑三世在他的椅子上,医生站在离开它三步远的地方。一阵忿怒攫住了医生,他怎么办?他该干些什么来鼓动这些人并赢得这场舆论的胜利呢?

他的手无意之中搁到了肚皮上,他碰到了他扣在红腰带上的手枪枪柄。

既然再也找不到什么新的灵感、新的辞汇，那还如这样——他拔出武器，朝前跨了两步，逼近到跟前，轰了旧君主一枪。

那颗子弹在这个脑袋上钻了一个小小的黑洞，一个几乎看不见的黑点。于是马萨利先生又开了一枪，又打了一个眼，接着是第三枪，然后连续地射出了剩余的三颗子弹。拿破仑的前额上白灰飞扬，可是那双眼睛、那鼻子和胡子的两个尖角仍然完整无损。

于是，这气急败坏的医生，一拳打翻了椅子，一脚踩到倒在地上的胸像上，以一个胜利者的姿态转过身，向惊呆了的群众嚷道："将所有的卖国贼都照这个样子消灭掉！"

可是这些观众好像吓呆了，仍然没有任何激奋的表现。没办法了，这位司令官只好对民兵们叫道："你们现在可以回家了。"可他自己却首先迈开大步，逃也似的回家去了。

等他一回到家，他的女仆就告诉他，有两位病人正在他的房间里等他，已经等了三个多小时了。他跑过去一看，原来还是那两位既耐心又固执的看静脉曲张的乡下人，他们天一亮就来了。

于是，那个老头儿又立即开始了他的陈述："开始时，就像一些蚂蚁沿着我的腿爬……"

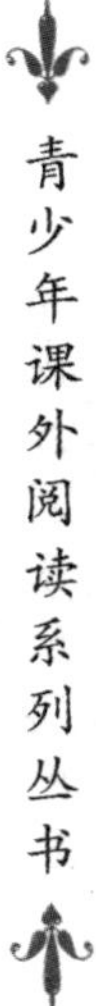

懊　恼

萨瓦尔先生——蒙特城里被人习称为“萨瓦尔老爹”，从床上起来的时候，天正下着雨。这是秋季里一个令人发愁的日子，树叶纷纷下落。这些树叶仿佛是另外一阵更厚又更慢的雨，从从容容地从雨点当中坠到地面上。这让萨瓦尔先生感到格外郁闷，他从壁炉跟前走到窗子跟前，又从窗子跟前走回原处。

人生本有许多黯淡的日子。然而在他想来，自己现在就连这仅有的黯淡的日子也不多了，因为他已经六十二岁了！他单独地守着老鳏夫的生活，身边没有一个人。这样举目无亲，孤独而死，真让人难过！

从往日的生活里，从童年的生活里，从他自己和父母住过的那所房子里，从中学里，从在巴黎学法律的日子里，他回想着自己单调而空虚的人生。后来，他父亲病了，死了，他回家和他母亲一起生活了。少年人和老婆子，母子两个就这样安稳地生活着，此外再也没有什么更多的欲望了。现在，她也死了。人生真是凄惨！

他孤独地留在世上。现在，死亡不久又要轮到他了。他快要消失了，什么都要完了。将来地球上不会再有保罗·萨瓦尔先生了。这是何等伤心的事！

然而其余的人还将活着，笑着，互相爱着。是的，他们依然可以行乐，而他却快要不存在了！在死亡的那种不可抗拒的势力之下，居然还有人能笑，能乐，能做快活人，岂不是怪事。倘若死亡是件将信将疑的事，人还能够有希望，但是不然，死亡是决不能避免的，就跟白昼之后不能避免黑夜一样。

假使他的人生从前是充实的！假使他从前做过一点儿事，假使他从前有过一些冒险的事，娱乐的事，有成绩的事，满意的事。但是不然，什么也没有。他除了在一定的时候起床吃饭和安寝以外，什么事也没有做过。就这样，他六十二岁了。甚至，他还没有像别的男人一样娶过亲。那是为什么？对呀，他为什么没有娶亲？他本可以做得到这件事，因为他有点财产。那么难道是他没有机会？也许是的！但是机会都是由人造成的！他

原是个疏懒的人，原因就在这里了。疏懒是他的大毛病，他的缺点，他的恶习。世上不知有多少人，因为疏懒误了自己的人生。奋发、活动、做事、谈话、考虑问题之类，对某些人而言，是极困难的事。

他甚至于没有被人爱过。从来也没有什么女人真正地、热烈地爱过他、陪伴过他。所以，等候佳期中的滋味，隽美的忧虑，手儿相压时的类乎仙境的寒噤以及获得胜利的狂热中的令人神往的境界，在他都是全不知道的。

唉！到了两个人嘴唇儿第一次相触的时候，到了四条胳膊把两个彼此倾倒的生命搂成一个舒服自如的生命的时候，那是一种何等超乎人世的幸福，它淹没了你的心田。

想到这里，萨瓦尔先生坐了下来，对着炉火举起两只脚，身上披着的仍然是晨装长袍。

确实，他的人生已经耽误了，完全耽误了。然而他却早有所爱，他曾经秘密地痛苦地并且疏懒地，像他处理别的事情一样早有所爱。对呀，他爱过他的老女友桑笛尔太太，他的老朋友桑笛尔的妻子。唉！倘若他在她没有结婚的时候就认得她该有多好！但是他遇着她的时候太迟了，那时候，她已经和桑笛尔结了婚。他从前确实可以向她求爱！自从第一天看见她，他就已经毫不犹豫地真的爱上她了！

他记起了自己每逢和她会面而起的激动，每逢和她分手时而起的凄凉，他夜间之所以不能睡觉正因为思念她。

等到早上起来，他钟情的程度却比夜晚减低许多。那为什么？

从前她真是俏皮而且小巧玲珑，一头金黄色的鬈发，满面的笑容！桑笛尔不是个让她满意的人。现在，她有五十八岁了。她仿佛是舒服的。唉！倘若这个妇人从前就爱他！倘若她从前就爱他！他，萨瓦尔既然很爱桑笛尔太太，为什么她又没有对他表示过爱？

倘若她那时候只要猜到了一点儿……难道她那时候真一点儿也没有猜到？一点儿也没有看破？一点儿也没有懂得？那么，她那时候会怎么想？倘若他那时候对她谈过，她又会怎么答复？

萨瓦尔又想到许多另外的事。他使得他的人生重新活跃起来，极力搜求一大堆详细的情节。

他记起了从前到桑笛尔家里尽情打牌的情形，那时候，他的妻子是多么年轻，风韵是多么迷人。

他又记起了她对他说过的那些事，她以前有过的那种语调，那些意味深长的缄默微笑。

他并且记起了他们三个人每逢星期日在塞纳河堤边的散步和草地上的冷餐了，那个清晰的回忆在他的心上突然又涌现了：他和她在河边的一座小树林子里度过的某一个下午。

那一天，他们三个人一早就带着许多包食品出发了。那时候正是暮春当中的一个生气勃勃的日子，一个令人陶醉的日子。什么都是香喷喷的，什么都像是舒服的。鸟雀呢，歌声格外愉快，翅膀动作也格外迅速。他们就在垂杨下面的草地上吃饭，那正在被太阳晒温了的流水旁边，空气和暖，草香醉人，大家从容地呼吸着，天气多么好，那一天！

午饭完了，桑笛尔仰在地面上睡着了。“我毕生最甜美的午睡。”他后来醒了的时候这样说。

桑笛尔太太挽了萨瓦尔的胳膊沿着河岸走开了。

她紧紧地靠着他。她笑了，她说：“我醉了，朋友，完全醉了。”他瞧着她，他连心房都发抖了，觉得自己的脸色发白，害怕自己的眼光过于胆大，害怕自己的手因为发抖而泄漏自己的秘密。

她用许多野草野花扎成了一顶花冠戴在自己头上，随后问他：“您爱我吗，像这样？”

他当时没有回答——他本来找不着回答的话，宁愿跪下来——她用一种不乐意的笑声开始笑了，一面瞧着他高声说：

“笨蛋，走吧！旁人至少也会说句话！”

他几乎要哭了，却依然一个字也说不出。

这些情形，现在清楚得和在眼前一样，都回到他心上来了！为什么她那时候竟说：“笨蛋，走吧！旁人至少也会说句话！”

随后他又记起了她那时温存地紧贴着他。他们在一枝斜欹着的树下经过的时候，他曾经觉得她的耳朵触着了他的脸，他却突然避开，怕的是她会把这种接触当成有意的挑逗。

等到他说出了一声：“这不是我们应该回去的时候吗？”她就用一种异样的目光向他射了一下。确实说来，她当时真是用一种奇特的神情瞧着他，他却没有对此加以考虑，但是现在他却记起了这一层！

“您要怎样便怎样，朋友，倘若您倦了，我们就回去吧。”

他那时候的回答却是：

“这并不是因为我倦了，不过桑笛尔现在也许醒了吧。”

她耸着肩膀一面说道：

“倘若怕我的丈夫睡醒了，这倒是另外一件事，那么我们回去吧！”

以后在转来的时候，她一直是沉默的了，并且也不紧贴着他的胳膊了。那又为什么？

这个“为什么”，他始终还没有向自己提起过。现在，他仿佛窥见了一点他一直弄不明白的事。

难道？……

萨瓦尔先生觉得自己脸上发红了，于是他神魂颠倒地站起来，如同三十年前，他早就听见了桑笛尔太太向他说：

“我爱你！”

那是可能的吗？这个刚才印入他灵魂里的疑团使他难受了！从前他居然没有看见，没有猜着，那是可能的吗？噢！也许那是真的！然而他那时对于那样一个机会竟失之交臂！

他于是暗自说道：“我要探听明白，我不能在疑团里待下去。我要探听明白。”

于是他匆匆忙忙把衣裳穿着停当。自己又想着：“我六十二岁，她五十八，我还是可以向她询问这件事的。”

然后，他出门了。

桑笛尔的房子就在本街的那一边，差不多就在他的对面。他走到了那里。矮小的女佣人听见敲门，立刻给他开了。

在这样早的时候她就看见了他，觉得是诧异的。

“萨瓦尔先生，您这样早就来了，有什么意外的事？”

萨瓦尔答道：

“没有，我的孩子，不过你去告诉你的女东家，说我想即刻和她谈话。”

“太太正熬着过冬的梨子酱；她正站在炉子边，并且没有梳妆，您懂得的。”

“懂得，但是你可以说这是为着一件很紧要的事。”

女仆走开了，于是萨瓦尔焦躁地提着大步走到客厅里。然而他并不觉得手足失措。哈！他快要如同探听厨房里买进了什么东西似的去向她探听那件事。那正是因为他有了六十二岁！

客厅的门开了，桑笛尔太太进来了。她现在是一位滚圆肥胖而且面貌团团笑声呵呵的妇人。她走向前来，两只手伸得和身体相离很远，两只袖子卷在那双粘着糖浆的精赤的胳膊上部。她惊惶似的问他：

“您有什么事，朋友，您没有生病吧？”

他说：

“没有，好朋友，我想向您探听一件事情，在我那是很要紧的，而且使得我心里整日不宁。您答应老老实实告诉我好吗？”

她微笑地说：

“我向来是老实的，请您说吧。”

“那就是我说从前我第一次看到您时就爱上了您。您是不是也曾怀疑过？”

她带着那种依然像以前一样的语调笑着回答道：

“笨蛋，够了！我也是在第一次时就已经看清楚了。”

萨瓦尔不觉发抖了，便吞吞吐吐说：

“您早知道那件事了！……那么……”

他说到这里可又立刻停止了。

她问道：

“那么？……什么事？……”

他接着说：“那么……您从前怎样想的？怎样……您从前打算怎样答复我？”

她笑得更高了。许多滴糖浆流到了指头尖子上又滴到了地下。“我？……不过您从前什么也没有向我要求过。那时候并不该由我来向您有所表示。”

于是他向她跟前走了一步：

“请您说给我听……请您说给我听……某一天，桑笛尔在午饭后倒在草地上睡着了，我们两个人曾经一同散步到了一个拐弯的地方，您现在可还记得那天的事？”

他等着答复。她停下不笑了，并且愣着两眼盯住他：

“我确实记得。”

他战栗地接着说：

"既然如此……那一天……倘若我是……肯冒险的……那么您会怎样办?"

她又用一种毫不后悔的妇人神情微笑了,并且用一种表示反嘲的清朗音调诚实地回答：

"我就会对您让步哪,朋友!"

随后,她立刻转身跑回去熬梨子酱了。

萨瓦尔重新走到街上了,六神无主,如同在遇见了一场大祸以后一般,他在雨中撒开大步一直向着河边走,并没有想起要到哪儿去,等到走到了河边,他向右一拐又沿着河岸走。如同受着本能支使似的走了好半天。他的衣裳都流水了,帽子变样了,软得像是一块破布,帽檐像屋檐似的滴着水。他始终走着,始终一直向前走着。末后走到了他们很多年以前吃午饭的那个地方,对那个地方的回忆正使他的心痛苦不堪。

这时候,他坐在那些脱了叶子的树底下流泪了。

保　护　人

瑞恩·莫勒从没梦想过自己能有这样的好运！

他本是外省一个捕快的儿子，从前也像许多人一样到了巴黎拉丁区学习法律。那时候，他在各种被他先后光顾的啤酒馆里，结交了好几个狂喝啤酒高谈政治的饶舌大学生做朋友。他对他们赞叹不已，一心跟着他们从这一家咖啡馆跑到另一家，有时候他手里有点钱也给他们付账。

随后，他成了律师，辩护过一些在他手里败诉的案件。谁知在有一天早上，他从报纸上得知往日的一个同学刚当选了众议院议员。

他又重新变成了他的忠实走狗，专门帮他跑腿，招之即来而且非常卖力。不久，由于议院里闹政潮，这个众议员居然进了内阁，半年以后，瑞恩·莫勒就做了行政法院参议。

起初，他有些得意忘形，他如同想使旁人一见就能猜到他的地位似的，专为显示自己的地位到街道上闲逛。有时候，他到铺子里买点东西，到报亭里买张报或者在街上叫一辆马车，即使谈到种种毫无意义的事情，他也会想法子告诉铺子里的商人、卖报的、甚至赶车的说：

"我本人是行政法院参议……"

随后他自然而然地感到了一种迫不及待的需要，要去保护旁人，把保护旁人看做是他的威望的表现，是职业上的必要，是性情宽厚且力量强大者的义务。无论遇着哪种情形，无论对于哪个，他总用一种无限的宽厚态度献出他的援助力。

在大街上遇见了面熟的人，他总是喜笑颜开地走过去握手寒暄，接着并不等候旁人发言，他就高声说："您知道我现在做了行政法院参议，我很愿意给您帮忙。倘若我对于您能够有点用处，请您不必客气，把事情交给我办。在我这种地位，手上是有点办法的。"

于是他就同着这位遇见的朋友走到咖啡馆里去讨一份笔墨纸张。他说道："要一张纸，侍应生，那是写一封介绍信用的。"他就这样写了许多介绍信，每天十封二十封或五十封不等，并且都是在巴黎热闹街道上那些很有名的大咖啡馆里写的。法兰西共和国的官员，从审判员到内阁成员，他

都写过信，而且他觉自己很幸运，很幸运。

有一天早上，他正从自己家里出来到行政法院去，忽然遇着了雨。他本想叫一辆出租马车，但是最后却没有叫，从街上冒雨走去。

那阵大雨愈下愈大了，淹没了街面，漫上了人行道。于是莫勒先生不得不跑到一所住宅的大门下面去躲雨了。那地方已经躲着一个老修士，一个白头发老修士。在未做参议以前，莫勒先生是很不欢喜修士的。自从有一个红衣主教曾经恭敬地请他处理一件困难的事件以后，他现在竟尊重这种人了。那阵雨像大水一般下个不停，逼着这两个人一直走到那所住宅的看门人屋子里躲藏，以避免泥水溅到身上。莫勒先生为了标榜自己而感到心痒难搔，急于想说话，于是他高声说道：

"天气真恶劣，神父先生。"

那老修士欠一欠身子回答：

"唉！对呀，先生，对一个只预备到巴黎住几天的人来说，这真讨厌。"

"哈！您可是从外省来的？"

"对呀，先生，我只在巴黎路过。"

"一个人在首都里住几天却偏偏遇着下雨，确实是讨厌的。我们，在政界上服务的人，终年住在这儿，却没有想到这点。"

神父不再答话了。他瞧着那条雨势渐小的街道。忽然，他下了决心，如同撩起长裙跨过水沟的妇女们似的，撩起了他的法衣。

莫勒先生瞧着他要走，高声喊道：

"您快要全身透湿了，神父先生，再等一会儿吧，雨就要停止了。"

那个犹豫不决的老先生停下了脚步，随后他说道：

"因为我很忙。我有一个要紧的约会。"

莫勒先生仿佛很不乐意似的：

"但是您一定会把全身都打得湿透的。我能够请教您到哪一区去吗？"

神父露出了迟疑的样子，随后才说：

"我到旧王宫附近去。"

"既然这样，神父先生，倘若您答应，我可以请您来和我共用这柄伞。我呢，我到行政法院去。我是行政法院参议。"

老修士抬起头来瞧着他，随后高声说：

“真的谢谢您,先生,我很愿意。”

于是莫勒先生挽着他的胳膊,搀着他一起走。他引导他,保护他,劝告他:

“当心这个水坑,神父先生。尤其要格外注意马车的轮子,有时那东西溅得您从头到脚都是泥浆。路上的伞也要留意。对于眼睛,世上再没有比伞骨子更要危险的了。尤其那些女人最让人受不了,她们一点也不留心,不管是雨天或是晴天,永远把她们伞骨子从您对面撞过来,而且她们从不对谁偏一偏自己的身子。差不多可以说市区是属于她们的,她们统治着街面和人行道。从我本人看来,我觉得她们的教育在以前是很没有被人注意的。”

后来莫勒先生开始笑起来。

修士没有回答。他走着,身躯向前略俯,仔细挑选那些踩脚的地方,使他的法衣和鞋子都不会沾上一点泥浆。

莫勒先生接着又说:

“您到巴黎来一定是散心的。”

老先生回答:“不是,我来办一件正事。”

“哦!重要吗?我能不能请教您是什么问题?有什么要我帮忙的,您尽可以吩咐。”

修士仿佛有些狼狈了。他吞吞吐吐地说:

“唉!是一件私事。一件和……和我的主教发生的小麻烦。您不会感兴趣的。是一件……一件有关宗教管理事务的……的……内部秩序的事情。”

莫勒先生可发急了:

“不过,那些事正归行政法院管。既然如此,您就吩咐我好了。”

“是的,先生,我也是准备到行政法院去的。您真好。我要去会拉贝尔先生和萨菲先生,并且也许还要会倍德堡先生。”

莫勒先生突然停下了脚步。

“那差不多都是我的朋友,神父先生,我的几个至友,几个最好的同事,几个很可爱的人。我立刻写信给这三位,把您介绍介绍,并且,热烈地介绍给他们。算在我身上吧。”

修士向他道了谢,歉疚不安似的用吞吞吐吐的口气,说了无数感恩

的话。

莫勒先生快乐得发疯了：

“唉！您不妨夸口说是遇着一种绝好的运气，神父先生。您就会看见，因为有了我介绍，您就会看见您的事情像是踏在轮盘上面似的转得很顺利了。”

他们到了行政法院。莫勒先生引了修士上楼走到自己的办公室里，端了一张椅子，请他坐在火炉前面，随后自己才到桌子跟前坐下，并且提笔写起来：

“亲爱的同事，请您允许我以最诚挚的态度，向您介绍一位最尊贵最能干的修士，神父……”

他停笔不写了，问道：“尊姓呢？请教。”

“山德尔。”

莫勒先生继续写道：

“神父山德尔先生，这位先生有点小事需要当面说明，请您多多指教。”

“我很荣幸，向您……”末了他用很客套的话作了结束。

他这样写完了三封信，一起交给这个受他保护的人，这一个在说了无数感激的话以后就走了。

莫勒先生办完了他的公事，回到了家里安宁地度过了白天的时光，夜晚平静地睡了觉，第二天愉快地起了床，让人拿报纸来看。

他打开来的第一份是一种激进派的日报，他读着：

“我们的牧师和我们的官吏。

“牧师们为非作歹的行为，我们说也说不完。某处有一个姓山德尔的修士，曾经承认自己有过背叛现政府的阴谋，且因为犯过种种值不得由我们来指出的丑恶事实曾经被人告发，此外还有人怀疑他是个由过去的耶稣会修士变形的普通修士，他的主教更因为他有种种被人所不齿的动机免了他的职，召他到巴黎来检查他的人品，岂知山德尔找到了一个姓莫勒的行政法院参议做他的热心辩护者，这辩护者敢于为这个身着法衣的坏人写了许多极有力量的介绍信，给共和国的一些官吏，他的同事们。

“我们现在特地指出这个参议的不堪容忍的作风，深望内阁注意……”

莫勒先生一下跳起来，连忙穿好衣裳，跑到他的同事倍德堡先生家里，倍德堡向他说：

“唉！您把那个老鬼介绍给我，真是发疯了。”

于是莫勒先生慌张起来了，结巴着说：

“不是的……请您想想吧……我上当了……那家伙的确看起来很像正派人……他骗了我……他卑劣地骗了我。我央求您，请您从严，格外从严惩处他。我立刻写信，如要惩处他，应当写信给谁，请您告诉我吧。我要去找总检察长和巴黎的大主教，对呀，大主教……”

于是他匆匆地坐到倍德堡先生的书桌跟前，写道：

“大主教阁下敬启。我刚刚被一个姓山德尔的修士之阴谋及其谎言所蒙骗，深受其害，特此奉闻……”随后，他在签了名和封了信的时候，回头瞧着他的同事高声说道：

“您可看见，好朋友，这回的事对于您应当是一个教训，请您再也不要替任何人作介绍了吧。”

归　来

“顺风圣母”号是一艘三桅大帆船，它于1882年5月3日从勒阿弗尔开往中国海面，经过四年的旅行，于1886年8月8日回到了马赛港。当初它在到达中国海港卸下货物以后，立即找到了新的买卖，被人包了开往阿根廷的首都，又从那地方，装上了许多运往巴西的货物。

经历了长时间的行程，经受了许多次的海上损失，许多次的修理，许多次海面上的种种幸运和厄运，曾经使得这艘诺曼底的三桅船远远地和它的祖国相隔重洋，直到现在它才满载美洲的罐头食物回到马赛来。

在最初出海的时候，船上除了船长和副船长之外，一共有十四个海员，八个是诺曼底省人，六个是布列塔尼省人。回来的时候，只剩下五个布列塔尼人和四个诺曼底人。那个布列塔尼人是在路上死掉的，四个在不同的情况之下失踪的诺曼底人，却由两个美国人、一个黑人和一个在某天晚上从新加坡一家咖啡馆里诱拐来的挪威人接替了职务。

那艘庞大的帆船，它的帆已全数卷好，帆桁都在船桅上构成了十字形，船身由一条在它前面喘气的马赛拖轮拖着走，这时候已经在海湾里了。水面慢慢地平静下来，帆船在余波上摇动，经过那座有名的伊夫古堡跟前，随后又经过海湾里的一切被夕阳染成金黄色的灰白岩石下面，就开进了古老的海港。港里的船像是堆在那儿一样，它们沿着码头，船舷靠着船舷，全世界的船，大的，小的，各种型式的，各种装备的，几乎应有尽有，混杂地停在这个满是臭水而又过于狭窄的港内碇泊区。马赛本来有一份以美味著名的红烧鱼羹，这些船泊在碇泊区里，互相微触，互相摩擦，简直就像是一份“船羹”浸在一份经过调和加过香料的鱼汤里。

“顺风圣母”号下碇了，位置正在一艘意大利双桅小船和一艘英吉利双桅快船的中间，这两艘船在事前让出了空档使它通过。随后，等到海关和海港的一切手续都办好了，船长就允许了三分之二的海员到岸上去寻晚上的娱乐。

天已经黑了，马赛一片灯火。在夏季傍晚的热空气里，一阵带着大蒜味儿的烹调香味，在喧闹的市区上面飘浮。人声，车轮转动声，撞击声，南

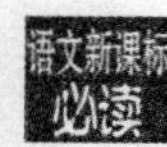

方意味的欢笑声，在市区里混成一片。

那十个被海水摇荡了好多个月的汉子一下上了岸，因为久离祖国人地生疏，又因为失掉了都市生活的习惯，所以迟迟疑疑的，他们排成了双行的队形，很慢很慢地向前走。

他们摇摇摆摆地走着，仔仔细细寻觅着方向，探索那些和碇泊区相通的小胡同。在这六十六天最后的海程之中，性的饥渴早已在他们身上扩大，现在他们全体都被这欲望陶醉了。几个诺曼底人在头里走着，引路的是斯威士兰·德克勒，一个高大强健而且狡猾的少年人，每逢他们登陆总是他做领队。他猜得着那些好地方，使得出种种独具的手腕，虽然那些在港里的海员们之间常常发生的喧闹场面他是不大加入的，不过到了他加入了的时候，他却谁也不怕。

那些黑暗的小胡同全是向着海岸的下坡路线，正像是许多排泄脏水的阴沟，从里面吐出种种污浊的味儿，那是一种从窄小屋子里出来的气息。斯威士兰在这些胡同之间迟疑了一会儿，终于决定选择了一条迂回曲折的过道，其中许多房屋的门上都点着向前突出的风灯，灯上的磨沙颜色玻璃用大型的数字标出了门牌号码。在各处门口的窄小的穹顶下面，许多系着围腰像是女佣样的妇人都在麦秸靠垫的椅子上坐着，看见他们走过来，她们全都站了起来，向前走了两三步，直到那条把胡同分成两半的明沟边，这样就切断了那些慢步走着的海员们的行列。那些海员们慢步走着，唱着，笑着，因为已经接近勾栏而浑身像是着了火。

突然间，在一家门里过道的尽头，另外一扇包着棕色牛皮的门忽然开了，里面露出了一个脱了外衣的胖妇人。她肥大的腿在白棉纱的紧身汗裤里显示了它的轮廓，短裙短得像是一圈膨起的束腰带，胸部肩部和胳膊上的柔软肌肉，映着一副绣着金边的黑绒腰甲，显出了一片粉红的颜色。她远远叫着："你们来吗，漂亮的小伙子？"然后，她竟亲自跑出来，在他们中间扭住了一个向自己的门口拉，用着全身的气力，如同一只蜘蛛拖着一只大于自身的昆虫一样攀住了他。那个被这种接触所煽动的汉子只软弱地抵抗着，而其余的人停住脚步来看，他们的迟疑不决之点，就是是否要立刻进去或者再延长这场使人垂涎的散步。随后，那妇人费尽气力把那海员拉到自己店子的门限边了，其他人正要跟在他后面涌进去，德克勒是认得那一类地方的，这时候他突然叫唤道："不要进去，马尔尚，不是这地方。”

于是那个被拉的汉子服从这道声音了，粗鲁地挣脱了自己的身体冲出来，接着那些朋友们重新构成了行列。那个妇人气极了，用种种不堪的话在他们后面辱骂。同时，他们前面的沿街一带，其余的妇人受着喧闹的吸引，都走到了各自的店门外边，用发哆的声音嚷出了种种满是许诺的召唤。这条胡同原是一个斜坡儿，现在靠坡上的那一段，全是种种由守门的爱神们合唱出来的诱惑的阿谀；靠坡下的那一段，种种由失望的姑娘们用侮辱的合唱对他们发出来的污秽诅咒。海员们夹在两者之间终于走得一步比一步更像是着火了。他们不时遇着了另外一群人，许多腿上响着零丁铁件的兵，许多其他的海员，许多零零落落的小资产阶级，许多店员。随处都发现其他的新胡同点着不甚明朗的灯火。他们始终夹在这一类的“肉屏风”之间，在这一座满是窄小房子的迷宫里，踏着这一种渗出臭水的泥泞路面前进。

末了，德克勒打定了主意，接着就站在一所外表颇为美观的房子跟前，让他全队的人都进去。

欢会中的花样是应有尽有的！延长到四小时，那十个海员都饱尝了爱情和美酒，六个月的工资一下子花个精光。

在那家咖啡馆的大厅里，他们以主人翁的姿态盘踞着，用一种恶意的眼光瞧着那些常来的普通顾客，这种顾客都坐在各处角落里的那些小桌子上，那些没有接着客的女招待当中便有一个做英国胖孩子打扮的或者做音乐咖啡馆歌星打扮的，跑过去侍应他们，随后就靠着他们坐下了。

每一个海员一走进来就选定了他的女伴，并且在整个晚会之中保留着她，因为平民是不喜欢变来变去的。他们把三张桌子拼拢来，在第一次干了杯以后，那个已经散了的双行队形，由于加入许多和海员人数相等的女伴便扩大了一倍，目下他们又在扶梯房里重新整队了。到了那一长列爱人们组成的队形涌进了那扇通到各处卧房的窄门，每一级扶梯的木板上面，都被每一对爱人的四只脚长久地踏出许多声响。

随后，他们为了喝酒又下楼了，随后又重新再上去，随后又重新再下楼。

现在，他们几乎全是半醉的了，高声说着话！每个人红着一双眼睛，抱着心爱的人坐在膝头上，唱着，嚷着，举起拳头敲着桌子，端着葡萄酒对

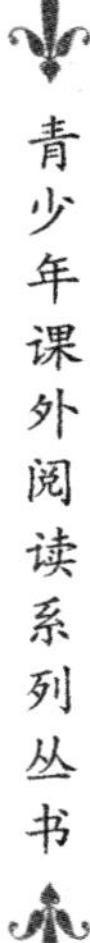

嗓子里直灌，毫无顾忌地把人类的野性撒出来。在这些汉子的中央，斯威士兰·德克勒拥着一个脸上发红的高个儿女招待跨在腿上，热烈地瞧着她。他醉得比其余人都轻些，却不是由于他喝得少些，而是由于他还怀着许多另外的念头，他来得比较温存，想着法子谈话。他的种种意思现在有点不相连贯了，想起来的话忽然间又忘掉，以至于他不能正确地回忆他本来想说的事。

他笑着，重复地说：

"这样，这样……到目前，你在这儿有不少时候了。"

"六个月。"那女招待回答。

对于她，他的神气是满意的，仿佛"六个月"这句话就是品行良好的证据，后来他接着说道：

"你可欢喜这种生活？"

她迟疑着，随后用忍耐的口吻说：

"大家习惯了。这并不比旁的事情讨厌。做女佣或者做妓女，反正都是肮脏的职业。"

他的神气仍旧肯定了这种真理。

"你是本地人？"他问。

她摇头表示"不是"，没有答话。

"你是从远处来的？"

她用同样的方式表示"对的"。

"那么是从哪儿来的？"

她仿佛像是思索，像是回忆似的，随后，喃喃地说：

"从贝尔比扬来的。"

他又很满意了，并且说：

"啊，这样啊。"

现在她开口来问了：

"你呢，你可是海员？"

"对的，美人。"

"你来得远吗？"

"啊，对的！我看见过许多地方，许多海港和其他的一切。"

"你可是绕过地球一周吧，也许？"

"你说得对,或者不如说是绕过两周。"

她重新又显得迟疑起来,在脑子里寻找一件忘了的事,随后用一道稍微不同的,比较严肃的声音问:

"你在旅行中间,可曾遇见过许多海船?"

"你说得对,美人。"

"你可曾碰巧看见过'顺风圣母'号?"

他带着嘲讽的笑容说:

"那不过是上一周的事。"

她的脸色发白了,全部的血液离开了她的腮帮子,后来她问:

"真的,这可是真的?"

"真的,正像我在和你说话一样。"

"你不撒谎,至少?"

他举手了。

"我在上帝跟前发誓!"他说。

"那么,你可知道斯威士兰·德克勒是不是还在那条船上?"

他吃惊不已,同时很不自在,希望打听到更多的消息:

"你认识他?"

她也变成很怀疑的样子。

"噢,不是我!认识他的是另一个女人。"

"一个在这儿的女人?"

"不,在附近的。"

"可是本胡同的?"

"不,另外一条胡同。"

"怎样的女人?"

"不过是一个女人,一个像我这样的女人。"

"她想知道些儿什么,那个女人?"

"她大概是找同乡人吧,我怎样知道?"

感到或者猜到有些严重的东西快要在他俩中间突然披露出来,为了互相窥探,他俩的眼光互相盯着了。

他后来说:

"我能见见她么,那个女人?"

“你准备和她说什么？”

“我准备和她说……我准备和她说……说我看见过斯威士兰·德克勒。”

“他身体可平安，至少？”

“正像我一样，那是一个结结实实的汉子！”

她又不发言了，集中自己的种种思虑，随后，从容地说：

“它上哪儿去啦，‘顺风圣母’号？”

“就在马赛，还用多说。”

她忍不住了，突然显出一个吃惊的动作：

“是真的？”

“真的！”

“你可是认识德克勒？”

“是的，我认识他。”

她依然迟疑不决，随后很慢很慢地：

“好啊，这好啊。”

“你有什么事要找他？”

“听我说，你可以告诉他……并没有什么！”

他始终瞧着她，自己渐渐越来越不自在。最后他准备一定要明白底细。

“你也认识他？”

“不认识。”她说。

“那么你有什么事要找他？”

她突然下了决心，站起来跑到老板娘坐的柜台跟前，取了一只柠檬果把它破开，向一只玻璃杯子里挤出了它的汁子，随后又把清水装满了这只杯了，末了端给德克勒：

“喝了这个吧！”

“干什么？”

“先解解酒。以后我再给你说。”

他顺从地喝了，用手背擦了自己的嘴唇，随后说道：

“喝好了，我听你说。”

“我把这些事情告诉你，不过你应当答应我不要对他说起看见了我，

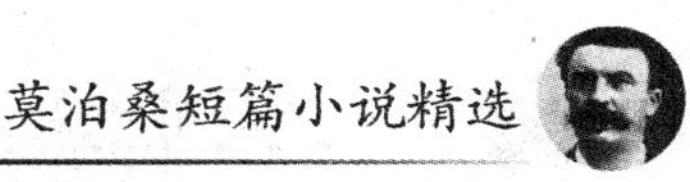

也不要对他说起你从谁的嘴里知道的。你应当先发誓。”

他狡猾地举起了手。

“这个，我发誓。”

“对着上帝发誓？”

“对着上帝发誓。”

“既然如此，你将来可以说：他的父亲死了，他的母亲死了，他的哥哥死了，三个人在一个月里都害了肠热症死了，那是 1883 年的 1 月，到现在是三年半。”

这时候，他感到全身的血液正在翻腾，痛苦使得他有好半天简直找不着什么话来回答。随后，他怀疑了，接着就问：

“你确定这是可靠的？”

“我确定这是可靠的。”

“谁给你说的？”

她伸起两只胳膊压着他的肩头，睁起两只眼睛盯着他：

“你应当发誓不随口乱说。”

“我发誓不随口乱说。”

“我是他的妹妹！”

“弗朗西斯？”

他情不自禁地说出了这个名字。

她又重新盯着眼睛来端详他了，随后，由于一阵使人发狂的惶恐的刺激，一阵深刻的震栗的刺激，她很低地，仿佛像含在嘴里而没有吐出来的一般喃喃地说：

“噢！噢！是你，斯威士兰？”

他俩面面相觑地都不动弹了。

在他俩的四周，那些同来的伙伴始终狂吼一般唱着。酒杯、拳头和鞋跟的声音闹出一种噪音，响应着那些叠唱的拍子，同时，妇女们的尖锐号叫和男人们的喧嚣狂吼混成一片。

他觉得她坐在他身上，浑身滚烫，神情慌乱，紧紧地搂着他，她是他的妹妹！那时候，害怕有人听见，他用很低很低的声音，用那种低得连他自己也只能勉强听见的声音说道：“糟糕！我们干了些什么好事哟！”

她眼眶里立刻溢满了眼泪，支支吾吾地说：

“那是我的过错吗？”

但是他突然说：

“那么，他们都死了？”

“他们都死了。”

“父亲，母亲和哥哥？”

“三个人在一个月中间，如同我向你说过的一样。我当时独自一个人待着，除了我那些破衣裳以外，什么也没有了，因为我们欠了药房、医生和三桩埋葬的账，那都是我用了家具去抵的。

“以后，我到加舍老板家里做了佣工，你了解他，那个跛子。那一年我刚好满十五岁，从前你动身的时候，我还没有满十四。我上了他的当，人在年纪小的时候，总是那么傻的。随后我又在公证人家里做女佣了，他又诱惑了我，并且把我带到了勒阿弗尔那地方一间屋子里。不久他就不再来了，我过了三天没有东西吃的日子，后来找不着工作，我就像其他许多人一样来坐酒店了。我因此也看见了几处地方！唉！几处脏地方！卢昂，艾菲尔，里勒，鄱尔它，贝尔比扬，尼斯，随后马赛，直至现在！”

她的眼泪和鼻涕都出来，润湿了她的腮帮子，流到了她的嘴里。

她接着说：

“从前，我以为你也死了！我可怜的斯威士兰。”

他说：

“我开始简直没有认出是你。你从前是那么矮小，现在，这么强健！但是你怎么没有认得出是我？”

她做了一个失望的手势：

“我看见的男人太多了，以至于他们在我眼睛里仿佛全是一样的！”

他始终睁大着眼睛盯住她的瞳孔，受到了一种羞惭情绪的拘束，并且这情绪强烈得使他如同挨着打的孩子一样老是想叫唤。他仍旧抱着她骑在自己的腿上，双手抚着她的脊梁，这时候他终于从注视里认识了她，认识了他这个妹妹——从前他在各处海面上飘荡的时候，她正和那三个由她送终的人留在家乡。于是，突然用他那双粗而且大的海员大手抱住这个重新寻着了的脑袋瓜，像我们亲吻亲骨肉一般开始吻她。随后便是一阵波涛般的呜咽，一阵男人们所惯有的强烈呜咽，像是醉中干呕一般涌进了他的喉管里。

他结巴着说：

“你在这儿，原来你就在这儿呀，弗朗西斯，我的小弗朗西斯……”

随后，他突然站起来，开始用一道震耳的声音狂吼着，一面举起拳头很沉重地在桌子上捶了一下，使得那些震翻了的小玻璃杯子都打碎了。随后他走了三四步，左右晃着，伸长两只胳膊，扑倒在地下了。末了他在地下打着滚，一面嚷着，一面用四肢打着地面，一面发出许多像是临终干喘的怕人的呻吟。

所有他那些同伴都瞧着他大笑。

“他不过是喝醉了。”有一个说。

“应当让他去睡，”另一个说，“若是他上街，有人马上会把他送到监牢里。”

这时候，因为他身上还有零钱，老板娘就给了他一个铺位，于是他那些醉得连自己都立不稳的同伴们，从那条窄小的扶梯上面，抬起他一直送到那个刚刚接待了他的妇人的卧房里，而那个妇人坐在一把椅子上，靠着那张他们曾经犯下罪行的卧榻旁边，一直陪着他哭到天亮。

骑 马

这可怜的一家子全靠着丈夫的微薄薪水艰难度日。夫妇俩刚结婚的时候，日子过得本就不够宽裕，后来又添了两个孩子，日子就更清淡，更让人感到委屈了。可是，再怎么囊中羞涩，装装门面总还是少不了的，谁让他们好歹也是个贵族呢？

赫克德·德·格力白林是个外省的贵族子弟，在他父亲的庄园里长大，教育他的是个年老的修士。他们并不富有，却还得维持门面勉强支撑下去。

随后在二十岁那年，有人替他在海军部谋了一个位置，只是个年薪一千五百金法郎的小办事员，而且一直搁浅在这座礁石上。世上原本有许多没有做好奋斗准备的人，他们一直稀里糊涂地活着，不仅没有面对人生的方法和应付现实的力量，也没有可供发挥的特长和技能，更谈不上坚定的意志和坚忍的毅力，甚至连一件武器或者工具都没有握过。格力白林就是这样一个人。部里最初三年的工作，在他看来都是令人感到恐怖的。

他曾经寻着了几个世交，都是些思想落伍而且景况很不如意的老头子，住在巴黎城里的贵族街区——圣日耳曼区的凄凉的大街上。在这里，他还结识了一大群熟人。那些没落的贵族，虽没什么了不起，却都还很傲慢，把自己隔绝在现代生活之外。他们都住在那些毫无生气的房子的阁楼上——从底层到高层全都有着贵族的头衔，不过，从第二层至第七层，有钱的人好像很少。

种种无穷尽的偏见，等级上的固执，保持身份的顾虑，始终缠绕着这些曾经辉煌过而现在已经没落的人家。赫克德·德·格力白林在这样的社会环境里，遇见了一位像他一样没落的贵族女子，娶了她。

四年之间，他们生了两个孩子。

又过了四年，这个被困苦所束缚的家庭，除了星期日在香榭丽舍大街一带散步，以及利用同事们送的免费券每年冬天可以到戏院里看一两回戏以外，再也没有其他可以散心的事情可做了。

但是在今年春初，科长交给这个职员一件额外的工作，让他领到了一

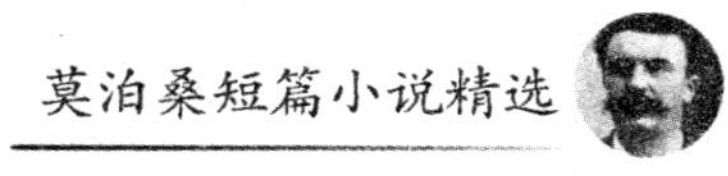

笔三百金法郎的特别奖金。

他带着这笔奖金回到家里，跟他妻子说：

“亲爱的阿丽安妲，我们现在应当改善一下，比如带着孩子们好好玩一回。”

经过一番长久的讨论以后，大家决定周末一起去近郊郊游并吃顿午餐。

“说句实在话，”赫克德高声喊起来，“反正也就这么一回，我们去租一辆英国式的小马车，给你和孩子以及女佣坐。我呢，就到马房里租一匹马来骑骑，这对我是有一定好处的。”

在之后的整整一个星期里，他们的话题从没有离开过这个既定的郊游计划。

每天傍晚从办公室回来，赫克德总抱着他的大儿子骑在自己的腿上，一边使劲儿地让他跳着，一边跟他说：

“这就是星期日，爸爸去郊外散心时骑马的样子。”

于是这顽皮的孩子整天骑在椅子上面，一面在客厅里兜着圈子，一面高声喊道：

“这是爸爸骑的马呢。”

那个女佣人一想起先生将会骑马陪着车子走，总是会用一种赞叹的眼光瞧着他；并且在每次吃饭的时候，静听先生谈论骑马的方法，叙述他从前在他父亲跟前的种种成绩。哈！他从前受过很好的训练，所以只要一骑到牲口身上，他就一点儿也不害怕，真的一点儿也不害怕！

他搓着手掌，翻来覆去跟妻子说：

“倘若他们可以给我一匹性子烈些的牲口，我就更高兴了。你可以看到我怎样骑上去，而且，只要你愿意，我们从森林公园回来的时候，还可以绕道从香榭丽舍大街转回来。那我们可就更有面子了，即使碰到部里的同事，我也一定不会丢人。仅凭这一点，就足以令领导重视我了。”

到了计划实施的那一天，车子和马同时送到了他的门外。他立刻下楼去检查他的坐骑。他早已让人在自己的裤腿上缝上了一副可以套在鞋底上的皮条。现在，他扬起昨天买的那根鞭子试了一试。

他把这牲口的四条腿一条一条地托起来，一条一条地摸了一遍，又按了按它的脖子、肋骨和膝弯，再用指头验过了它的腰，扳开了它的嘴，数过了它的牙齿，说出了它的年龄。末了，等全家人都下了楼，他又把马的共性以及这匹马的特性，作了理论联系实际的解说，而且还得出结论说身边的这匹马是最好的。

等到大家都坐上了车子，他又检查了一下马身上的鞍辔。然后，他踏上一只马镫上立起来，跨坐到了牲口身上。这时候，那牲口却开始驮着他乱跳起来，几乎掀翻了它的骑士。

慌张的赫克德极力稳住了它，说道：

"干什么，慢点儿，朋友，慢点儿。"

随后，那坐骑又恢复了它的常态，骑士也挺起了他的腰杆儿，他问道：

"大家都准备好了吗？"

全体齐声回答道：

"好了。"

于是他下了命令：

"上路！"

于是，坐车和骑马的人都出发了。

所有人的视线都集中在他的身上。他用英国人的骑马姿势让牲口"大走"起来，同时还很夸张地一起一落地颠着自己的身子。谁知那马并不很听他的指挥，他才刚一落在鞍子上，就立刻被弹了起来。所以，他时常俯着身子像是随时准备抱住马脖子似的，而且双眼直视前方，脸色发白，牙关紧咬。

他的妻子在膝头上抱着一个孩子，女佣抱着另外的一个，她们一直不停地示意着孩子，反复说道：

"你们看爸爸呀，你们看爸爸呀。"

那两个孩子受到动作和快乐以及新鲜空气的影响，不断地尖声叫唤起来。那匹马被这突如其来的声音一惊，"大走"变成了"大颠"，以至于这骑士在极力勒住它的时候，弄掉了他的帽子。车夫只好跳下车来去捡。后来，赫克德接过了帽子，远远地跟他妻子说：

"你别让孩子们这样乱嚷，否则，他们会让我的马狂奔起来的！"

终于，他们在韦乡特的树林里的草地上安坐了下来，用那些装在盒子里的食品做了午餐。

尽管有车夫照料着那三匹牲口，赫克德还是会经常起身，过去关心一

下他骑的那匹牲口的饮食，而且拍着它的脖子，给它吃了点儿面包、甜点心和一点儿糖。

他高声说道：

“这匹马性子很烈。开始它固然掀了我几下子，可我很快就平静了下来，这你们也都看见了。现在，它已经承认了它的主人，不会再乱跳了。”

傍晚，他们按照原定计划，绕道从香榭丽舍大街回家。

那条宽敞的大道上，车子多得像蚂蚁，而且，在两边散步的人也多得像是两条自动展开的黑带子，从凯旋门一直延伸到协和广场。在日光照射下，车身上的漆、车门上的铜挽手和鞍辔上的铁件都放射出反光。一阵运动的兴奋，一阵生活的刺激，让人群和车马纷纷躁动了起来。只有那座方尖碑，远远地静静地伫立在金色的晚霞之中，保持着镇静。

赫克德那匹马自从穿过了凯旋门，就像是被一种新鲜的热辣劲儿所支配，撒开了大步，从路上那些车辆的缝隙里斜穿过去，朝着自己的槽头直奔，尽管它的骑士尽力想要让它安静，还是毫无用处。

那辆车子现在已经被远远地抛在了后面；而那匹马一走到实业部大厦跟前，望见了那点儿空地，就猛地向右一转，继续大颠起来。

一位身系围腰的老妇人，正要以一种安稳的步伐横穿街道，谁知，却刚好挡住了乘风而来的赫克德先生的路线。他在没有力量勒住他的牲口的情况下，只好拚命地开始叫唤：

“喂！喂！靠边！”

那个老妇人也许是个聋子，因为她仍然慢悠悠地走着，直到一头撞在那匹像火车头一般飞奔过来的牲口胸前，才衣裙飞舞地一连翻了三个筋斗，直滚到十步之外。许多声音一齐嚷道：

“抓住他！”

惊惶失措的赫克德抱着马脖子高声喊道：

“救命啊！”

一股可怕的冲劲，将他像一粒子弹似的从那匹奔马的耳朵上面甩了下来，正好栽进一个刚刚扑到他跟前的警察的怀里。

顷刻之间，一大群怒气冲天的人指手划脚、乱叫乱嚷地围住了他。尤其是一位老先生，一位身佩圆形大勋章的白胡子老头，像是怒不可遏似的不停地数落着他：

“真是太可恨了，一个人既然如此笨手笨脚，便应该待在家里不动。不会骑马，就不必跑到街上来出丑！这下好了，闹出人命了。”

四个汉子将那个老妇人抬了过来。她像是死了一样，脸上没有一点血色，帽子也歪在头上，而且全身都是灰尘。

“请诸位把这妇人送到附近诊所里去，”那个老先生吩咐说，“我们去本区警察局。”

赫克德被两个警察夹着，而他的马则由另外一名警察牵着，后面跟着一群人。这时，那辆英国式的马车忽然驶了过来。他的妻子连忙下车狂奔过来，女佣不知道如何是好，两个孩子更是齐声叫唤着父母。

他跟妻子说：自己正准备回家，路上撞倒了一位老妇人。一边说没什么大不了，一边让他那被吓坏了的一家人离开了。

到了区警察局，没费什么事就把事情说清楚了。他报了他的姓名——赫克德·德·格力白林、海军部职员。随后，大家专心等候受伤者的消息。一个奉命前去探听消息的巡警回来说她已经醒过来了，只是内脏异常疼痛。那是一个干粗活儿的女佣，年纪六十五岁，大家叫她西蒙大妈。

听到她没有死，赫克德总算恢复了一点希望，连忙答应负担她的治疗费用。随后，他就跑到那间诊所里去了。

乱哄哄的一大堆人堵在诊所门口，那个老太婆躺在一把圈椅上不停地哼哼着，表情呆呆的，一动也不动。两个医生替她检查了一遍，四肢没折，内脏却有可能受了一点内伤。

赫克德问她：

“您很难受吗？”

“唉！对呀。”

“哪儿难受？”

“我肚子里像是着了火。”

一个医生走过来：

“先生，您就是那个闯下大祸的人吗？”

“是的，先生。”

“应该把这妇人送到疗养院里去，我认识一家，那里的住院费用是每天六个金法郎。您愿意让我去办吗？”

赫克德愉快地答应了这个医生，回到家里，松了一口气。

他妻子一直哭着等他回来，他劝她不要着急：

“没什么要紧的，那个西蒙大妈已经好了一些了，三天之后就可以痊愈，我送她到一家疗养院里去了。好了，现在已经没事了。”

第二天，当他一下班，就去探望那位西蒙大妈。在那里，他看到她正心满意足地喝着一份肉汤。

“怎么样了？”他问。

她回答道：

“唉，可怜的先生。这还是老样子。我觉得自己差不多快要死了，一点儿也没有起色。”

那位医生说应该再等等，深怕会有并发症。他等了三天，随后又去看望那老妇人，之前来满面红光、双目有神的模样，可一见他的影子就哼哼起来了：

“我还是不能动一下，可怜的先生，我再也受不住了。这样子怕要到我死的那天才为止了。”

赫克德感到自己的脊梁上忽然冷了下来，他请教医生。那医生摊开双手，对他说道：

“您有什么办法？先生，反正我是不知道。我们试着抱她起来，她就直嚷。就是让她挪个位置，她也会伤心地乱嚷。不相信她说的话？先生，我总不能钻到她肚子里去看呀。除非让到我看见她走动，不然，我哪有权力认定她在说谎？”

那老妇人静静地听着，眼睛露出一丝狡猾的光。

八天过去了，半个月、一个月也过去了。西蒙大妈始终没有离开她的圈椅。她从早吃到晚，人长胖了，也能快活地跟其他的病人聊天了，仿佛也已经是习惯于这样一动不动的坐着了，就好像把这当成她五十年劳劳碌碌挣得的休息费。

赫克德有些搞不清状况了，每天都来看她，他觉得她过得安稳而又恬静，却又总是对他高声叫着：

“我再也不能够动了，可怜的先生，我再也不能动了。”

每天傍晚，那位忧心如焚的格力白林夫人总要问他：

“西蒙大妈呢？”

每次，他总垂头丧气地回答：

“没变化，一点也没有！”

他们辞退了家里的女佣，因为她的工钱已经成了他们极大的负担。他们的日子也过得格外节俭，那笔特别奖金早就花完了。

这一天，赫克德约好了四位名医生一起齐集在老妇人跟前。无论他们如何检查、摸索、把脉，她都不在乎。

“应该让她走几步。”一位医生说。

她大嚷起来：

“我再也不能动了，我的好先生们，我再也不能动了！”

于是他们握着她，托起她，牵着她走了几步，但是她却从他们的手里滑了出来，倒在地板上面乱嚷，声音非常可怕。他们只好用异常小心的态度，把她仍然抬到原来的座位上。最后，他们很谨慎地发表了一个意见，一口断定她是无法工作了。

赫克德把这个消息报告给了他的妻子，妻子一听，不由自主地倒在一把椅子上面，结结巴巴地说道：

“不如把她养在家里好了，这样我们也可以少花点儿钱。”

他一下子跳了起来：

“养在这里，养在我们家里，你居然这样想？”

这时候，她也只能忍了，含着眼泪答道：

“你还有什么办法，朋友，这又不是我的过错！……”

散　步

拉皮氏公司会计罗拉尔老先生从店里走出来时，突然被这夕阳的余晖一恍，差点晕了过去。原来，他的办公室位于店顶后上方的阁楼，正对屋子后面那又深又窄的水井似的小天井，里面非常晦暗，即便是在盛夏也只有午间三四个小时不必点灯，其余时间都被笼罩在煤气灯的黄色光晕下。他已经在这里度过了一万五千多个白昼！

小屋子里永远是又冷又潮湿的，它唯一的窗子正对着那种壕沟似的地方，其中的蒸发物不断地从窗口混进来，小屋子里因此满是霉气和阴沟的臭气。四十年以来，罗拉尔先生每天八点钟就走到这"监狱"里，接着就一直坐到傍晚七点钟，对着账簿弯着腰，用一种忠实店员的勤奋作风记账。

初入公司的时候，他每年工资是一千五百金法郎。现在已经加到每年三千了。他一直过着单身生活，他的收入不容许他娶亲。他从来都不享受，也没有什么大的欲望。然而，偶尔他被这种单调而不断的日常工作弄得疲倦了的时候，也发表他理想式的希望："活见鬼，倘若我每年有五千金法郎的利息进账，我就要舒舒服服花掉它。"

实际上，他从来没有为了自己舒舒服服地花过钱，并且，除了每月领得的工资以外，从来没有其他收入。

他的生活没有变化，没有波动，也几乎没有希望。每一个人心上怀着的梦境想象力，在他凡庸的志愿里从没有得以发挥。

二十一岁那一年，他就进了拉皮氏公司。以后，他一直没有离开过。1856年，他死了父亲。他母亲是1859年死的。此后，他只在1868年搬了一次家，原因是他的房东要增加租价。

每天早上一到六点整，他的闹钟就用一阵如同船上放松铁锚链子一样可怕的喧躁，使他从床上跳起来。然而有两次，1866年和1874年，那件机器却出了毛病，他呢，也从来不知道那是为着什么。他每天穿衣服，铺被盖，揩桌椅，扫屋子，这些日常工作要用掉他一个半小时。

然后，他来到大街上，在那家换过十一个老板还没有改招牌的罗素面包店里，买了一个蛾眉月式的面包，边走边吃。

他一辈子的生活，差不多完全消磨在了那间窄小晦暗而且墙上糊着同样颜色折花纸的办公室里。刚进去时，他年纪轻轻的，名义上是那位派拉蒙先生的助手，可私下里却一心指望着接替他的职务。

接替派拉蒙以后，他便再也没更高的目标了。

别人的生活过程中总有一些值得回忆的地方，比如意料不到的变故、甜蜜或者悲伤的爱情、冒险的旅行；可对他而言，竟跟这些自由浪漫的遭遇完全没有发生过一丁点儿的关联。

在他的生活里，所有的日子、星期、月份、季节、年岁，并没有什么不同。他每天在同一个时间起床，出门，进公司，吃午饭，出公司，吃晚饭，然后睡觉。这些千篇一律的行动、事情和思想，既规则又单调，几乎从来没有中断过，也没改变过。

从前，他在他前任留下来的小圆镜子里，瞧见过自己的金黄的髭须和卷起的头发。现在，他每天傍晚出公司以前在同样的镜子里欣赏到的，却只有他的雪白的髭须和光秃的头顶了。四十年溜过去了，漫长而又迅速，空虚得像是一个整天发愁的日子，而且简直就是失眠者的漫漫长夜！四十年之间，他一点东西都没有留下，甚至于连一个回忆也没有，甚至于自从他父母去世以后，连一点厄运也没有。总而言之，绝对空虚！

这一天，罗拉尔先生在公司的大门口被夕阳的余晖晃得迷糊了好一会儿。后来，他才想起暂时不必回家，可以在晚饭之前兜个小圈子，这种兴致在他的一年之中大约会有五六次。

他走在到城基大街上，那一带，人潮在新绿的树荫下在流动着。时候正是暮春的一个黄昏，一个让人陶醉、心弦激荡的黄昏。

罗拉尔先生用他那种老年式的小而急促的脚步走着；他带着愉快的神情走着；在大地的欢欣和空气的温暖里，他感到了幸福。

他走过香榭丽舍大街，继续往前，他被那阵在和风里经过的青春魅力鼓动起兴致来了。

天色整个儿红得像是着了火似的。凯旋门隔着地平线上的绯红背景浮出它乌黑的体积，俨然是一个伫立在火灾现场之中的巨人。等到走近这座壮丽的建筑物跟前，这个年老的会计觉得自己的肚子饿了，便随意拐进一家酒馆里去吃晚饭。

有人招待他坐在店外人行道上的便座里。他叫了一份酸汁冷羊脚、一份生菜和一份芦笋——这已是罗拉尔先生很久没有吃过的较为像样的晚饭了。后来，他添了一块布里产的有名的干乳酪，在那上面浇了半瓶布尔特产的上好葡萄酒；破例喝了一杯咖啡，最后还喝了一小杯白兰地。

付过账以后，他觉得自己一下子快活起来，略带着醉意。到了最后，他暗自说道："今晚真是一个好天气。我索性继续散步到布洛涅森林的入口处为止吧。这对我身体也是有益的。"

走着走着，脑子里忽然冒出一首曲子——他一个女邻居从前唱过的古老曲子，而且一直萦绕不休：

林子新绿时，
情人对我语：
我望吾爱来，
同往花棚去。

他不停地哼着这首曲子，哼完了又从头来过。

夜已经降到巴黎上空了，一个微风不动的夜晚，一个很和暖的夜晚。罗拉尔先生沿着布洛涅森林大道一边朝前走着，一边打量着大道上那些过往的马车。车子带着一对眼睛似的风灯，一辆跟着一辆走近，让人在一刹那间望见车子里搂作一团的恋人，女的穿着浅颜色长裙，而男的是黑色晚礼服。

那是一个由恋人组成的行列，在一个满是星星的、躁热的天空下兜风。车子不断地来，不断地去。恋人们也不断地来，不断地去，躺在车子里，彼此在静默中互相搂着，沉溺在意想之中，沉溺在欲望之中，沉溺在因拥抱而起的颤抖之中了。热烘烘的阴影像是充满了飘着的吻，浮着的吻。一种温存的意味和感觉，使得空气更加令人窒息。这一切互相搂着的人儿，这一切被相同的期待、被相同的思想所陶醉的人儿，让城市的夜晚笼在一层厚而狂热的气氛里。这一切满载着爱抚的车子，如同一阵淡淡的、恼人的放射物似的，闪向四面八方。

罗拉尔先生走得最后有点倦了，就坐在一条长凳上去注视那些载着爱情的车马一辆接着一辆闪过去。差不多与此同时，一个女人走到他跟前，坐在他的旁边，说了一声：

"早上好，我的小伙子。"

见他没有回答，她又接着说：

“让我好好爱你吧，我的小宝贝，你会发现我是很可爱的。”

他说：“您认错人了，太太。”

她伸出一只胳膊挽住着他：

“哪儿的话，别装傻，听我说……”

他站起身来，迅速溜开，心里感到十分不快。

可是还没走出多远，另一个女人又贴了上来，对他说：

“您愿意陪我坐会儿吗？我的漂亮男孩？”

他对她说：

“您为什么要做这种买卖？”

她在他面前愣了一下，定住了身子，声音一下子变得嘶哑、凶狠起来：

“见鬼，总不能光是为了找乐子！”

他用柔和的声音盘问：

“那么，谁在后面逼着您？”

她嘀咕着：

“总得让人活呀，你这个没良心的。”

后来，她走开了，嘴里轻轻地唱着。

罗拉尔先生目瞪口呆地待了好一会。许多其他的女人又在他跟前经过，叫他，邀请他。

他觉得他的头上展开了一些儿什么乌黑的东西、一些儿让人伤心的东西。

他重新坐在另一条长凳上了。成行的车子始终不断地跑着。

“我本不该来这儿，”他暗自想着，“现在我看见了，这一切，简直糟透了。”

他开始想着摆在他眼前的这一切：买得到的或者出自真心的爱情，花了钱的或者自由的接吻。

爱情！他简直不大认识。他一生由于偶然，由于奇遇，也曾有过两个或者三个女人，可是他的收入不容许他支付任何额外的开销。他想到他从前的生活了，那是和大众的生活很不同的，很晦暗、很忧郁、很平淡、很空虚。

世上有许多真正不走运的人，忽然一下子，如同一副厚实的幕布被人

撕开了似的，他望见了苦楚，望见了自己生活里的漫无边际的、单调的苦楚：过去的苦楚、现在的苦楚、未来的苦楚。最后的日子和最初的一样，无论在前、在后、在左、在右，他的四周一无所有，心里一无所有，任何方面都一无所有。

车子的行列始终走着。一对对在揭开顶盖的轿式马车中间静悄悄地互相搂着的人，在他眼前出现了又消失了。他觉得全世界的人类都像是受着喜悦、快乐、幸福的陶醉在他跟前排成队伍走过。而他自己却是个孤零零的，完全孤零零的旁观者。到明天，他也许依旧是孤零零的，始终孤零零的，孤零零得谁也没有尝过如此孤零零的滋味。

他站起了，走了几步，后来突然疲倦了，如同他新近赶完了一个长距离的徒步旅行一样，他重新又在第二条长凳上坐下了。

他等待什么？他指望什么？一点儿什么也不等待，一点儿什么也不指望。他想起一个人在年老的时候，回到家里，看得见许多小孩子们叽叽呱呱地说话，应当是有滋味的。一个人被那些由自己抚育的孩子们围绕，疼爱，温存，对他说些有趣的和天真的话，使得冷落的心重归温暖，使得一切都受到安慰，那么这时候，该是多么甜美啊。

后来，他想起了自己那间空的卧房，想到了自己那间清洁而愁惨的小卧房，除了自己从来没有谁进去过，于是一阵烦恼的感觉紧束着他的心灵。那间卧房，在他看来，觉得比他那间小办公室更让人伤心。

谁也没有到那儿去过，谁也从来没有在那儿谈过天。它是死了的，哑了的，没有人声的回响的。别人可以说房子若是被人住过，那么它把住过者身上的东西多少保留一点在它的墙壁里边，保留一点点姿态、形象和言论。所以凡是被幸福家庭住着的房子都比不幸的人住着的房子快活。他那间卧房正同他的人生一样，是绝没有任何纪念意义的。后来，想到要回到那间卧房里，孤零零地躺在自己的床上，照着老样子重新去做每天夜晚的种种行动和工作，真使他很害怕。到了最后，如同为了使自己和那间不吉祥的卧房以及那个将要必然又来的时刻更离开得远些儿似的，他又站起了，并且，忽然遇见了树荫下的一条小径，他为了到野草上去坐，就走到一座轮流采伐的小树林子里了……

他听见了他的周遭，他的头上，四面八方，有一种模糊的、无限际的、连续不断的声浪，一种由好些数目、很多种类、很杂的噪响构成的声浪，一种微弱而远近皆有的声浪，一种不确定的和巨大的生命活动：那正是巴黎的气息，像一个巨人似的气息。

……

已经上升的太阳在布洛涅森林上面罩着一层光浪。三五辆车子又开始流动了，接着骑着马儿散步的人们也都快快活活地到了。

有一对恋人正在一条无人的树荫小径上散步。突然间，那年轻的妇人抬起头，望见了枝叶当中一件棕黑色的东西，她吃了一惊，不放心地伸起手指着：

“你瞧……那是什么？”

随后，她尖叫一声，不由自主地倒在了她那个男伴的怀里，他只得让她躺在地上。

公园的守卫立刻被人找了来，他们解下了一位吊在裤带子上自缢的老人。

有人证明自杀是在前一天晚上完成的。他们从他身上找出了证件：拉皮氏公司的会计罗拉尔。

有人把他的死亡归为一种无法揣测动机的自杀者之列。也许是一种突如其来而又莫名其妙的疯癫的结果吧？

衣　橱

晚饭以后，大家谈到了女人。男人们聚在一处，还能让他们谈什么呢？

我们中间有一个说：

“哼，关于这个话题，我曾遇见过一件稀奇的故事。”

现在我把他的叙述记录如下——

去年冬天里的某天晚上，我忽然感到一阵让人凄凉的懒散——那是一种让人无法忍受的、不时缠住人的肉体和灵魂的意味。我当时独自一个人待在家里，觉得自己倘若再这样待着不动，恐怕就会被特别愁惨的情绪包围，而且在那种愁惨的时常侵袭下，难免会将一个人引上自杀之途。

我披上外套，随即走上大街，漫无目的地逛着。经由坡道，来到了城中心的热闹大街，我开始流连在各个咖啡馆的门外。因为，咖啡馆里几乎全是空的。

那天正下着雨，下雨倒也罢了，因为若是倾盆大雨，像瀑布似的倒下来的大雨，那些呼吸迫促的行人也许就会跑到大房子的门洞和檐下躲上一阵子，或者钻进咖啡馆里避一避了。可惜的是，那天下的偏偏是那种细雨，那种让人的精神和衣服都湿着的细雨，一种让人无从辨别点滴的毛毛细雨，一种不断地把那种无从目睹的纤小点滴对人飘过来，不久就会给衣服沾附上一层冰凉而有渗透力的苔藓似的水分。

怎么办？朝前走了一阵，又向后退回来，想找一个地方消磨两小时，结果却第一次发现夜晚在巴黎竟没有什么好散心的。最后，我决定走进“牧女狂”，那个姑娘们的游戏场。

在它的大厅里，人并不多。那条蹄铁形散步长廊只容纳着一些低俗的游客，他们的平凡身世从举动上，从服装上，从须发剪裁上，从帽子上，从皮肤的色泽上显示得一目了然。至于一个可以看做是干干净净洗濯过的人，穿着整套像是相称的服装的，那真的不大遇得见。至于姑娘们呢，始终是同样那么些个，你们知道的那些可怕的姑娘们，容颜丑陋，精神疲乏，皮肤松弛，显出她们那种不知因何而起的愚顽的轻蔑态度，她们走来走去，好像在猎取主顾似的。

我心里暗自说那些婆娘都是畸形的，因为与其说她们富于脂肪还不如说她们全是油垢。这一部分肥得凸出来，那一部分却又干瘪；明明腆着一个“酒肉和尚”式的大肚子，两条鹭鸶式的长腿的膝盖部分却又朝里弯曲着，所以真的没有一个能值一枚路易——她们在一阵艰难的讨价还价之后才能够得到那么一枚。

忽然，我看到一位让我动心的可爱的身材娇小的可人儿，年纪虽不很轻，却依然鲜润的，很讨人欢喜的、很带劲儿的女人。我拦住了她，很笨很直接地，出了一个我肯支付的那种共度春宵的代价。我认为，与其孤孤单单独自一个人回家，还不如跟这个自己喜欢的姑娘偎傍搂抱呢。

我跟着她，来到她在殉教街上的一所大房子里。楼梯上的煤气灯已经熄了。我慢慢地爬上去，不断地划燃一根火柴，好儿回差点失足，心里有些不痛快起来。她走在前面，我听见了她的衣裙的摩擦声。

她在五楼停下脚步，关好了与外面相通的门之后，她问道：

“你是不是打算待到天亮？”

“毫无疑问。这不是我们早就商量好了的？”

“好了，我的小猫咪，不过是问一下。你在这儿稍等一分钟，我马上就回来。”

我听话地站在黑暗当中，听见她关好了两扇门，随后又听她仿佛说了几句什么。我诧异起来，不放心了。想来或许有一个小白脸在她屋子里。不过我的拳头和腰干儿都是结实的。我暗自想起：“等会儿，我可以看个明白。”

我用全副精神和耳力去细听。有人轻轻动作，有人慢慢行走，并且非常之小心谨慎。随后另外一扇门打开了，我又觉得有人说话，不过很低很低。

她出来了，手里端着一支点燃了的蜡烛。

“你可以进来了。”她说。

她用你字来称呼我，表示我已经取得一种占有权。我进去了，经过了一间显然从来没有人吃饭的饭厅以后，我就走进了一间卧房，那正是一般姑娘们住的卧房——连家具出租的卧房，还带着几幅厚的幔子和一铺染上了可疑的斑斑点点的红绸子羽绒被盖。

她接着又说："你随便坐吧，我的小猫咪。"

我用一种怀疑的目光视察屋子。可是并没有发现任何令人放心不下的可疑迹象。

她很快地脱了衣衫，快得在我脱下外套以前，她已经到了床上。她开始笑道：

"喂，你怎么啦？你是不是变成木头人了？赶快点吧。"

我照她的样子做了，跟她躺在了一起。

五分钟以后，我发疯似的很想穿上衣服马上离开。但是，那种在我家里缠过我的让人疲劳的懒散意味竟留住了我，剥夺了我任何动作的气力，所以尽管我在这个人人可睡的床上感到恶心，我仍旧躺着不走了。从前，我在那边，我在游戏场的灯光下面，以为从这尤物身上可以找到一些令人振奋的感觉，然而现在，那滋味竟在我的怀抱里消失了，靠着我的，不过是个庸俗的姑娘，和一般的庸俗姑娘丝毫没有两样，而且她那种并无感情却殷勤得过分的吻里还带着一股大蒜味儿。

于是，我便开始跟她聊了起来。

"你在这儿住了不少时候了吧？"我说。

"到 1 月 15 日就是半年。"

"你以前住在哪儿？"

"以前我在克莱斯勒街住。不过看门妇人老跟我捣乱，我就退了房子。"

接着她就讲了一堆关于那个看门妇人的一直没有结束语的闲话，说她从前造了她许多谣言。

但是忽然间，我听见有些声音就在我们身边响动。开始，那是一声叹息，随后，又一些轻微的响声，清清楚楚的，如同一个人坐在椅子上转动。

我突然在床上坐了起来，问道：

"那是什么响声？"

她很安详、很文静地答道：

"你不用担心，我的小猫咪，那是隔壁的女人。隔板非常之薄，听起来差不多像在一间屋子里。这种房子真糟糕，简直就是纸板糊的。"

我慵懒得非常厉害，仍旧钻进了被窝，接着跟她谈天。男人们总是会受到愚蠢的好奇心驱动，向这些尤物探听她们第一次的遭遇，想揭开她们第一次堕落时的幕布，如同为了从她们身上搜寻一种遥远的清白的遗迹，如同为了从一句真话里去寻求她们从前的天真而贞洁的短暂回忆，好让自己也许因为那种回忆而去爱上她们。我当时也在这种好奇心的驱动下，向她提出了好些有关她头几个情人的问题。

我明明知道她是会说谎的。可是又有什么关系呢？我也许会从那些谎言中间发现一件诚实而且动人的事呢。

“说吧，你得告诉我那是谁呀。”

“那是一个玩游艇的，我的小猫咪。”

“哈！说给我听听吧。你们从前在哪里？”

“我从前在阿尔兰蒂。”

“你从前是做什么的？”

“我在一家饭馆里做女佣。”

“在哪一家？”

“在淡水船员馆。你知道它？”

“那还用说，普勒南开的。”

“对呀，正是那一家。”

“他怎样跟你恋爱上的，那个游艇家？”

“我替他拾掇床铺的时候，他强迫了我。”

不过我突然记起我朋友们中间的一个医生的理论了，那是一个善于观察而且深明哲理的医生，他在某大医院服务多年，整天和他接触的全是身为人母的女人和公共的姑娘们。他认识了女性的一切羞耻和困苦，认识了可怜的女性在变成有钱闲逛的男性的丑恶牺牲品以后的一切羞耻和困苦。

“一向如此，”他告诉我，“一个女孩子一向是被一个和她阶级相同而且生活情形相同的男人引坏的。我有好些本有关这种例子的观察记录。大家指摘富人采摘民间孩子的清白的花。那不是正确的话。富人购买的是采下来扎好的花束！他们诚然也动手采摘，不过对象却是那些在第二期开放的花——他们从不去剪第一期的。”

这样一回忆，我就望着这个女伴笑起来：

“你得知道我明白你的历史。第一个和你相识的人并不是游艇家哪。”

“喔！真的是他，我的小猫咪，我对你发誓。”

“你说谎，雌猫咪。”

“噢！没有，我告诉你。”

“你说谎。赶快把事情都告诉我吧。”

她像是迟疑不决，显见得有点惊惶。

我追着又说：

“我是个魔术师，我的漂亮姑娘，我是个懂得催眠术的人。倘若你不把真相告诉我，我就来催眠你，结果我一定知道你的事情。”

她是和她那些相类的女人一样地愚昧的，她害怕了。支吾着说：

“你怎样猜着的？”

我接着说：

“快点说吧。”

“唉！第一次吗，简直算不了什么。那一天正是那地方的纪念节。饭馆子里添雇了一个临时帮忙的大掌锅，亚历山大先生。他一到之后，在馆子里想干什么就干什么。他指挥一切的人，指挥老板两口子，俨然是一个国王……那是个高高大大漂漂亮亮的人，他并不在他的炉灶跟前站着不动。始终嚷着：‘赶快，要点奶油，要几个鸡子儿，要点儿葡萄酒。’并且别人必须立刻跑着把这点儿东西送给他，否则他就生气，对我们骂一些让人连大腿都羞得绯红的话。

“白天的事情完了以后，他就在门口抽他的烟斗。后来我正捧着一大叠空盘子从他身边经过，他就对我这么说道：‘听呀，孩子，你来陪我到河边上走走，让我看看本地的风光吧！’我呢，像一个糊涂虫似的走向河边了。我和他刚好走到了岸边，他很快地就强奸了我，快得简直让我没有来得及知道他干的是什么。末了，他赶着晚上九点的火车走了。以后我再没有见过他。”

我问：

“全在这儿吗？”

她结结巴巴地说：

“呵！我一直相信弗尔南多是属于他的。”

“那是谁呀，弗尔南多？”

“是我的孩子！”

“啊！很好。后来你又让那个游艇家自以为是弗尔南多的父亲，对吗？”

“那还用多说！”

“他是个有钱人，游艇家？”

“是呀，他留下了一份产业给弗尔南多，每年可以得到三百金法郎的利息。”

我渐渐感到兴趣了。仍旧追下去：

“很好，我的小妞儿，这很好。你们居然全体都不像别人猜想的那么笨。弗尔南多现在几岁了？”

她接着说：

“今年他十二岁了。到了春天，他就要去第一次领圣体。”

“就这样，自从那一次以后，你就一直在做这一行？”

她叹气了，用忍耐的意味说：

“那又能怎么办呢……”

但是忽然一声大的响动让我突然一下从床上跳起来，那声音是从卧房里发出来的，是一个人跌到地上又爬起来，并用双手在墙上摸索的声息。

我端起蜡烛朝四周望了一望，不禁又惊又气。她也坐了起来，勉强拉着我不让我动，一边低声慢气地说：

“没关系，我的小猫咪，我向你保证这没什么关系。”

不过我这时已经弄清楚那道异样的声音是从哪里传来的了。我朝着一扇被我们床头遮住的小门走了过去，猛地拉开了它……

一个可怜的小男孩子，苍白而瘦弱的男孩子，坐在一把大的麦秸靠垫椅子旁边正浑身发抖，睁着一双受了惊骇的亮晶晶的眼睛望着我，显然，刚才从椅子上滑落到地下的正是他。

他看到我一下就哭了起来，张开双臂对他母亲说：“这不是我的过错，妈妈，这不是我的过错。我先是睡着了，后来就摔了。不要骂我，这不是我的过错。”

我转过身望着那个妇人，高声说：

“这究竟是怎么回事？”

她用似乎有些难为情的、很难过的、断断续续的声音，对我说：

“我有什么办法？我挣的钱根本不够让他在外边寄宿，不得不把他留在身边，可我又没有能力多租一间屋子，上帝呀！没有谁来的时候，他就跟我一块儿睡。若是有人在这儿混上一两个小时，他还能在衣橱里安安静静待着——他知道自己应该那么做。不过若是有人来度通宵，如同你一样，那么在一把椅子上睡觉，是会让他腰痛的呀，叫这孩子腰痛的呀……那当然也不是他的过错……不信的话，你也去试试，你……在一把椅子上睡一夜……你就明白那是什么滋味了……”

说着说着，她生气了，而且很生气地叫唤着。

孩子一直在哭。

一个瘦弱而畏怯的孩子，对呀，那个衣橱里的、寒冷阴晦的衣橱里的孩子，他只能偶然回到那张暂时空着的床上享受一点点温暖。

我呢，当时也很想哭一场。

最后，我只好回到自己家里，睡觉。

雨　　伞

维利太太是个节俭的妇人。她对每一个铜子儿的价值都知道得一清二楚，而且为了积攒这些零子儿她还有着一肚子的严格原则。为了防止她的女佣采购食物时刮点儿油水，她真是操碎了心；就连她的丈夫维利先生也要绞尽脑汁，才能在皮夹子里留几个零子儿。

其实，若论家境，他们还是很宽裕的，而且没有儿女。可是，眼见着那些白花花的小银元一个个地从她家里走出去，维利太太就会感受到一种撕心裂肺般的痛苦——那简直是她心上的一道伤口。所以，每当她不得不破费一笔略为可观的钱财，哪怕是断不可少的，她也总会有那么一两夜睡不踏实。

维利不停地跟他的妻子说道：

"你手笔应该放宽大一些，既然我们永远吃不完我们的进款。"

她答道：

"未来的意外，谁也不知道。多留几文总比少留好些。"

她是一个四十来岁的矮妇人，爱活动，爱清洁，面上略带皱纹，并且时常会生气。

她丈夫因为她使他忍受的种种节约而时常觉得不平，且其中的一些特别使他感到痛苦，因为那伤了他的自尊心。

他是陆军部的一个主任科员，一向待在部里走不开，而原因不过是服从他妻子的命令，借此增加家里那些用不完的年金收入。

而且两年以来，他永远提着那柄打满了补丁的雨伞使得同事们发笑。他终于被他们的轻嘴薄舌恼昏了，只得强迫他妻子替他买一柄新的。她替他买了一柄八个半金法郎的雨伞，那是一家大百货商店做广告的货品。部里同事们看见那是成千成万扔在巴黎市内无人过问的东西，因此又来重新另开玩笑，维利先生只好忍着一肚皮闷气痛苦地熬着。那柄伞简直毫不经用，不到三个月就成了废物，在他的部里，大家都把这件事当成笑料。有人并且把这件事编成了一首歌，从早到晚，从那座大建筑物的楼上到楼下，大家都听见有人唱着。

维利气极了，吩咐他妻子买一柄价值二十金法郎的薄绸子的新伞，并且要她带了发票回来做证明。

她却买了一柄十八个金法郎的，愤愤地红着面孔交给她的丈夫，一边说道：

"你有了这柄，至少要用五年。"

扬扬得意的维利在办公室里真正挽回了面子。

到了他夜间回家的时候，他妻子用一种放心不下的目光瞧着雨伞跟他说道：

"你不应该把橡皮圈箍在上面，那是要勒断丝经的。这应该由你自己留心照顾，因为我不能够不到几天再买一柄新的给你。"

她拿着新伞把橡皮圈捋开，把伞衣摇散。但是她又吃惊了。在伞衣上发现了一个鹅眼大小的圆洞，那是一个被雪茄烟烧出来的焦痕！

她喃喃地念道：

"那上头是什么？"

她丈夫没有回过头来安然答道：

"谁呀，什么东西？你说什么？"

现在，怒气塞住了她的嗓子，她差点儿说不出话了：

"你……你……你烧焦了……你的……你的雨伞。你……你……你真发疯了！你想把大家弄得倾家荡产！"

他自己觉得面色发青了，转过身子跟她问：

"你说什么？"

"我说你烧焦了你的雨伞，瞧吧！"

她如同要和他打架一般扑到他跟前，激烈地把那个圆圆的小小焦痕放在他的鼻子下面。

瞧见那个焦痕，他不免呆住了，吞吞吐吐地说道：

"这……这……这是什么？我不知道！我什么也没有做，我向你发誓。我不知道这柄雨伞是怎么一回事！"

她现在嚷起来了：

"我猜你在部里一定拿着这柄伞玩耍，你做了变戏法的，你打开了给他们看。"

他答道：

“我只撑开了一回，让他们看看这柄伞真漂亮。就是这样。我向你发誓。”

但是她气得跳了起来，跟他狠狠地大闹了一场，使那位爱和平的男子觉得家庭比弹丸如雨的战场还可怕一些。

她量了大小，在旧雨伞上割了一块颜色不同的旧绸子补上去；第二天维利委屈地拿着这件经过修理的雨具出门了。到了部里，他就把它搁在柜子里，心里把它当做可怕的回忆一样不大惦记它了。

但是，他在傍晚时候回到家里，他的妻子便双手接住雨伞撑开来看，她发现伞已损坏得不可收拾，气得嗓子都噎住了。雨伞上穿了无数的小孔，那明明是烧成的，仿佛有人把烟斗里没有熄灭的灰倒在上面一样。东西是断送了，断送到不可救药的地步。

她一言不发地检查着，气得一个字也吐不出。他也一样，他检查着损坏的情况，他发愣了，吓糊涂了，狼狈不堪了。

两人互相瞧着，他只好低着眼睛，随后，她把那件破玩意掷到他的脸上，她的嗓子从怒不可遏之中恢复过来，她高声喊道：

“哈！短命鬼！短命鬼！你故意这样做！真得让你看看我的厉害！你将来再也得不着这东西……”

于是一出闹剧重新开幕了。暴风雨似的演了一个钟头以后，他终于能够解释了。他发誓说他一点也不知道，说这件事只能是由于恶意或者报复而来。

门铃响了可把他救了出来。原来那是一个到他们家里吃晚饭的朋友。

维利太太把情况告诉了那个朋友。至于再买新伞，那算是拉倒了，她的丈夫再也不会有好伞用。

那个朋友对她讲道理：

“那么，太太，他的衣服岂不断送了，衣服当然比雨伞更值钱。”

那个矮小妇人依然是气愤愤的，她说道：

“那么他只准用厨房里用的雨伞，我没有新绸伞给他。”

听到这话，维利生气了，他说：

“那么我就辞职！我是决不肯拿着厨子的雨伞到部里去的。”

那位朋友接着说：

“拿这个去换一块伞面吧，那并不很贵。”

维利太太依然忿忿不平。她喃喃地说：

“至少也要八个金法郎才能换面子。八个加从前十八个，一共是二十六个！花二十六个金法郎买一柄雨伞，真是发疯！是胡闹。”

那位朋友是一个可怜的小资产阶级，忽然得到一种灵感，他说道：

“叫您的保险公司赔偿吧。只要这损害是在您家里发生的，公司应当赔偿烧了的东西。”

听到这个主意，矮小妇人的怒气完全平息了，她思索了一分钟，就跟丈夫说道：

“明天，你在到部里以前，先到慈爱保险公司让他们验明这柄雨伞的情况，再要求赔偿。”

维利跳起来说道：

“算什么话，我这一辈子也不会去！那十八个金法郎是丢定了。没有什么可说。我们不会因为这就送了命的。”

第二天，他携着手杖出门了。幸而天气晴朗。

维利太太独自坐在家里，对于十八个金法郎的损失依然耿耿于怀。她把雨伞搁在饭厅的桌上，自己从四面瞧了一周，却得不到一个解决的方法。

保险赔偿的念头时时刻刻回到她的心上来，不过，保险公司那些接待顾客的先生们的嘲笑意味的眼色，也是她不愿意去领受的；因为她一到社会上总感到畏怯，所以在必须和陌生人谈话的时候，她一出场就弄得手足失措，她脸上可以毫无来由地红起来。

然而这十八个金法郎的损失使她肉痛得像是被人割了一刀。她不想再去转念头了，不过这损失却始终沉痛地锤着她，怎样办呢？光阴一小时一小时地过去了，她简直打不定主意。随后忽然如同懦夫变成了勇士似的，她得到她的解决方法了。“我一定要去，去了再说！”

不过应当在雨伞上花点功夫，使它所遭的灾害更为严重一点，那么她所提的主张才容易得到支持。于是她从壁炉台子上取了一根火柴，在伞骨之间把伞面烧去手掌大小那么几块；然后仔仔细细地把剩下的绸伞面卷起再用橡皮圈箍住，自己披上围巾，戴上帽子，提起快步走下楼来，朝着保险公司所在的黎伏力街走。

不过她越是走得和公司相近，她的脚步越发慢下来。自己怎样去说？别人怎样来回答她？

她在黎伏力街注意房屋门牌的号数了。和她相距还有二十八家。很好呀！她可以思索。她越走越慢了，突然发起抖来。原来她走到公司门前了，门上金晃晃的几个字标着“慈爱火险有限公司”。已经走到了，好快！她停了一会，又发愁又惭愧，走过去，又走回来，随后又走过去，走回来。她终于暗自默想：

“我应该进去。早到一点总比迟到一点好些。”

不过走进那栋房子里的时候，她发现自己的心正跳着。她走到了一个宽大的厅里了，厅的周围有许多窗口，每个窗口里面只看见有一个人露着脑袋，身材以及其他部分都被一道格子墙遮住了。

一位先生手里拿着许多纸片在厅里经过。她停住脚步跟他羞怯怯地低声问道：

“对不起，先生，哪儿是顾客要求赔偿烧毁了物件的地方，您能够告诉我吗？”

他大声回答：

“在二楼靠左首，损失科。”

损失这二字，更使她害羞了，她很想逃走，预备什么话也不说，甘愿牺牲那十八个金法郎。但是想到这个数目，她心上的勇气又上来了一点，她上楼了，一边喘着气，走一步停一下。

在二楼上，她瞧见了一张门，她叩了门。里面有人清朗地喊着：

“请进来。”

她进去了，看见那间大的屋子中间，有三位气概庄严身挂勋表的先生站着说话。

其中有一位跟她问：

“您有什么要求，太太？”

她找不着她的字眼了，吞吞吐吐地说道：

“我来……我来……为的是……一件火灾的损失。”

那位先生恭恭敬敬指着一个位子请她坐下一边说道：

“请您费心坐一会儿，我立刻和您谈话。”

他依然转身朝着那两位先生，继续说道：

"先生们，超出四十万金法郎以上的数目，本公司自信对于二位是不受约束的。我们不能承认您二位这种追还原数的要求，让我们格外多付十万。并且估价……"

那二人中间有一个把他止住说道：

"这就够了，先生，法院将来会做决定。我们此时只有告辞吧。"

于是他们恭恭敬敬行了几次礼便都出去了。

唉，倘若她敢于和他们一同出去，她便会那么做了，什么都放弃就此跑了！但是她能够那么做吗？那位先生走近前来鞠躬问道：

"您有何贵干，太太？"

她困难地支支吾吾说道：

"我来是为了……为了这个。"

那位经理用一种天真的诧异神态，低头望着她举给他看的那件东西。

她用一只发抖的手试着捋开橡皮圈。费了好些劲儿才达到了目的，于是连忙撑开了那副只剩下残破面子的雨伞残骸。

经理恻然说道：

"我觉得这东西损坏得不轻。"

她迟疑地高声说道：

"这东西送掉我二十个金法郎。"

他吃惊了，说道：

"真的！要这么多？"

"是的，这东西以前是很好的。现在我想请您检查它的情况。"

"很清楚，我看得到。很清楚。但是我不知道这东西和我有什么关系。"

她不放心了，以为这公司不肯赔偿这种小东西，于是说道：

"但是……这柄伞被火烧了……"

经理并不否认：

"我看得很清楚。"

她张着嘴发呆，不知道如何说下去，随后，忽然明白自己忘了把来意说清楚，于是连忙说道：

"我是维利太太，我们在慈爱公司保了火险，现在我是为了要求赔偿损失来的。"

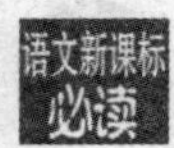

她害怕别人干脆地拒绝她，又连忙添上一句：

"我只要求您为我补上一个新伞面。"

这可把经理窘了，说道：

"但是……太太，我们不是卖雨伞的商人。我们不能亲自担负这类的修理事情。"

这个矮小的妇人觉得自己的事有着落了，自然应该奋斗。她可以奋斗了！她没有恐惧心了。她说道：

"我只要求修理的费用。我自己能够去办。"

经理先生好像有点糊涂了，说道：

"真的，太太，这真不算多。不过别人从来不向我们要求如此轻微的灾害赔偿。我们现在断不能够照付，请您想想吧，比如手帕、手套、扫帚，破鞋子，一切小的东西，那都是每日逃不了火灾的损失的。"

她面红了，觉得满身都是怒气了，说道：

"先生，不过去年十二月，因为烟囱走火，我们至少损失五百金法郎，维利先生一点儿没有要求赔偿，今天公司赔偿我的雨伞是应该的。"

经理猜到她是说谎，就带着微笑说道：

"你可以老实说哟，太太，维利先生对于五百金法郎的损失一点儿也不要求赔偿，现在为了修理雨伞的五六个法郎，倒反来要求，这是很可怪的事。"

她一点也不惊慌地答道：

"请您见谅，先生，五百金法郎的损失，是属于维利先生的钱袋里的，至于这十八个的损失，是属于维利太太名下的。这不是一码事。"

经理看见他既然推不开这个妇人，并且徒然耗去时间，于是用退让的神情问道：

"请您把怎样成灾的情形说给我听。"

她觉得胜利在望，便开始叙述起来：

"请听吧，先生，我有一只搁雨伞和手棍的铜架子放在大门旁边。某天我回家的时候就把这柄伞搁在架子里。我应该告诉您，架子上部有一块板子是做安置蜡烛火柴用的。我伸手取了三四根火柴。拿一根一划，谁知它断了；我再划第二根，立刻燃了，却又立刻灭了。再划第三根，谁知也是一样。"她说到这里，经理用一句俏皮话打断了她的叙述：

“那果真都是政府制造的火柴吗?”

她不懂这个意思,依然继续叙述:

“那是很可能的。我每次都是划到了第四根才划出火去点燃蜡烛,随后我进房预备睡觉。但是刻把钟以后,我觉得有点烧焦了东西的味儿。我素来是害怕火烛的。唉!倘若我们偶然出了一个乱子,那不可能是我的过错!尤其自从遇见我刚才告诉您的那次烟囱走火以后,一直没有见过它。我所以立刻起床走到外面去找,我像猎犬一样向四处嗅着,终于看见这雨伞烧着了。那大约是因为掉了一根火柴进去的原故。现在你看见它被火烧成什么样子了……”

经理已经打定了主意,问道:

“这种损失,你估计要多少钱?”

她不敢确定数目,待着没有说话。后来她装着大度地说道:

“先请您让人修理。我再到您这儿来取。”

他拒绝了:

“不行,太太,我不能照办。您要求多少,请您告诉我吧。”

“但是……我觉得……这样吧,先生,我不能赚您的钱。我们去试一试,把这雨伞拿到一家伞铺子里,让他们配一个又好又结实的绸伞面,然后再拿发票过来跟您兑款,行吗?”

“很好,太太,就这么说定了。我写一张通知出纳科付款的条子给您,届时会有人给您付款的。”

说着,他便写了一张条子交给维利太太,她伸手接了它,道了谢,深怕经理变卦似的匆匆走了出来。

她现在欢欢喜喜地在街上走着去寻一家气象与众不同的雨伞店。等到寻得了一家华美的铺子,她就走进去用一道安安稳稳的声音说道:

“这是一柄要换绸面的雨伞,要顶好的伞面。请您拿最好的装上去。我决不在乎价钱。”

月　　光

莫里良修士是个瘦长而笃信宗教的修士，性情虽然暴烈，为人却很刚正，完全配得上“莫里良”之名。他的信仰坚定不移，而且从不动摇。他真诚地自以为认识了他的上帝，窥透了上帝的意图、思想和目的。

他在他那个乡下小教堂里神父居所的林荫小径上大步遛达时，头脑里偶尔会冒出一个问题：“上帝为什么造了这东西？”于是他固执地、替上帝设身处地想上一想，差不多都能找着答案。

有些人遇着难题，总是会以一种虔诚而谦逊的态度，感叹说：“主啊，你的思想和意图总是那样深不可测！”可莫里良却不然，他首先想到的是：“我是上帝的仆人，我应当知道他做事的理由，倘若不认识，我就应当去猜度。”

他以为无论什么，总是带着一种绝对而令人赞赏的逻辑在自然界中被创造出来的，种种的“为什么”和种种的“因为”从来都是彼此相通且处在平衡状态之中的——曙光是为了让睡醒的人快乐而设，白昼是为了禾苗的成熟，雨露是为了禾苗的滋润，黄昏是为了准备瞌睡，而黑夜是为了让人入睡。

四季与农事的安排和需要之间是完全对应的，这位修士一直坚信自然原本是没有的，自然也就绝对不会怀疑一切生命的存在，相反还必须服从时代、气候以及物质世界里的必然规律。但是他却恨女人，他情不自禁地恨女人，而且近乎本能地瞧不起女人。他时常引用基督的话说：“女人，在你和我之间，有什么相同之处吗？”末了他还要加上一句：“可以说，上帝自己对这件作品也是很不满意的。”在他看来，女人比诗人口中的孩子还要复杂十二倍。她不仅诱惑了第一个男人而且还连累了他，并且永远继续着她这种堕入地狱的工作，这真是软弱的、危险而又神秘的、令人无法清净的生物。而且他憎恨她们那种具有诱惑力的灵魂，尤甚于憎恨她们那种令人沉沦的肉体。

他时常觉得她们在向他示爱，虽然他知道自己是牢不可破的，可还是痛恨她们身上那种一天到晚颤动着的恋爱需要。在他看来，上帝造出女人的目的不过是为了引诱男人和考验男人。所以在接近她们之前，必须抱着防御和怀疑的态度。事实上，女人那向着男人张开的嘴唇和伸出的胳膊简直就是陷阱。

只有对于那些因为虔信宗教而变得无害的修女，他才稍存宽大之心。不过，在她们面前他的姿态一贯强硬，因为他觉得，在她们那颗业已锁闭的内心深处，在她们那受了委屈的内心深处，仍然始终活跃着向他示爱的冲动，而且尽管知道他是个修士。

他觉得在修女那种比修士更容易被信仰润湿的眼睛里，在她们那种以异性的身份参与修炼的动机里，在她们向基督表达的热爱里，都有着示爱的成分存在。这让他非常生气。因为，这是女性的爱情，肉体的爱情。就连她们温婉的态度里，跟他说话时的声音语调中，低垂的眼帘下，因受他生硬对待而感到委屈的眼泪里……无处不见这应当受到诅咒的温情的存在。

所以，每当他抖着法衣从女修道院的门里出来时，总是伸长了脚步急急地走开，如同逃避危险一样。

他有一个外甥女儿，她和她的母亲同住在邻近的一所小房子里。他专心指望她能够做一个服务于慈善事业的童贞女。她美貌、天真、爱嬉笑，每次听到这位修士的说教，她就会大笑起来；而每当他跟她生气时，她就会热烈地拥抱他，紧紧地箍住他。虽然他会不知不觉地极力设法从这样的包围里解脱出来，可是这样的包围，竟让他尝到了一种甜蜜的快乐，唤醒了他内心深处沉睡已久的父性感觉。

他经常把她带在身边，在田地里的小路上散步，一边老是跟她谈到上帝，谈到他的上帝。她几乎没有听见他的话，只去望望天色和花草，目光里显然露出一种源于生活的幸福。有时候她为了追赶一只飞舞的小虫而奔跑，然后跑到他的跟前，一边举起手里的小虫，一边喊着："看呀，舅舅，这东西真好看，我真想吻它一下。"

结果，她的这种想和蜜蜂或者花朵亲吻一下的热望，竟让这修士很不放心，很生气，很恼怒。原来，他从这些地方，又发现了那种无法从女人心里无法根除的温情。上帝啊，为什么在所有女人的心里总会萌发出这样的欲望呢！

后来，某一天，教堂里看守法器的执事的妻子——她替莫里良修士管

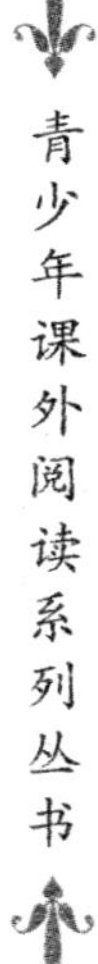

家务——小心地告诉他，说他的外甥女儿有了一个情人。

他当时正在家里刮胡子，一听这话，他立刻感到可怕和惊慌，板着那张涂满了肥皂的脸，好半天透不过气来。等到他静下心来，总算可以说话的时候，他就嚷着："这是假的，你说谎，梅拉尼！"

但是那个乡下女人却把自己的手搁在胸前："上帝作证，我是不是在说假话，神父先生。我告诉您，每天晚上，一等您姐姐睡着了，她就会去找他。他们总在河边上约会。您只须在十点到十二点之间到那里看一下，一切就都明白了。"

他脸也顾不得刮，只是激动地走来走去，如同他平常遇到重大问题需要思虑时一样。后来，当他重新着手刮胡子时，竟一连在耳鼻之间割破了三刀。

一整个大白天，他只字不语，满肚子怒气。这种无法克制的爱情，简直太让他这个修士暴怒了，更何况，他还是她道义上的家长、保护人和精神指导者。现在，这个女孩子竟然欺骗了他，抢劫了他，玩弄了他，他能不倍感恼怒吗?！其实，这种自私自利气得说不出话来的情形，正是所有父母遇着自作主张的女儿时一贯的反应。

晚饭过后，他想勉强自己去看一点儿书，可他竟然看不进一个字，终于越想越气。所以，一到十点钟，他就拿着他的手杖——一根粗大的榆木棍子、一根在夜里看望病人时防身必备的粗棍子。而且，他还用那粗大结实的手掌握着粗棍子，像风车一般狂抡了一通，发出会心的微笑。最后，他忽然举起它，咬牙切齿地砸向一把椅子，把它的靠背砸裂，倒在了地板上。

他拉开大门，走了出来，但是刚走到檐下就停住了脚步，望着那片几乎从没有留意过的清辉，感觉自己的内心起了一阵莫名惊讶的波动。

依他与生俱来的顿悟的能力，一种在古代教会圣哲们——梦想派诗人们身上常见的能力，在这一刹那间，他忽然觉得这明媚而壮美的月光竟也跟他作对，让自己分心了，让自己感动了。

在他这个被清辉浸透的小园子里，成行的果树，在小径上映出它们那些刚刚长着绿叶子的枝柯的纤弱影子；那丛攀到他住宅墙上的肥大的金银花藤，吐出一阵阵美妙甘芳的清气，让一种香透了的情感在这温和明朗的夜色里飘浮。

他深深地呼吸着，如同醉汉饮酒一般吸着空气，并且从容地信步往前走去，心旷神怡，几乎忘了他的外甥女儿。

在田地里，他停下脚步，开始去玩赏那一整幅被这种温情脉脉的清光所淹没的平原，被这明空夜色的柔和情趣所浸润的平原。成群的蟾蜍不停地向空中放出它们的短促而响亮的音调，远处的夜莺吐出它们那阵让人盲目梦想的串珠般的音乐，吐出它们那阵对着诱人的月色而起的清脆颤音，简直像是为了拥抱亲吻而唱出的歌声。

这时候，修士心里已失掉了勇气，但是并不知其所以然。他觉得自己陡然衰弱了，竟想坐下来，竟想留在那里不动，竟想从上帝的作品里去认识去赞美上帝。

远处，一行白杨树随着小溪的波折向前蜿蜒地伸长着，一层薄霭，一层被月光穿过的、被月光染上银色并且发光的白色水蒸气，在河岸上和周围浮着不动，用一层轻而透明的棉絮似的东西遮住了溪水的回流。

修士又停下了自己的脚步，一阵温柔的感觉，一阵越来越强而且无法抵抗的温柔感觉攻入了他的心灵。

于是，一种疑虑、一种泛泛的不安开始吞噬着他的心了。他觉得自己心内冒出一个问题，这问题就是他有时问自己的那些问题中的一个。

上帝从前为什么造了这些东西？既然夜是注定给睡眠的，让人停止意识的，留给休息的，让人忘却一切的，为什么又让它比白昼更有趣味，比黎明和黄昏更柔和？既然这世界上有许多微妙而神秘的事物不宜曝于强光之下，那么，为什么这个月球，这个从容得让人感到诱惑而且比太阳更有诗意的月球，竟像是被上帝特意用来显示这些事物存在一般，让生硬的黑暗生出光彩与温柔的魅力呢？

为什么鸟雀中的那些最善于歌唱的，不像其余那些一样同去休息，偏偏在这种让人感动的阴影里歌唱？

为什么会有那种半明半暗的薄暮投在这世界上？为什么会有心弦的颤动，心灵的感慨和肉体的疲劳？

既然人到夜里都在床上躺着，为什么又要造出这些不被世人看见的诱惑人的东西？这幅绝美的景物，这种从天上投到地下的无边诗境，又究竟是为谁而设呢？

修士终于是一点也不明白了。

但是他看见远远的地方，草滩的边上，那罩在薄霭似的月色里的树丛底下，两个并肩而行的人影冉冉地显了出来。

男人比较高大一些，挽着他那女朋友的脖子，不时地吻一吻她的额头。那幅罩着他们如同为他们而设的仙境般的景物本来是静止的，现在却由于他们的到来充满了生气。他们两个像是一个单独的生命，那个在天意指引下享受这个静谧夜色的生命。他们朝修士走了过来，俨然像一个活的答案——天主针对修士的疑问投下来的答案！

他站着不走了，心脏跳得很急，精神感到彷徨。他信了《圣经》上的事迹，如同路德和鲍里丝的恋爱一样，那正是《圣经》所谈的上帝意旨在一种幕景中的实现。于是，《雅歌》中许多火烈的呼声，肉体的召唤，带着灼人的温柔和全部热烈，开始在他的头脑之中共鸣了。

他跟自己说："上帝也许是为了用理想中的世界掩护人类的爱情，才造了这样的月夜。"

既然上帝为爱情营造出如此清幽的景物，又怎么会反对爱情呢？虽然那就是他的外甥女儿，可他还在这一对边走边吻的恋人前面退却了。

他问自己：他是否悖离了上帝的意图？

他逃走了，精神恍惚，几乎有些惭愧，如同闯入了一所他不应当进去的异教庙宇中似的。

俘　　虏

一阵琐屑的小雪，从中午就开始下起，森林里除了雪花落到树上的轻微摩擦声外，没有一点动静。雪，在树枝上结了一层苔藓似的冰，给落叶铺上了一层银色的薄衣，在道路上展开一幅又白又软而又绵长的地毯，仿佛竟连这林海里的沉寂也被冰封了。

在那座看林人居住的屋子外面，一个裸着胳膊的年轻妇人正用斧头在一块石头上面劈柴。她瘦长而且健壮，是一个标准的在森林里长大的妇人，她的父亲和丈夫都是看林人。

房子里一个声音喊着：

“今天晚上只有我们两个人，贝尔蒂，你该进来了，眼看天就要黑了，那些普鲁士人和一些狼很可能正在附近打主意呢。”

那个劈柴的妇人正使劲地劈着一段树根，每劈一下，就挺一下胸膛，举起双手再劈。她一边劈柴一边应道：

“我已经快劈完了，妈妈。我就来了，我就来了，你不用害怕，天还没有黑呢。”

随后她把那些大大小小的柴块儿搬了进来，沿着壁炉垛好；又跑到外面将那些用榆木板做成的厚实阔大的板窗一一关好，才回到屋内，扣上大门，给门窗栓上结实的门闩。

她的母亲，一个满脸皱纹的、因年老而胆小怕事的老妇人，这时候连忙走到了火炉边说：

“我真不愿意你爹到外面去。两个女人，能顶什么用？”

年轻女人回答：

“不见得！我也一样可以打死一只狼或者一个普鲁士人。”

她抬头望了望那支悬在炉台上的大型手枪。

她丈夫在普鲁士人侵入之初就应征参军去了，现在只有她们母女二人和家长同住，这家长就是绰号“高跷”的老兵尼古拉·比让，他从前执拗地不肯离开自己的住所搬到城里去。

那座最近的城市就是拉图，一座建在石岩上的古老要塞。那儿的人都很爱国，有钱人也早就下定决心闭关死守，抵抗入侵的敌人，他们早就习惯了围城中的生活和防御。早在亨利四世和路易十四时期，拉图的居民们就曾获得过两次英勇自卫的荣誉。这一次他们也将照做，当然！宁肯全城同归于尽。

所以，他们购置了一些枪炮，配备了一队民兵，分为营又分为连，每天在演武场里操练。全体居民，做面包师的，开油盐店的，做屠夫的，做会计师的，做律师的，做小木匠的，开书店的，做药剂师的，都轮流按着规定的时间操练，指挥者是拉维耶先生，他从前在龙骑兵队里当过中士，现在开了杂货店，娶了达勒伏唐先生的女儿，并且承袭了他的小店。

拉维耶自任城防指挥官，自从当地的青年人早已都去从军后，他把其余那些为了抵抗而留下的人组织起来，成立一支自卫队。胖子们整天操着严整的步伐在街上来回行走，为的是减肥和增加肺活量；而体力弱的则背着好些重物走路，为的是锻炼筋骨。

大家一直等着普鲁士人，可普鲁士人却一直没有出现。其实，他们驻扎得并不远，他们的侦察兵已经穿过森林两回，而且一直走到了"高跷"比让那所看守森林的屋子前面。

这个像是狐狸一样会跑的老兵，早就通知了城里。城里的守卫根据这个情报调准了大炮的射角，但是敌人却再也没有露面。

"高跷"的房子，现在成了设在阿维兰森林里的前哨站。老先生为了采办食物，也为了把乡下的情报送给城里的有产阶级，每周总要往城里走上两回。

这一天他又到城里送情报去了，因为前两天下午两点钟左右，曾有一个人数不多的普鲁士步兵小分队在他家里休息过，后来不一会儿就开走了，他们当中那个带队的中士会说法国话。

每当这位老先生到城里去的时候，总是牵着他那两条大嘴巴猎狗，以防备树林中的狼——狼在这个季节里会变得特别凶狠。临行前，总不忘了吩咐他的妻女一到天快黑的时候就关好门待在家里不要出去。

他女儿什么也不怕，而他的妻子总是会用抖抖忽忽的声音反复说道："将来没有好下场的，这一切；你们会看见将来没有好下场的。"

这一天傍晚，她比往常更着急得厉害一点。

"你知道你爹什么时候回来？"她说。

“喔！肯定要到十一点以后了。他老人家在指挥官那里吃晚饭，一向回来得很晚的。”

她一边说着，一边把锅挂在火上煮起菜羹来。等她停下动作的时候，就开始入神地静听着外面的动静。忽然，从烟囱管里传来一阵模糊的声响。

她喃喃地说：

“有人在树林子里走动呢，有七八个人吧，至少。”

老婆子害怕起来，停下了纺轮，一边结结巴巴地说：

“唉！上帝，你爹刚好不在家！”

她还没有说完，就听到一阵激烈的叩门声，连她们的门都发抖了。

母女两人还没吭声，一个凶恶生硬的口音喊道：

“开门！”

随后，沉寂了一会儿，那个声音又喊道：

“开门，不然，我要打破它了！”

贝尔蒂听明白了，那是普鲁士人说法国话的口音，于是就把炉台上那支大手枪藏到了自己的衣裙口袋里，走过去，把耳朵贴到了门上，问道：

“您是谁？”

那说话的声音答道：

“我们是那天来过的队伍。”

年轻妇人接着问：

“您要什么东西？”

“从今天早上起，我跟我的队伍就在树林里迷了路。开门，不然的话，我就要打破它了。”

这时，她已没有选择的余地了，只得连忙抽开了那根粗的铁门闩，拉开那扇厚重的板门，在积雪的微光里看到了六个人，六个普鲁士人，前天来过的那几个。她很坚决地问道：

“你们这时候到这里来做什么？”

那中士重复着他先前说过话：

“我们迷了路，完全迷了路，我认识这所房子。从今天早上起，我没有吃过一点东西，我的分队也一样。”

贝尔蒂高声说：

"只有我和我妈两个人在家里,今天晚上。"

那个看起来很正直的军汉回答说:

"这不要紧,我不会做什么坏事。不过,你得弄点东西给我们吃。又乏又饿,我们都快站不住了。"

她立刻往后退了一步,说:

"那么,请进来吧!"

他们进来了,满身都是雪,在他们铁盔上面堆成一种宝塔形奶酪蛋糕似的东西,他们都像是疲倦得很。

年轻妇人指着那些排在大桌子两边的木头长凳向他们说:

"请坐吧!我去给你们做点菜羹,你们看上去真是累极了。"

随后,她重新上好了门闩。

她在锅里添了水,又添了点奶油和好些马铃薯,随后取下了那块悬在炉台里面的肥膘腊肉,切了一半扔在汤里。

那六个人瞧着这一切动作,眼里饥饿得发火。他们早把他们的枪和铁盔搁在一只墙角落里了,现在安静得像是好些坐在神父凳上的孩子一般等着。

那母亲重新动手纺纱了,一边不时向着那些侵入的兵慌张地望一下。这时候,他们除了纺轮的轻巧旋转声音,柴火的开裂声音和水在锅子里的微响声音之外,什么也不听见了。

不过忽然之间,一道异样的声音让他们全体都吃惊一下,那道声音像是一种从门底下传进来的干喘似的吹气声音,一种强有力的抽鼾似的和野兽嘘气的声音。

普鲁士中士一下跳起来,朝着搁枪的地方走了过去。而这个在森林里长大的妇人却做了个手势,一边让他不必动弹,一边微笑着说:

"这是狼!它们也和你们一样,走来走去,都很饿了。"

那个不肯轻信的汉子一定要去看看,他很迅速地拉开了那扇门,果然看见两只灰色的大野兽惊得腾起快步,拚命地逃走了。

他转身坐下来,喃喃地说:

"起初我还真不相信。"

这下子,他可以安心等候那菜羹出锅了。

他们饕餮地吃着菜羹,为了想要多吃一些,嘴巴都快张开到了耳朵底

下，那几双滚圆的眼睛和嘴巴同时张开着，喉管里的声响竟像下水管道里咕鲁鲁的水声一样。

母女俩一声不响地瞧着这些红胡子的迅捷的动作：菜羹里的那些马铃薯像是一下子全部落进了这些活动的毛丛里。

他们口渴了。这个在森林里长大的妇人跑进地窖给他们取了点苹果酒。她在地窖里耽误了一段不短的时间；地窖是一间穹顶小石屋，据说早在法国大革命时曾经做过监牢，也做过避难所。那里面有一条窄窄的螺旋形的梯子，穿过梯子顶上的小洞就到了厨房尽头的地面上，这小洞通常是用一块厚厚的四方木板盖住的。

贝尔蒂走上来的时候，面带着微笑，一种无人留意的狡猾的笑。她把那只装着苹果酒的罐子交给了那个普鲁士中士，然后就跟她母亲一起坐在厨房的另一端也吃起了晚饭。

这些士兵一吃完，就围着桌子打了瞌睡。偶尔，一个脑袋轻轻地在桌上碰出一点响声，随后这个突然醒来的人又竖直了脊梁。

贝尔蒂对那中士说：

"你们到炉子前面去睡吧，那里完全可以容得下六个人；我呢，就和妈妈到楼上的屋子里去。"

最后，母女俩上楼去了。大家听见她们锁好了门，听见她们的脚步响了一阵，随后便再也没有一点声息了。

普鲁士人都躺在了地上，脚对着脚，头枕着自己那件卷好了的大风衣。不久，发出了六道不同的鼾声，有些是响亮的，有些又是尖锐的，而且几乎是持续不断而又吓人的。

忽然，"呯"地一声枪响，那些兵立刻都站了起来。这枪声，就像是贴着他们耳朵边放的——他们确实睡了很长时间，放枪的地点可以肯定就在屋墙外面。接着，枪声又响了两下，随后又是三下。

楼上的门突然开了，年轻妇人赤着脚走下楼来，身上只披着小衫，系着短裙，手里端着一只烛台，神气像是张惶得很。她结巴着说道：

"法国兵来了，至少有两百人光景。要是让他们发现你们在这里，一定会烧了这所房子的。赶紧到地窖里去躲躲吧，千万不要弄出响声。不然，我们就都没命了。"

那个神色紧张的中士用日耳曼口音的法国话答道：

“行，很好，很好，只是应当从哪儿走下去呢？”

年轻妇人连忙托起了小洞上的那块厚的四方木板，这六个人就一个跟着一个，退着步子凭着脚尖探索着梯子，往下走去，最后全都从那条螺形梯子上面消失了踪影。

等最后一顶铁盔的尖子消失以后，贝尔蒂立即盖上了那块沉重的榆木板——这木板厚得像是一堵墙，硬得像是一块铁，有绞链，有锁簧，她用钥匙把那监狱式的锁簧旋了两圈，放声大笑起来——带着一种想在这群俘虏的头上疯狂跳舞的的欲望，不声不响，然而乐不可支地大笑了起来。

他们的确没有弄出一点儿声响，关在那里面，像是在一只坚固的箱子里，在一只石头箱子里，那只箱子只靠着一个嵌着几根铁条的矮气窗接受外面的空气。

贝尔蒂重新燃起了她那炉火，又重新把那只锅挂在火上，到了最后一边重新炖了点儿菜羹，一边低声自言自语：

“父亲今晚一定要累坏了。”

她等着，听着。现在只有那座挂钟的摆，在沉寂的境界里送出那阵有规则的嘀嗒嘀嗒的声音。

这年轻妇人不时地朝着挂钟望上一眼，眼睛里带着一丝焦躁的意味，像是在说：

“走得太慢了。”

不久，她就觉得有人在她的脚底下唧唧哝哝地说话了。好些低而模糊的语句，穿过地窖的砖砌穹顶传到了她的耳朵里。普鲁士人渐渐猜着她的诡计了，一会儿，中士就爬上了那座小梯子，举起拳头敲着那方盖板，用带着日耳曼口音的法国话喊着：

“开门！”

贝尔蒂站起来走到盖板跟前，摹仿那中士的口音问：

“你们想要什么？”

“开门！”

“我不开！”

那汉子生气了：

“开门，不然的话，我就要打破它了！”

她笑起来了：

“你打吧，好小子，你打吧，好小子。”

于是他动手用枪托来撞这块关在他头上的榆木盖板了。不过它竟抵住了枪托的撞击。

这个在森林里长大的妇人听见他从梯子上下去了。随后，那些兵一个一个轮着走上梯子使劲来打，并且考察这盖板是如何关上的。不过，他们无疑地自行承认了这种尝试是枉费气力，所以又通通走下去再在地窖里开始议论。

年轻妇人细听他们议论，随后她打开了那扇通到外面的门，朝夜色里侧着耳朵细听。

远处一阵狗吠传到她跟前了。她如同一个猎人一样吹起了口哨，后来，几乎立刻就有两条大狗从黑影里纵出来朝她身边直扑。她抓住它们的脖子教它们不要再跑。随后她尽力高声叫唤起来：

“喂，爹爹！”

一道声音从很远的处所回答：

“喂，贝尔蒂！”

她等了几秒钟，随后又叫唤：

“喂，爹爹！”

那道声音在近一些的处所又重新回答：

“喂，贝尔蒂！”

她接着又叫唤：

“不要走气窗跟前经过，地窖里有好些普鲁士人。”

于是，那个长大的人影突然向左面一偏，在两枝树干中间停住不走了。他不放心似的问道：

“好些普鲁士人在地窖里。他们干什么？”

年轻女人开始笑了：

“就是前天来过的那几个。他们在树林子里迷了路，我把他们放在地窖里乘凉。”

于是她说起了这件凑巧的事，她如何放了几响手枪去恫吓他们，又如何把他们关到了地窖里。

那个始终郑重其事的老先生问道：

“在这个时刻，你想让我们怎么办？”

她回答道：

“你去找拉维耶先生和他的队伍吧！他可以把他们抓起来，他一定高兴得不得了。”

于是比让老先生微笑了：

“对，他一定很高兴！”

他女儿接着说：

“我给你做了点菜羹，赶快吃了再走吧！”

年老的守林人坐在桌子跟前，他把两只盆子盛满了菜羹放在地上去喂那两条狗，然后再吃自己那一份。

普鲁士人听见了有人说话，都不作声了。

“高跷”在一刻钟以后又动身了。贝尔蒂双手抱着脑袋静候。俘虏们重新骚动起来了。现在，他们嚷着，他们叫骂，他们怒气冲天地不断用枪托来撞击那块摇不动的盖板。

随后，他们从气窗的口上放了许多枪，无疑地是希望有什么在附近经过的普鲁士支队可以听见。

这个在森林里面长大的妇人不再动弹了，不过这种声音让她焦躁，让她生气。一阵怒火在她心上发动了，她几乎想弄死他们，免得再闹。

随后，她越来越焦躁，开始瞧着壁上的挂钟，计算过去的时间。

她父亲去了一个半钟头了。现在他应该早到了城里。她仿佛看见了他：他把事情告诉了拉维耶先生，这一位却因此而脸色发白，于是打着铃铛问女佣人索取他的军服和军器。她又仿佛听见了那阵在各处街道上流动的鼓声。看见了各处窗口里现出好些惊惶的脑袋。那些民兵从各自的家里喘着气走出来，衣服还没有穿好，一边扣着身上的皮带，用体操式的步伐往指挥官家里走。

随后，队伍排好了，“高跷”站在头里，在深夜的积雪中间向森林开拔。

她又瞧着壁上的钟：“再过一点钟，他们可以到这儿。”一阵神经质的焦躁使得她心里忍耐不住了。每一分钟让她觉得都好像是无穷尽的。真慢呀！

最后，她假定他们要到来的时刻，已经被钟上的针指出来。于是她再打开门去听动静，望见有一个人影子正小心地在那儿走。她害怕了，迸出了一声叫唤，谁知那就是她的爹。他说道：

“他们派我来看情形是不是没有变。”

“没有，一点也没有。”

这时候，他也在黑暗中吹起了一声拉得很长的尖锐的口哨。不久就看见一堆黄不黄黑不黑的东西，从树底下慢慢地朝他走了过来：一队由十个人组成的前哨。

“高跷”不断地重复说道：

“你们不要在气窗跟前经过。”

后来，那些先到的人把那个令人不放心的气窗指给了后到的人看。

到了最后，部队的主力到齐了，一共是两百人，每人带了两百粒子弹。

精神激动的拉维耶浑身发抖了，他把弟兄们安排布置好，把房子团团围住，一边却在那个气窗前面，那个开在墙脚边给地窖通空气的小黑窟窿前面留下了一个大的空白区域。

随后，他走到房子里面了，并且问明了敌人的实力和动态，因为敌人现在绝无声息，竟使他们可以相信敌人已经失踪，消灭，从气窗里飞走了。

拉维耶先生在那方盖板上跺着脚叫唤：

“普鲁士军官先生！”

普鲁士人却不回答。

指挥官接着又叫唤：

“普鲁士军官先生！”

竟然没有效果。他费了二十来分钟，劝告那个一声不响的军官把军械和配备缴出来投降，同时允诺保全他们全体的生命安全和军人荣誉。不过，无论是同意或者仇视的表示，他没有得到一桩。因此形成了僵局。

民兵们正踏着地面上的雪，使劲用胳膊打着自己的肩头，如同赶车的人教自己取暖似的，并且都瞧着那个气窗，那种想从气窗前面跑过的孩子气的念头愈来愈强烈。

民兵们中间有一个诨号叫“酒罐”的，素来很轻捷。这时候突然冒险了，他使起一股劲儿像一只鹿似的在气窗前面跑着走过去。这尝试竟成功了。俘虏们都像死了一样。

有人高声叫唤着：

“没有一个人。”

后来另一个民兵又从这个危险的窟窿前面，穿过那段没有受包围的地方了。这样，就成了一种游戏。不时就有一个人跑起来，从这一堆中间跑到另一堆中间，如同孩子们的某种游戏，并且两只脚提得那样活跃，所以就有许多雪块儿跟着他跳起来。有人为了取暖，烧燃了几大堆枯枝，于是民兵们跑动的侧影，在一阵由右面跑到左面的迅速动作里照得明显了。

有一个人叫唤：

“轮到你了，笨鹅。”

笨鹅是一个胖大的面包商人的姓氏，他本人的大肚子惹起了同伴的笑声。

他迟疑起来。有人取笑他了。于是他打定了主意，就用一种小小的体操式的步儿起程了，那种步儿是有规则的，气喘吁吁的，大肚子摇来摇去。

全队的人都笑出眼泪来了。大家打起吆喝来鼓励他：

“好啊！好啊！笨鹅！”

他将近走完了三分之二的路程，这时候，气窗里闪出了一道长而快的红光。同时，叭地响了一声，接着这个胖大的面包师带着一声骇人的叫唤扑倒在地上了。

没有一个人跑过去救他。随后，大家看见他在雪里手脚伏地爬着，口里一边哼个不住，到了最后，等到他爬完那段可怕的路程便晕倒了。

他臀部的脂肪里中了一粒枪弹，部位正是臀尖上。

在初次的意外和初次的惊慌过了以后，一阵新的笑声又起了。

不过，指挥官拉维耶在那所房子的门槛边出现了。他刚刚决定了他的作战计划。这时候用一种颤动的声音下着命令：

“白铁铺卜朗虚老板和你那些工友。”

三个人走到他跟前了。

“你们把这房子的落水管都取下来。”

一刻钟之后，他们就搬了二十来米长的落水管交给了指挥官。

于是他用尽了千般小心，在地窖的那块盖板旁边挖了一个小圆孔，后来从一口井的抽水机边引出一道水路通到这个小圆孔里来，他兴高采烈地大声说：

“我们就要请这些普鲁士先生喝点儿东西！”

一阵由于赞美而起的狂热之声爆发了，接着就是一阵狂嚷和傻笑。

后来指挥官组织了好些个工作小组，五分钟换一次班。接着他发命令了：

"抽水！"

于是井上的那副抽水唧筒的铁挽手开始摇动了，一阵细微的声响沿着那些落水管流着，接着不久就带着一阵溪涧中的流泉幽咽之声，一阵有些红鱼在里面出没的岩泉的幽咽之声，从梯子上一级一级落到了地窖里。

大家静候着。

一点钟过了，随后，两点钟，随后又是三点钟。

怒气冲天的指挥官在厨房里散步了，他不时把耳朵贴在地面上，设法去猜度敌人正做着什么事，暗自询问他们是否不久就会投降。

敌人现在起了骚动了，有人听见了他们撞动地窖里的那些酒桶，听见了他们说话，听见了他们弄得水哗哗响。

后来在早上八点钟光景，一句用日耳曼口音说的法国话从气窗里传出来了：

"我要和法国军官先生说话。"

拉维耶从窗口边略略伸出了脑袋答话：

"您投降吗？"

"我投降。"

"那么请您把所有的枪都送到外边来。"

于是大家立刻看见一支枪从气窗里伸出来了，并且随即倒在雪里了，随后又是两支，三支，所有的军器都齐了。到了最后，那个同样的声音又叫唤道：

"我没有了。请您快点，我已经淹在水里了。"

指挥官发了命令：

"停止抽水。"

抽水唧筒的摇手不动了。

到了最后，等把那些握枪候命的民兵安排好了位置，他才从从容容地托起了那方榆木盖板。

四只脑袋出现了，那是四只湿透了的长着灰黄长发的脑袋，后来，大家看见那六个普鲁士人一个跟着一个走上来，他们都发着抖，浑身流着水并且惊慌失措。

他们都被人捉住上了绑。后来，因为大家恐怕有什么意外，就分成两队出发;这两队中间有一队是押解俘虏的,另一队,却用一张铺在几根树条子上的床垫子抬着笨鹅。

他们都胜利地回到了拉图城里。

拉维耶先生因为生擒普鲁士的一队前哨得到了政府的勋章,而那个胖面包师也因为在敌人跟前受伤,得了一枚军人奖章。